W0287366

MARKUS BENNEMANN

Wolfsbiss

UNHEIMLICHER UNTERSBERG 150 Jahre nach ihrer Ausrottung kehren die Wölfe nach Deutschland zurück. Im Osten leben mehrere Rudel, auch nach Bayern verirren sich immer wieder einzelne Exemplare, und nun hat sich offenbar ein Wolf im Berchtesgadener Land angesiedelt. Ausgerechnet auf dem von dunklen Sagen umwobenen Untersberg soll er durch die Wälder streifen und hat dort wohl schon etliche Tiere gerissen. Während der nahe Nationalpark den neuen Gast freudig willkommen heißt, gehen die Almbauern auf die Barrikaden.

Dann wird die schrecklich zugerichtete Leiche einer jungen Frau gefunden, und die Presse stürzt sich auf den Fall. Doch ist es wirklich der Wolf, der sich im nebligen Bergwald seine Beute sucht, oder etwas viel Unheimlicheres? Laut den Einheimischen hat den getöteten Tieren ein seltsamer Geruch angehaftet, und obwohl Nationalpark-Ranger Veit Brenner nicht an Schauermärchen glaubt, hat auch er ein komisches Gefühl im Bauch. Die Jagd auf den *Wolf vom Untersberg* wird für ihn zur grausamen Prüfung …

© Marc Peschkea

Markus Bennemann, geboren 1971, hat Geschichte und Englische Literatur studiert. Er war Redakteur bei einer Tageszeitung, hat Krimis fürs Fernsehen geschrieben und arbeitet heute als Autor, Übersetzer und freier Journalist in Wiesbaden. Zu seinen Veröffentlichungen gehören zahlreiche Sachbücher über das Verhalten von Tieren. Wie für seinen ersten Berchtesgaden-Krimi Adlerblut *hat er auch für* Wolfsbiss *intensiv vor Ort recherchiert und eng mit einem Kenner der lokalen Berg-, Natur- und Sagenwelt zusammengearbeitet.*

Bisherige Veröffentlichungen im Gmeiner-Verlag:
Adlerblut (2014)

MARKUS BENNEMANN

Wolfsbiss

Kriminalroman

GMEINER *Original*

Personen und Handlung sind frei erfunden.
Ähnlichkeiten mit lebenden oder toten Personen
sind rein zufällig und nicht beabsichtigt.

Besuchen Sie uns im Internet:
www.gmeiner-verlag.de

© 2014 – Gmeiner-Verlag GmbH
Im Ehnried 5, 88605 Meßkirch
Telefon 07575/2095-0
info@gmeiner-verlag.de
Alle Rechte vorbehalten
1. Auflage 2014

Lektorat: Claudia Senghaas, Kirchardt
Herstellung: Mirjam Hecht
Umschlaggestaltung: U.O.R.G. Lutz Eberle, Stuttgart
unter Verwendung eines Fotos von: © Osawa/photocase.de
Druck: GGP Media GmbH, Pößneck
Printed in Germany
ISBN 978-3-8392-1589-0

Wenn man den Wolf nennt, so kommt er gerennt.
Altes deutsches Sprichwort

TEIL I: UND AUFERSTANDEN VON DEN TOTEN

1

Spring! Los komm, jetzt spring schon endlich!

Simone konnte die anderen nicht hören, dafür war das Rauschen der Klamm zu laut. Doch Chris hatte die Hände vor dem Mund zu einer Muschel zusammengelegt, und was er zu ihr hinaufrief, war nicht schwer zu erraten.

»Jaja, ich komm ja schon!«, rief Simone zurück. »Alles mit der Ruhe!«

Erneut setzte sie zum Sprung an – nur um wie eben schon im letzten Moment wieder vom Mut verlassen zu werden. Es war nicht der gut sieben Meter tiefe Abgrund, der ihr Angst machte, auch nicht das brodelnde Wildwasser, das an seinem Fuß auf sie wartete, oder die steile Felsrutsche, die sie danach zu bewältigen hätte. Es war die mit Fallholz und Wurzelstöcken verstopfte Nische neben der Rutsche, aus der die Äste ragten wie Speere, und in die Chris nach seinem Sprung eben beinah hineingespült worden war. Jetzt stand er mit den zwei anderen mit seinem gelben Helm und dem blau-schwarzen Neoprenanzug am Ufer der unteren Gumpe, in deren ruhigem grünen Wasser sich der friedliche Herbsthimmel spiegelte, und konnte ihr gut zureden. Aber einen Augenblick zuvor hatte er in den reißenden Fluten gestrampelt wie ein panisches Hündchen, die grausige Aussicht vor Augen, auf den gesplitterten

Ästen aufgespießt zu werden wie auf zum Kampf vorgestreckten Lanzen – und das hatte auch Simone Angst gemacht.

»Scheiße«, murmelte sie leise, während von irgendwo einmal mehr der feine Nieselregen herangeweht wurde, der sie auf dem gesamten Abstieg begleitet hatte. »Jetzt reiß dich zusammen, verdammt!«

Canyoning in der Almbachklamm, und das Anfang Oktober, die ganze Idee war schon von vornherein bescheuert gewesen, aber sie hatte ja unbedingt wieder mit dabei sein müssen. Dann noch der späte Abend in der Bar des *Edelweiss* gestern, des nigelnagelneuen Berchtesgadener Luxushotels, in das Chris sie nur eingemietet hatte, um vor seinen alten Studienfreunden anzugeben; schon heute Morgen beim Einstieg in die steile Felsschlucht hatte sie das Gefühl gehabt, jeder Schritt auf dem glitschigen Dachsteinkalk könnte ihr letzter sein. Abseilen, springen, mit dem in jähen Stufen abfallenden Gebirgsbach Richtung Tal stürzen und durch sein eiskaltes Wasser waten, der Kater war bald weg gewesen, aber nach zwei Stunden der klammen Mühsal hatten sie auch zunehmend die Kräfte verlassen. Die Steilwände, die sich an den kargen Karst klammernden Kiefern und Ahorne, die geschwungenen Dolomitrippen im Bachbett und vom aufsteigenden Dunst verhangenen Vorsprünge weit über ihnen – all das war zugegebenermaßen grandios, nur hatte sich Simone irgendwann gefragt, warum sie sich die Schlucht nicht wie alle Welt von den dafür vorgesehenen Steigen und Stegen aus anschauen konnten, die an ihren Wänden entlangführten. Schließlich hatte sie einer von Chris' Kumpels eben noch informiert, dass sie sich ein bisschen sputen müssten, weil das ›Schluchteln‹ in der Klamm eigentlich verboten war und auch im Herbst nachmittags manchmal jemand zum Kontrollieren vorbeikam. Und nun stand Simone hier in schwindelnder Höhe – erschöpft, verfroren, verängstigt – und hatte das Gefühl, den Betrieb aufzuhalten.

»Scheiße«, fluchte sie nochmals leise und holte ein paarmal tief Luft, um wieder die Kontrolle über sich zu gewinnen. »Na komm, einen Schritt noch. Dann hast du's ja auch bald hinter dir.«

Abermals setzte sie zum Sprung an, sah in dem Moment jedoch, dass nun alle drei der bunten Männchen, die weiter unten auf sie warteten, aufgeregt mit den Armen fuchtelten. Eins warf sogar warnend den Zeigefinger nach vorne und sofort blickte Simone erschrocken hinter sich, wo das Wasser in einer langen Schneise zu dem kräftigen Strahl zusammengepresst wurde, der die erste Gumpe zu so einem Höllenritt machte.

Nein, nichts, oder war der Wasserpegel ein Stück weiter den hell ausgespülten Streifen hinaufgerückt, der sich so deutlich gegen den verwitterten Fels absetzte? Weit oben über dem Gipfel hatten sich nun auch ein paar dunkle Wolken zusammenzogen, meinten sie die vielleicht? Undeutlich erinnerte sich Simone, wie Ande gestern nach ein paar Bier von plötzlich auftretenden Wasserwalzen und unterirdischen Dammbrüchen schwadroniert hatte, durch die so ein Gebirgsbach zur tödlichen Falle werden könnte. ›Schluchteln is nix für Schwuchteln‹, hatte der ausgebildete Bergführer gesagt, doch bevor Simone sich ernsthafte Sorgen machen konnte, fiel ihr Blick auf die wie eine natürliche Treppe geformten Felsstufen, die zu dem schmalen Pfad über der Schlucht hinaufführten.

Nein, natürlich, das meinen sie!, begriff sie voller Scham. *Sie wollen, dass ich dort hinaufklettere und über den Touri-Steig zu ihnen runterkomme. Sie denken, ich pack das nicht!*

Erbost drehte sie sich um, wedelte abwehrend mit den Armen und schüttelte den Kopf.

»Nein, das habt ihr euch so gedacht! Damit ich mir nachher die ganze Zeit eure blöden Sprüche anhören kann!« Zornig redete sie gegen das Tosen der Klamm an, durch das die anderen sowieso kein Wort verstanden. »Ich hab dreimal den Münchenmarathon mitgemacht und schaff so ein bisschen Klettern mit links, wenn ich am Abend davor nicht zum Komasaufen gezwungen werde. Da habt ihr euch die Falsche ausgesucht!«

Chris fuhr sich mit der Hand über den Hals, um sie zum Abbrechen zu bewegen, und Ande kam sogar stolpernd in ihre Richtung gekraxelt, doch Simone ließ sich nicht beirren. Kurz lehnte sie sich nach hinten, um noch einmal tief Luft zu holen, und sprang ab.

Noch während sie im Fall die Beine anzog, konnte sie erkennen, dass sich die Gumpe in der kurzen Zeit in einen wütend schäumenden Wildwasserkessel verwandelt hatte. Eisig schoss ihr das Wasser in die Ärmel ihres Anzugs, dann kam sie japsend nach oben und sah auch schon die scharfen Spitzen des Fallholzes auf sich zurasen.

Tauchen! Du musst tauchen!

Im letzten Moment schaffte sie es, unter die tödlichen Pfähle zu schlüpfen, wurde jedoch von einer plötzlichen Druckwelle mit solcher Wucht gegen das Gestrüpp darunter geschleudert, dass sich etwas tief in ihren Oberschenkel bohrte. Stumm schrie sie in dem ohrenbetäubenden Rauschen, von dem der große Steinkessel unter Wasser erfüllt war, ihren Schmerz heraus. Ihr Bein hing fest, mit der Rechten packte sie verzweifelt einen der Äste, die wie Gitterstäbe über ihr hervorragten. Doch das Wasser drückte sie mit solcher Kraft gegen den dichten Ballen aus Zweigen und Reisig, der sich unter den Ästen gesammelt hatte, dass sie sich nicht nach oben ziehen konnte.

Schon beim Eintauchen in die eiskalte Gumpe hatte sie das Gefühl gehabt, ihr werde mit einem Schlag sämtliche Luft aus der Lunge gepresst. Das Bedürfnis zu atmen breitete sich in ihrer Brust aus wie ein brennendes Vakuum, das unbedingt gefüllt werden musste.

Ich ertrinke! Ich sterbe hier unten! Warum tut denn niemand etwas?

In der Sekunde passierte etwas so Seltsames, dass es Simone sogar kurz ihre Todesangst vergessen ließ. Aus dem tief unter Wasser liegenden Gestrüpp unter ihr – aus dem Gewirr aus dünnen Ästen und stachligen Zweigen, gegen das sie gepresst wurde – streckten sich zwei Arme und rissen sie mit sich fort. Der Zweig in ihrem Bein brach ab, der ganze Ballen löste sich mit einem plötzlichen Ruck aus der Nische. Was auch immer sie gepackt haben mochte – es hielt sie weiter umfangen, während sie in dem tosenden Blasenwirbel zuerst auf den Ausgang der Gumpe zugetrieben wurde und dann über die glattgeschliffenen Felsen rutschte.

Wieder tauchte sie einen Moment unter und kam nach Atem ringend an die Oberfläche. Durch den Aufprall war sie von dem anderen Körper getrennt worden und nun breitete sich ein großer Kranz aus goldenen Haaren auf dem ruhigen grünen Wasser aus. Unter dem engelsgleichen Schopf, der sich sanft in der Strömung wiegte, ragte ein bleicher schlanker Arm in die Tiefe.

»Was … was zum Teufel ist das?«, keuchte Simone entsetzt und paddelte instinktiv rückwärts.

Schon platschte es laut hinter ihr – einmal, zweimal – und dann legte Ande von hinten den Arm um ihre Brust und zog sie mit sich. Auch Chris war von den Felsen gesprungen, überließ ihre Bergung aber seinem erfahreneren Freund und schwamm auf das feenartige Wesen zu, das bäuchlings in dem großen grünen Becken trieb. Zum ersten Mal an diesem Tag verirrte sich ein Sonnenstrahl in die tiefe Gebirgsschlucht und brachte das hellblonde Haar zum Leuchten. Obwohl Simone selbst nur knapp dem Tod entronnen war, konnte sie ihre Augen nicht von dem eigenartigen Schauspiel lösen.

Wie Ande bei ihr legte Chris der anderen den Arm um den Oberkörper und zerrte sie hastig mit sich durchs Wasser.

»Hallo … hören Sie mich?«, fragte er keuchend. Doch der Kopf war weit nach vorne gekippt und zog den

Schopf nun hinter sich her wie einen traurigen nassen Schweif.

»Lebt sie noch?«, fragte Lukas, der von dem sandigen Ufer aus ins Wasser gestiegen war, an dem die drei vorhin auf Simone gewartet hatten.

»Nein … nein«, antwortete Chris, während Lukas ihm zu Hilfe eilte. »Ich denke ganz sicher nicht.«

Erst, als sie mit dem Hosenboden im Sand saß, fiel Simone ihre Verletzung wieder ein, die sie im kalten Wasser überhaupt nicht mehr gespürt hatte. Einen Moment betrachtete sie überrascht das dürre Zweiglein, das wie ein abgebrochener Bleistift aus ihrem Oberschenkel ragte. Ande wollte sich sofort daran zu schaffen machen, doch sie wehrte ihn mit einer unwilligen Handbewegung ab.

»Nein, lass … warte.«

Auch Chris und Lukas hatten mit ihrer Last jetzt das Ufer erreicht. Simones rettender Engel trug ein rotes Top, grüne Shorts und Bergschuhe: Es handelte sich um eine Touristin wie Simone selbst, die jedoch bei ihrem Unglück nicht so glimpflich davongekommen war. An den gespenstisch weißen Gliedern der Leiche waren Abschürfungen und große dunkelviolette Flecken zu erkennen. Eine Hand stand in unnatürlichem Winkel vom Arm ab.

»Sie muss ausgerutscht und in die Klamm gestürzt sein«, sagte Lukas, während er mit Chris die Tote an Land zog. »Das passiert immer wieder. Vor zwei Jahren erst …«

Als sie die junge Frau ablegen wollten, kippten ruckartig Kopf und Oberkörper nach hinten, sodass die langen Haare wie ein zurückgeworfener Vorhang auf den Sand klatschten. Erschrocken ließen die beiden die Leiche los und machten einen Schritt rückwärts. Auf Chris' ohnehin schon schockbleichem Gesicht spiegelte sich blankes Entsetzen.

»Hast du … hast du schon die Bergwacht angerufen?«, fragte Ande neben Simone mit erstickter Stimme.

»Ich … ich war gerade dabei«, antwortete stotternd Lukas, dessen in Neopren gehüllte Beine Simone die Sicht auf den oberen Teil der Toten versperrten. Er warf einen Blick auf das Handy, das neben seinem offenen Rucksack lag, schien es jedoch nicht zu schaffen, sich zu bewegen.

»Kann das von den Felsen sein?«, fragte Chris und sah zum ersten Mal kurz zu dem Zweig herüber, der in Simones Oberschenkel steckte. »Ich meine, kann …?«

»Ich weiß es nicht«, antwortete Hannes leise, und als Lukas sich schließlich von der Stelle rührte, verstand Simone, wovon die beiden sprachen.

2

Brenner stand vor dem Kadaver. Eine abgebrochene Erdkante am Rand des Pfades, Spuren im Laub. Er hatte kaum 30 Meter in den Wald hineingehen müssen, da lag er schon da.

Es war ein Hase. Der Bauch aufgeschlitzt, die Augen stumpf. Brenner ging in die Hocke und schlug vorsichtig das Fell zurück. Die Eingeweide schimmerten blau, wie mit Tinte eingefärbt.

Er packte das Tier an den Ohren und stopfte es in einen der Müllsäcke, die er dabei hatte. Als er sich wieder aufrichtete, blickte er kurz auf den Hof nieder, der am Fuß des steilen Bergwaldes lag.

Der Schornstein des Wohnhauses rauchte, die Kühe standen auf der Weide. An einer Wand der Scheune waren große, in mintgrüne Folie gehüllte Silageballen aufgereiht.

Aber nein, seine Anweisung lautete nur, er solle die Augen offenhalten. Also stieg er weiter auf und fand auch nichts mehr, auch keine Losung. An einer Stelle glaubte er, einen ungewohnten Geruch wahrzunehmen. Doch als er stehenblieb, um sich darauf zu konzentrieren, war er schon wieder verschwunden.

Er sah einen Specht, der im Stamm einer toten Fichte nach Bockkäfern suchte, und als er hoch genug war, konnte er zwischen den Bäumen immer wieder auf den

Berchtesgadener Talkessel niederblicken. Der Himmel war bedeckt, doch der ›Gamshüter‹, der jetzt im Herbst oft die Hänge verschleierte, hatte sich im Laufe des Morgens gelichtet. Er würde freie Sicht haben.

Die Tiere hielten sich genau dort auf, wo man ihm gesagt hatte. Ein Stück oberhalb der frisch angelegten Tannenpflanzung, deren eiweißreiche Knospen sie so sehr mochten. Die meisten Alttiere ruhten mit unter dem Körper eingewinkelten Beinen im Gras, die jungen tummelten sich zwischen den Latschen.

Brenner zog den Rucksack aus und breitete seine Jacke über einen kleinen Fels, um eine gute Auflage zu haben. Dann sah er sich noch einmal gründlich um und spitzte die Ohren. Auch zu dieser Jahreszeit verirrten sich manchmal noch Wanderer in diese Höhen, und er hatte keine Lust, irgendwelchen aufgebrachten Naturschützern sein Vorgehen zu erklären. Eine natürliche Auslese gab es nicht – oder wenigstens nur im verringerten Maß –, also mussten sie die Rolle der Raubtiere übernehmen, wenn der Wald wachsen sollte, wie es die Natur vorsah. Nun, wenn tatsächlich wahr war, was im Tal in den Zeitungen stand, könnte sich das ja bald ändern.

Brenner wusste nicht genau, warum er sich für diese Arbeit gemeldet hatte – früher hatte er sie nie gemocht und höchstens mal ein Stück Wild geschossen, um seine Adler damit zu füttern. Er vermutete, es geschah aus einer Art Trotz, oder weil er sich so gegen etwas zu wehren können glaubte, was er nicht wahrhaben wollte. Bevor er zu lange darüber nachdachte, lud er aber lieber leise sein Gewehr durch und drückte das Auge ans Zielfernrohr.

Er legte zuerst auf ein Kitz an, das seinen Kameraden zu lange beim Spielen zusah, ohne sich entscheiden zu können, wo es mitmachen wollte. Der kleine Körper wurde von der Wucht des Schusses nach hinten geschleudert, purzelte noch ein paar Meter den Hang hinab und blieb dann liegen.

Brenner legte sofort auf die nächste Gämse an – ein hinkend bergauf flüchtendes Alttier, das ebenfalls gut in sein angenommenes Beuteschema passte. Doch in dem Moment klingelte sein Handy, das er wie ein blutiger Anfänger vor dem Anpirschen nicht ausgeschaltet hatte.

Er ließ das Alttier laufen und fischte das abgewetzte Klappgerät aus seiner Hosentasche. Es war eine Nummer vom Nationalpark, jedoch eine, die er nicht eingespeichert hatte.

»Brenner, hallo?«

»Hallo, Herr Brenner, hier ist Stoll. Sind Sie schon wieder im Tal?«

Die Nationalparkchefin persönlich. Seit ihrem Amtsantritt vor anderthalb Jahren hatten sie kaum drei Worte miteinander gewechselt.

»Nein, noch auf dem Berg«, antwortete er leicht verwundert. »Wieso? Gibt es ein Problem?«

»Nein … doch … ich weiß es nicht. Die Polizei hat gerade bei mir angerufen, und ich kann keinen der anderen Jäger erreichen. Ich glaube, es geht wieder um diese Geschichte – Sie wissen schon …«

3

Schon von Weitem sah man den Hubschrauber über der Klamm kreisen. Es war jedoch nicht der orangefarbene Heli der Bergwacht, sondern einer von der Polizei. Scharf zeichnete sich der weiß-grüne Rumpf gegen den dunklen Gewitterhimmel ab, der über dem Untersberg aufgezogen war.

Auf dem Parkplatz an der Kugelmühle standen neben den Fahrzeugen von Polizei und Bergwacht auch zwei Rettungswagen. Am Kassenhäuschen passte Hubi Plenk von der Polizeiinspektion auf, dass kein Wanderer die Klamm betrat.

»Servus, Brenner«, begrüßte er ihn. »Wirst schon sehnlichst erwartet.«

»Was soll der Hubschrauber? Ich dachte, da oben sei bereits alles vorüber.«

»Der macht nur Fotos«, antwortete Hubi. »Damit die von der Kripo sich den Fundort besser vorstellen können.«

Während Brenner die schmalen Metallstege hinaufstieg, erinnerte er sich daran, wie er vor ein paar Monaten mit Anna hier gewesen war. Kein Berg, kein Wald, hatte er ihr erklärt, nur eine tiefe Steinschlucht, durch die das Wasser rauscht. Sie hatte so getan, als würde es ihr gefallen, aber vollkommen wohl – das konnte er spüren – hatte sie sich selbst hier nicht gefühlt.

Auf halbem Weg kam ihm ein Notarzt mit zwei Männern von der Bergwacht entgegen. Auf ihrer Trage bauschte sich ein roter Rettungssack. Als Brenner sich gegen den Fels drückte, blickte ihn aus der Öffnung am Kopfende ein erschrockenes, von nassen braunen Haaren umrahmtes Frauengesicht an. Hinter der Trage stieg ein schlaksiger Typ im Neoprenanzug die Steinstufen hinab, von dessen Hand ein gelber Helm baumelte. Danach folgten Hannes Gruber und sein jüngerer Kumpel Lukas, die sich in der Gegend als Outdoorveranstalter versuchten. Auch ihre Gesichter wirkten erschöpft und blass, Lukas kam mit seinen zitternden Beinen kaum die Stufen hinunter. In der vom Rauschen des Wassers und dem Knattern des Hubschraubers erfüllten Schlucht nickte Hannes Brenner im Vorbeigehen flüchtig zu.

Je höher Brenner stieg, umso lauter wurde der Rotorenlärm, bis er sich schließlich Richtung Norden entfernte. Auf einem breiten Absatz ein Stück unterhalb des Sulzer Wasserfalls wartete Hauptkommissar Weirauch mit einem Polizeibergführer. Weirauch wirkte etwas überrascht, ihn zu sehen, ließ sich aber nichts anmerken. Auch er machte einen leicht mitgenommenen Eindruck. Noch während der Begrüßung kam ein kräftiger Mann mit Daunenweste und vor Anstrengung rotem Gesicht zu ihnen heraufgekraxelt.

»Das ist der für Todesermittlungen zuständige Kollege Füssl aus Traunstein«, stellte Weirauch den Kripobeamten vor. »Veit Brenner, Ranger beim hiesigen Nationalpark. Er sollte euch mit eurer Frage weiterhelfen können.«

Füssl reichte ihm die Hand und machte sich sofort wieder mit ihm an den Abstieg.

»Brenner?«, fragte er, während er mühsam seinen schweren Körper die Felsen hinabmanövrierte. »Sie sind aber nicht derjenige, der damals bei dieser Sache mit den Adlern dabei war?«

»Doch, der bin ich.«

»Mein lieber Mann, das muss ja eine verrückte Geschichte gewesen sein. Die Kollegen haben mir davon erzählt, ich bin noch nicht so lange hier unten. Da sind doch damals ziemlich viele Leute umgekommen.«

»Sehr viele, ja, das stimmt.«

»Und Sie hätten's auch fast nicht überlebt. Haben über einen Tag im Wald gelegen, mit drei Kugeln im Bauch. Jeder hat geglaubt, Sie müssten tot sein.«

Füssl hatte den Fuß der kleinen Felswand erreicht und stand schwer atmend vor ihm, die Hände in die Seiten gestemmt. Hinter ihm erstreckte sich sanft bewegtes Grün bis zu einem kleinen Wassersturz. Von weiter oben jedoch drang das mächtige Tosen einer Engstelle herüber.

»Ja, das hat jeder geglaubt«, erwiderte Brenner. »Ich hatte Glück.«

Füssl sah ihm noch einen Moment länger erwartungsvoll ins Gesicht. Als jedoch nichts mehr kam, zuckte er mit den Schultern und schüttelte den Kopf.

»Nun, wenn erst mal ein Unglück geschehen ist, muss man ja bekanntlich aufs nächste nicht lange warten«, sagte er. »Sieht aus, als hättet ihr schon wieder ein Problemtierchen in euren Bergen. Diesmal allerdings eins von der bekannteren Sorte.«

Der Polizist wies mit dem Kinn das Ufer der Gumpe hinab und setzte sich mit Brenner in Bewegung. Am Ende des sichelförmigen Sandstreifens, der sich am Rand des großen Bergbeckens gebildet hatte, kniete ein Mann in einem weißen Einwegoverall vor einer auf dem Rücken liegenden Frauenleiche.

Die dunklen Gewitterwolken hatten sich noch weiter über den Untersberg hinausgestreckt. Doch die Schlucht war an dieser Stelle so breit, dass nach wie vor reichlich Tageslicht zwischen die Felsen fiel. An den Steilwänden standen die dürren Kiefern Spalier wie stumme Zeugen. Brenner spürte sein Herz in der Brust schlagen.

Unmittelbar hinter dem Mann und der Leiche, die von jenem noch fast vollständig verdeckt wurde, ragte eine Kamera auf einem hohen Stativ empor. Ein Stück weiter lag ein aufgeklappter Metallkoffer. Noch weiter hinten bemerkte Brenner eins der kleinen Steinmanderln, die die Leute hier so gerne auf die Felsen setzten. Ein windschiefes Türmchen, das aussah, als müsste es jeden Moment in sich zusammenstürzen.

Als sie sich näherten, wendete der Mann ihnen kurz sein von Mundschutz und Schutzbrille verhülltes Gesicht zu.

»Eine Sekunde noch«, sagte er. »Ich bin gleich fertig.«

Neben den über den Sand gefächerten Haaren der Leiche lagen mehrere durchsichtige Plastikröhrchen. Der Mann machte sich einen Augenblick länger an der Toten zu schaffen, steckte dann einen weiteren Wattestab in ein solches Röhrchen und sammelte auch die anderen vom Boden auf.

»So, jetzt darf der brave Jägersbursche ran«, sagte er, während er aufstand und die Röhrchen zu seinem Koffer trug. »Waidmannsheil wünsche ich.«

Die hellen blauen Augen der jungen Frau waren stumpf wie die des Hasen vorhin, schienen höchstens noch einen Rest überraschten Grauens in sich zu tragen, die Füße lagen im Wasser. In der Kehle der Toten klaffte ein großes ausgefranstes Loch, in dem mattrotes Fleisch und blanker weißer Knorpel schimmerten. Eben hatte Brenner nichts gerochen, die Klamm strich stets eine feuchte Brise hinab. Doch als er jetzt nähertrat, glaubte er, einen Anflug des süßlich-kupfrigen Blutgeruchs wahrnehmen zu können, der einst von dem Körper ausgegangen sein musste.

Er ging in die Hocke und streckte die Hand aus.

»Darf ich?«

Füssl runzelte die Stirn und sah zu seinem Kollegen hinüber, der Mundschutz und Brille abgenommen hatte und dabei war, seine Kamera abzubauen.

»Wenn da noch was zu holen war, dann müsst ich's gekriegt haben«, sagte dieser, obwohl auch er kurz einen etwas befremdeten Blick auf die nackte Hand warf, die über der klaffenden Wunde schwebte. »Aber da war sowieso nichts zu holen. Die hat mindestens ein oder zwei Tage da drin im Vollwaschgang verbracht. Also tun Sie sich keinen Zwang an, wenn's der Sache dienlich ist.«

Brenner fuhr mit den Fingerkuppen langsam über die faserigen Scharten in der Mitte und das ausgelaugte Gewebe am Rand. Sein Herz pochte noch wilder als zuvor.

»Da sollten eigentlich Kehlkopf und Speiseröhre sein, so viel kann ich Ihnen auch ohne Jagdschein sagen«, bemerkte der Mann von der Spurensicherung. »Was da auch zugebissen hat, es steckten schon ein paar Newton dahinter.«

Brenner blickte erneut in das Gesicht der Toten, das trotz der starren Augen und der langen Zeit im Wasser noch hübsch war. Dann den schlanken, mädchenhaften Körper hinab.

»Und, war er's?«

Brenner sah verwirrt zu Füssl auf, der einen beinah vorwurfsvollen Ausdruck im Gesicht hatte.

»Wie bitte?«

»Ob er's gewesen sein kann, euer Wolf? Ob die Wunde dazu passt?«

Brenner richtete sich auf, sah ein weiteres Mal auf die Tote nieder und wies dann mit dem Kopf flüchtig die Felswand hinauf.

»Ja, wenn er's oben auf dem Untersberg war, dann kann er's schon gewesen sein«, sagte er. »Die Wunde passt auf jeden Fall.«

»Wieso geht ihr denn eigentlich davon aus, dass es da oben einer war?«, fragte Füssl. »Ich meine, und kein wildernder Hund zum Beispiel? Die machen so was doch auch oft.«

»Ich habe die Risse nicht begutachtet, das war der für das Gebiet zuständige Revierjäger«, erklärte Brenner. »Aber die Bisse waren wohl sehr tief und wurden mit sehr viel Kraft ausgeführt, so wie hier. Und es wurde sehr viel Fleisch gefressen.«

»Nun, das ist dieser jungen Dame offenbar erspart geblieben«, sagte Füssl und wendete ebenfalls kurz den Kopf zu der hohen Felswand um, die hinter ihnen die Schlucht säumte.

»Überall am Körper sind Frakturen zu spüren«, sagte der Mann im weißen Overall in sachlichem Ton. »Am Schädel, an den Armen, an den Rippen.«

Füssl nickte bedächtig.

»Und ein Bär kommt auch nicht infrage? Bär Bruno der Zweite vielleicht? Ich meine, wenn ich mir die Kehle von dem süßen Ding da ansehe …«

»Beim zweiten Mal wurden zwei Schafe in einem Gatter gerissen«, mischte sich der Mann von der Spurensicherung wieder ein. »Die Bäuerin hatte sie über Nacht eingepfercht, weil der Nationalpark den Verdacht mit dem Wolf geäußert hatte. Ein Bär reißt so was anscheinend einfach ein. Ein Wolf schlüpft drunter durch oder findet sonst einen Weg, das Hindernis zu umgehen. Außerdem waren an den Schafen die Euter übrig. Und die betrachten Bären wohl als besondere Leckerbissen.«

Der Mann grinste schief und sah auf die Brüste der Toten nieder, die sich deutlich unter dem nassen Top abzeichneten. Füssl folgte seinem Blick, runzelte die Stirn wie eben, als Brenner in die Wunde gefasst hatte, und schüttelte sich kurz.

»Jesus.«

Sein Kollege klappte das Stativ zusammen und brachte es zu dem Koffer, in dem er auch schon die Röhrchen verstaut hatte.

»Kommissar Weirauch hat gesagt, bei den Schafen konnten Speichelproben genommen werden«, fügte er noch hinzu. »Was ich da eben gemacht habe, war vergebliche Liebesmüh, das habe ich gleich gesehen. Aber wenn bei der anderen Untersuchung was rauskommt, herrscht ja vielleicht Klarheit.«

Füssl nickte erneut und blickte noch einen Moment länger auf die junge Tote hinab. Ihre Augen waren die Schlucht hinauf gerichtet, über der sich jetzt endgültig der Himmel verdunkelt hatte.

»Was es auch war«, murmelte der Kripobeamte schließlich, »bei euch hier unten wird ab morgen die Hölle los sein. Ein Wolf, der eine junge Frau umbringt, darauf haben die alle nur gewartet. Das stellt selbst die Geschichte mit den Adlern in den Schatten.«

4

»Eine junge Wanderin, sagen Sie? Das ist ja grauenvoll.«

Stoll hatte im Büro ihres Vorgängers nicht viel verändert. Auf dem Schreibtisch stand eine kleine Skulptur, die Brenner aus irgendeinem Grund gut zu den weiten Strickjacken und auffälligen Halsketten zu passen schien, die die üppige Nationalparkchefin gerne trug, das Fensterbrett schmückte eine Vase mit Blumen. Als Brenner ihr von der Toten erzählte, drehte sie sich in ihrem Stuhl automatisch zu den wolkenverhangenen Gipfeln des Watzmann um, die vom ersten Stock der Nationalparkverwaltung aus zu sehen waren.

»Dass die Leute hier ständig von den Bergen fallen, daran habe ich mich einigermaßen gewöhnt«, sagte sie. »Aber das jetzt.« Kurz blickte sie stumm in die einsetzende Dämmerung hinaus, die sich auch bereits in dem holzgetäfelten Büro breitzumachen begann. »Wie jung war sie denn genau?«

»20, höchstens 25«, antwortete Brenner. »So genau ließ es sich nicht sagen.«

Stoll blinzelte ein paarmal und drehte sich dann wieder zu ihm um.

»Und die Verletzung …?«

»Am Hals. Die Kehle. Wenn es etwas anderes war, dann nichts, was da oben normalerweise rumläuft. Ich habe die Tierkadaver nicht gesehen, aber …«

Stoll nickte nachdenklich, ähnlich wie Füssl vorhin. Im schummrigen Licht wirkte ihr großes, regelmäßig geschnittenes Gesicht noch ernster als sonst.

»Und wir erzählen den Menschen die ganze Zeit, so etwas könnte nicht passieren«, sagte sie leise. »Gerade erst war der Wolfsberater aus München da und hat den Leuten erklärt, wie gut alles in der Lausitz läuft. Dass sie nur ein paar Elektrozäune aufstellen und sich Hütehunde anschaffen müssten, dann wäre alles wunderbar. Und dass den Menschen sowieso nichts passieren könnte, weil die Wölfe viel zu scheu seien und es genug Wild für sie gebe. Das erzählen *wir* ihnen, ausgerechnet wir hier in Berchtesgaden …«

Plötzlich hielt sie in ihrem erregten Redeschwall inne, hob die Augen und sah ihm forschend ins Gesicht.

»Mit Ihnen alles in Ordnung?«, fragte sie. »Sie sehen ein bisschen durch den Wind aus.«

»Ich? Nein. Bei mir ist alles okay.«

»Ich wusste mir nicht zu helfen, sonst hätte ich Sie nicht dahingeschickt. Wir haben nie darüber geredet, was vor zwei Jahren passiert ist. Die anderen Mitarbeiter haben mir gesagt, ich soll Sie lieber in Ruhe lassen.«

»Mir geht es gut«, erwiderte Brenner, konnte jedoch nicht verhindern, dass sich sein Blick kurz auf seine Hand senkte, an der er immer noch das kalte, süßlich riechende Fleisch spüren konnte. »Ich bin froh, dass ich weiter für den Nationalpark arbeiten darf.«

Stoll verengte irritiert die Augen und legte den Kopf schief.

»Das war sehr tapfer, was Sie damals getan haben, Sie und diese Berliner Studentin«, sagte sie eindringlich. »Eigentlich hätte der Nationalpark Ihnen ein Denkmal aufstellen lassen müssen.«

»Mir … mir geht es gut. Ich trinke manchmal einen über den Durst. Aber das habe ich vorher auch schon getan.«

Das unerwartete Bekenntnis und das angedeutete Lächeln, das damit einherging, waren genug, um die Nationalparkchefin – die bestimmt mal eine sehr schöne Frau gewesen war – von ihren Fragen abzubringen. Erneut huschte Verwirrung durch ihren Blick. Dann gab sie einen schweren Seufzer von sich, lehnte sich in ihrem Stuhl zurück und sprach in anderem Ton weiter.

»Das hätte ich mir am Anfang meiner Laufbahn nicht träumen lassen, dass all das Gute, das ich wollte, einmal zu so einem Ergebnis führen könnte.« Sie blickte auf die Zeitungen nieder, die auf ihrem Tisch lagen, und schien wieder kurz nachzudenken. »Konnte man denn … Haben die Polizisten irgendwelche Abstriche gemacht?«

»Ja, haben sie. Aber die Leiche hat wohl so lange in der Gumpe festgesteckt, dass sie nicht glauben …«

»Dann muss ich bei dem Labor anrufen und sagen, dass sie sich mit den Proben von den Schafen beeilen sollen. Die hängen dort sonst ewig in der Warteschleife und vielleicht …«

Stoll griff zum Telefon und hatte schon eine Taste gedrückt. Dann nahm sie sich das Gerät aber wieder vom Ohr und drückte erneut mit dem Daumen darauf.

Sie sah ihn an – ihre Augen nun vollends groß, verwirrt und jugendlich.

»Da ist eine junge Frau gestorben, und die einzige Sorge, die ich mir mache, ist, ob sie wirklich von einem Wolf getötet wurde«, sagte sie. »Die Angelegenheit wird mir sowieso aus den Händen genommen. Jetzt wird sich alles ändern. Hier bei uns – und wahrscheinlich in ganz Deutschland.«

Sie stellte das Telefon zurück auf die Station. Trotzdem wurden ihre Augen wie von selbst weiter von den fetten Überschriften auf ihrem Tisch angezogen.

»Und das alles ausgerechnet auf dem Untersberg«, murmelte sie leise. »Wo die Leute sich sowieso allen möglichen Unsinn einbilden.« Sie schüttelte sanft den Kopf und sah ihn aufgewühlt an, konnte sich aber doch ihre Frage nicht verkneifen. »War … war denn schon jemand von der Presse da?«

»Als ich gerade wieder runterlief, kam mir Kohlhammer vom *Anzeiger* entgegen«, antwortete Brenner und wollte eigentlich hinzufügen, dass er ihm nichts gesagt hatte.

Doch da begann schon das Telefon zu klingeln.

5

Als Brenner aus dem Gebäude der Nationalparkverwaltung kam, setzte der Regen ein. Die dunklen Wolken, die er vorhin von der Klamm aus gesehen hatte, hatten sich über dem Talkessel ausgebreitet und ließen ihre Last auf die eng gedrängten Dächer der Berchtesgadener Altstadt fallen. Die markanten Konturen des Watzmann begannen bereits in der Dämmerung zu verschwimmen.

Erst wollte er direkt nach Hause, aber da er gerade vom Trinken geredet hatte, war ihm auch danach. Also ließ er den Wagen stehen und lief die paar Meter zu seiner Stammkneipe hinab, die in einem winzigen Gässchen abseits des Weihnachtsschützenplatzes lag.

Normalerweise verirrten sich nicht viele Leute in das schummrige Loch, sodass Ederl, der Wirt, meist rauchend mit seinen Spezis am runden Tisch in der Mitte saß und Karten spielte. Als Brenner jetzt jedoch aus dem kalten Herbstregen in die überheizte Stube trat, blickten ihm lauter vertraute Gesichter entgegen.

Brenner begriff sofort und hätte am liebsten auf der Stelle wieder kehrtgemacht. Aber so einfach wollte er sich von seinem Stammplatz nicht vertreiben lassen.

»Griaß Gott beianand«, murmelte er und ging zum Tresen, hinter dem Ederl angesichts des ungewohnten Betriebs offenbar fest Stellung bezogen hatte. Der füllige Mann mit dem grauen Schnauzer nickte ihm verlegen zu, als hätte er ihm eine Falle gestellt. Wie zur Wiedergutmachung schob er ihm sofort ein frisch gezapftes Helles hin, das eigentlich für jemand anderen bestimmt war.

Mit am Tresen standen Sepp Angerer und Flore Pfnür, zwei Almbauern aus Bischofswiesen. An den Tischen saßen ebenfalls mehrere der örtlichen Bauern, von denen viele zusätzlich Zimmer vermieteten, und obwohl Samstagabend war, waren auch einige Wirte aus den umliegenden Gasthäusern auf ein schnelles Bier vorbeigekommen. Zu Brenners großer Überraschung hockte selbst der alte Dionysius, der auf dem Untersberg hauste wie ein Einsiedler und eigentlich nur noch zur Christ- und Ostermette ins Tal kam, zwischen den Leuten. Aus einer dunklen Nische im Hintergrund blickte Brenner ihr hiesiger Alpenschamane entgegen, der mit seiner schlohweißen Mähne selbst dort sofort ins Auge fiel und als Einziger im Raum ein Glas Wein vor sich stehen hatte. Brenner fragte sich, wie er so schnell von den Ereignissen erfahren hatte, eigentlich war er vom Dorffunk ausgeschlossen. Aber vielleicht hatte er ja gerade mit seiner Indianertrommel auf dem Untersberg die Geister angerufen und den Aufruhr mitbekommen.

»Da Plenk Hubi vo da Polizei hot vazählt, im Almbach is a Leich gfundn woan«, wandte sich Angerer, der auch im örtlichen Almbauernverband das Wort führte, ohne Umschweife an Brenner. »Er hot gsogt, es kannt da Wolf gwen sei. Und du warst do gwen und hättst as ogschaugt.«

Brenner trank einen großen Schluck von seinem Bier, sah Angerer kurz in die Augen und nickte.

»Ja, hob i.«

»Und? Is er's gwen?«

Brenner ließ den Blick über die gespannt dem Gespräch folgenden Gesichter schweifen und nickte erneut.

»Ja, kannt scho sei, dass er's gwen is.«

Ein Raunen ging durch den Raum. Genau davor hatten die Almbauern gewarnt. Nachdem die zwei Schafe gerissen worden waren, hatte der Verband ein Informationsblatt drucken lassen, auf dem ein Lamm neben einem Wolf mit gefletschten Zähnen abgebildet war und mehrere Fälle aus Russland und Indien geschildert wurden, bei denen Menschen von Wölfen getötet worden waren. Die Bauern vom Untersberg hatten sogar noch vor dem traditionellen Almabtrieb ihr Vieh von den Weiden geholt, weil sie sagten, weder die Tiere noch sie selbst seien dort sicher. Dass es tatsächlich zu so etwas kommen könnte, damit hatte aber ganz bestimmt niemand gerechnet.

»Host du die Leiche kennt?«, fragte Angerer, der wie die übrigen Bauern zweifellos mitten in den Vorbereitungen für die festlichen Erntedankumzüge steckte, die am nächsten Tag überall in den hiesigen Gemeinden stattfinden würden. Würde man auch sie nun absagen müssen? Es war gut möglich.

»Na, es war a Touristin«, antwortete Brenner. »A junge Frau, de wo gwandert is.«

Angerer schüttelte den Kopf und senkte den Blick.

Auch bei den restlichen Anwesenden machte sich betretenes Schweigen breit.

»Jetz hama die Bescherung«, sagte Flore Pfnür – obwohl in gewisser Hinsicht so ein Unglück das Beste war, was den Almbauern passieren konnte.

»Aba auf uns heat ja koana«, murmelte jemand anderes im Raum.

»Des war koa Wolf.«

Es war der alte Dionysius, der diesen Satz gesagt hatte. In seiner abgewetzten Trachtenjacke saß das sehnige Männlein neben einem halbleeren Maßkrug und sah mit einem entschlossenen Ausdruck in seinem rotwangigen Faltengesicht zum Tresen herüber.

»Was moanst domit, *des war koa Wolf*?«, fragte Angerer in scharfem Ton. Wie überall in Deutschland reagierten auch hier die Bauern gereizt, wenn man ihnen weismachen wollte, der gefräßige Räuber, der ihren Tieren zusetzte, sei in Wirklichkeit nur ein wildernder Hund. Doch auch Brenner horchte auf.

»A oanzelner Jungwolf auf Wanderschaft, der wo a ausgwachsne Hirschkua reißt«, erwiderte der alte Mann und sah sich herausfordernd um. »Und Trittsiegl oda Losung hobn sie a nirgendwo gefundn.«

»Da Bodn do drobn is hart, da find ma ned so leicht an Abdruck«, gab Angerer zurück. »Des miassast du eigentlich am bestn wissn. Und wo man frisst, da scheißt ma ned, des woaß vielleicht a da Moasta Isegrim.«

Die anderen Almbauern lachten. Sie hatten den schlagfertigen Mittfünfziger mit dem eckigen Stoppelschädel, der wie sie lieber in Karohemd und Funktionsjacke als der traditionellen Kleidung ihres Standes herumlief, nicht umsonst zu ihrem Vorsitzenden gewählt.

»Und was moanst, wer's gwen sei kannt, Donisl?«, setzte Angerer nach, allerdings nicht ohne eine gewisse Milde gegenüber dem zähen Alten, der trotz seiner 80 Jahre praktisch noch ganz allein seinen Hof führte. »War's da wuide Mo? Oder a verruckt gwoana Woipadinger?«

Wieder lachten die anderen. Dionysius ließ sich jedoch nicht aus der Ruhe bringen. Dafür schien er sich seiner Sache zu sicher zu sein.

»Na, des is koa Wolf und a koa Woipadinger«, sagte er und fixierte plötzlich Brenner mit seinem vom Bier leicht fiebrig wirkenden Blick. »Frag doch an Flurschütz amoi, wia die Leich grocha hot. Dann kemma mia da Wahrheit vielleicht näher.«

Brenner war so überrascht, dass er kurz Angst hatte, es könnte auffallen. Doch auch Angerer und Pfnür neben ihm legten die Stirn in Falten.

»Weißt du, was er meinen könnte?«, fragte ihn Pfnür, vor Verwirrung ins Hochdeutsche wechselnd.

»Keine Ahnung«, antwortete Brenner, obwohl er sofort wieder den zarten Blutduft in der Nase hatte, der von der Leiche ausgegangen war – roh, leicht modrig, aber doch nicht vollkommen unangenehm, in Verbindung mit dem schönen Leib. »Da war net vui zu riacha«, sagte er zu dem alten Mann. »De Leich hot oan Tog oder mehra im Wasser glegn. Aber wos moanst du, hätt i jetz do riacha soin?«

»Ja, des hoit, was da Jaga Hofreiter grochn hot«, antwortete Dionysius. »An dem Stück Wuid und a an de Schof. A so a greislicha Gstank, dass er fast sei Brotzeit wieda ausgspien hätt. So was is eam no nieamois ned unter d'Nosn kemma, hot er gsagt.«

»Ah geh«, schaltete sich Angerer ein. »Des hör i zum ersten Moi.«

»Ja, weila Angst um sein Postn hot«, entgegnete der alte Bauer selbstsicher. »Und dass eam d'Leit für verruckt hoitn.«

»Und wos hot er do grochn, Donisl?«, fragte Pfnür. »San de Viecher vielleicht vo am Stinktia gfressn woarn?«

Auch Angerers Schwager und Adjutant konnte ein paar Lacher für sich verbuchen. Doch obwohl die meisten sich inzwischen wahrscheinlich ungefähr vorstellen konnten, wohin die Reise ging, wollten sie doch, dass der alte Mann die Lösung des Rätsels ausspricht.

»Na, vom Deifi«, verkündete dieser mit triumphierender Miene. »An Deifi hot a grochn. Der wohnt im Untersberg. Nachts kimmt da raus und streicht um d'Häusa.«

Ein paar der Anwesenden stöhnten genervt oder lachten befreit auf. Dionysius aber redete unbeirrt weiter.

»Mei Voda hot no jede Nacht d'Lädn zuagmacht, damit er ned zum Fensta neischaugt und uns hoit«, erzählte er. »Und bei mir is er a um'n Hof gstrichn. Und hot knurrt und kaicht, dass mia koid an Buckl nuntaglaffa is. Und gstunkn hot's a am nächsten Moagn, dass oam a Mogn umdraht hot.«

»Der Gestank von Pech und Schwefel, wir wissen

schon«, sagte Angerer in der Hochsprache, wohl um so vielleicht dem Spuk schneller ein Ende machen zu können. »Dann hättest du eine große Tüte nehmen und ein bisschen von dem Gestank einfangen sollen. Den hätte der Nationalpark ans Labor geschickt und auf Teufelsgene untersuchen lassen. So aber wird rauskommen: Ein Wolf war's.« Er lächelte nachsichtig. »Der Hofreiter hat sich einen Spaß mit dir erlaubt, Donisl. Das sollte man mit einem so verdienten alten Herrn wie dir eigentlich nicht machen.«

Dionysius hörte das Lob sichtlich gerne, wollte aber immer noch nicht klein beigeben.

»D'Josefa hot's bei ihre Schof a grochn«, sagte er und sah mit störrischem Blick zwischen den Umsitzenden umher. »Frogds es doch amoi.«

»Die arme Josefa ist wegen ihrer zwei Steinschafe so mit den Nerven fertig, dass ich sie bestimmt nichts fragen werde«, erwiderte Angerer. »Aber vielen Dank für die Warnung, Donisl. Ich mach jetzt vorm Zubettgehen bei uns auch immer die Läden zu. Nur bei der lieben Frau Schwiegermama werd ich sie vielleicht offenlassen.«

Erneut erfüllte befreites Gelächter die Schenke – wenn Angerer in Form war, kamen die Leute bei ihm auf ihre Kosten. Dann jedoch erhob sich eine sanfte Stimme aus dem Hintergrund.

»Am 15. August war das Zeittor im Steinernen Kaser wieder offen, wer weiß, was da durchgekommen ist«, sagte Lutz Schiller, ihr örtlicher Alpenschamane, der den seit jeher von unzähligen Sagen umwobenen Untersberg zu seiner persönlichen Kultstätte auserkoren hatte. Er bezeichnete ihn als ›Herzchakra Europas‹, wohl weil der Dalai Lama mal etwas in der Richtung von sich gegeben hatte, und hielt dort regelmäßige Treffen mit Gleichgesinnten ab, verbrannte Kräuter und legte Steinkreise. Als er gehört hatte, dass sich ein den Indianern so heiliges Tier wie der Wolf auf seinen Berg verirrt haben sollte, hatte er vor Freude mit Sicherheit Luftsprünge gemacht oder es sogar als göttliches Zeichen betrachtet. Nun war er jedoch offenbar auf der Suche nach einer anderen Deutung.

»Herr Hinterbrandner«, wandte er sich an den alten Dionysius, der schräg vor ihm saß. »Haben Sie zusammen mit den merkwürdigen Geräuschen vielleicht auch irgendwelche Lichtphänomene wahrgenommen? Oder ist es plötzlich dunkel geworden?«

»Dunkl war's längst, weil's ja Nacht war«, erwiderte Dionysius und drehte sich verunsichert zu seinem neuen Verbündeten um. »Und Liacht wor bloß bei mia in da Stubn. Aus der bin i aber ned naus, weil i bin ja net lebensmiad.«

»Vielleicht war's der Kaiser Karl, der sich die Schafe geholt hat«, sagte Angerer, bevor die Leute wieder loslachen konnten. »Oder die gute Frau Percht oder die Untersbergmandln. Die hausen doch alle da drin, wenn ich recht informiert bin. Muss ganz schön eng sein, in dem alten Brocken.«

Nun brach das Gelächter aus, allerdings verhaltener als zuvor, als es um den Teufel gegangen war – gegen den konnte man sich schließlich jeden Sonntag in der Kirche feien. Bei den heidnischen Geistern und Sagengestalten, die den meisten noch gut aus Kindertagen vertraut waren, war die schützende Instanz hingegen weniger klar definiert.

»Im Untersberg gibt es über 400 Höhlen«, erklärte Schiller, »von denen längst nicht alle erforscht sind und die zum Teil bis zu 1000 Meter in die Erde reichen. Da wird es nicht so schnell eng.«

Sein großer Vorteil war, dass er vollkommen von dem Unsinn überzeugt zu sein schien, den er von sich gab, und obwohl sich jetzt die ersten Gäste zum Aufbruch bereit machten, waren doch genug übrig, die ihm weiter aufmerksam zuhörten.

»Hitler hat nicht umsonst seinen Berghof genau gegenüber dem Untersberg bauen lassen und ihn den ganzen Tag mit seinem Teleskop im Auge behalten«, fuhr der Alpenschamane in aller Ruhe fort. »Aber ich habe mich gefragt, ob es nicht vielleicht auch eine andere Erklärung gibt und der Geist der Weißen immer noch in den Bergen umgeht, durch den sich die Natur vor zwei Jahren so grausam für unsere Zumutungen gerächt hat. Jetzt ist wieder jemand gestorben, und trotz der Änderungen, die es seither gegeben hat, könnte das doch bedeuten, dass der alte Fluch nach wie vor auf uns lastet.«

Wie der alte Dionysius vorhin fixierte Schiller Brenner eindringlich mit seinem überspannten Blick – seit der Tragödie mit den Adlern hatte ihn der Alpenschamane sowieso so merkwürdig angesehen, sogar noch merkwürdiger als die anderen. Brenner war drauf und dran, über die Tische zu springen und den Möchtegernindianer an seinem weißen Schopf quer durch die Stube zu schleifen – er hätte beim Eintreten doch seinem ersten Impuls folgen sollen –, aber der gute Ederl kam ihm zum Glück zuvor. Wie ein Richter, der im Saal für Ordnung sorgt, schlug der bullige Wirt mit einem schweren Maßkrug dreimal laut auf den Tresen und ließ seinen rauchgeschwängerten Bass ertönen.

»I find, mia hom jetz gnua spekuliert«, sagte er. »Schließlich is a junge Frau gstoam. Wer zum Dringa kemma ist, konn gern bleibn, alle andern miassn si net schama, wenns geh woin – i woass ja, moagn is Erntedank und ihr habts alle a so gnua zum doa. Die Zech geht auf mi. Song mia oafach, es war a voazogene Trauerfeia. Und dir, Brenner, gib i jetz erst moi an doppelten Obstler aus.«

Als Brenner später über den glänzenden Asphalt zurück zur Nationalparkverwaltung lief und sich in sein Auto setzte, stieg ihm erneut der süßliche Blutgeruch in die Nase, den er den ganzen Abend zu vergessen versucht hatte – nur hundertmal intensiver als zuvor. Verwirrt blickte er um sich, bis er die bittere, chemische Note wahrnahm, die sich in den Geruch mischte, und einen Blick auf den Rücksitz warf, wo immer noch sein Rucksack lag.

Es waren nur der mit Pestizid präparierte Hase und das Kitz, das er am Morgen geschossen hatte – der Köder und die Beute.

Aber nein, dachte er, während er mit der einen Hand die Fenster herunterließ und mit der anderen nach dem Zündschloss suchte. Zur Beute war ja schon jemand anderes geworden.

6

Er träumte wieder von dem Hirsch. Das große Tier stand über ihm und blickte ihm mit seinen dunklen Augen neugierig ins Gesicht. Aus seinen feuchten Nüstern stob heller Atemdunst, in seinem Geweih funkelte die Sonne, und die Verästelungen des mächtigen Kopfschmucks schienen so weit hinaufzureichen, dass sie mit den Ästen der Bäume eins wurden. Zitternd streckte Brenner die Hand nach dem schönen Kopf des Tieres aus, doch in dem Augenblick ertönte der Schrei eines Adlers – oder vielleicht auch das Heulen einer anderen Kreatur – und er spürte einen harten Aufprall und alles wurde dunkel. Als er gleich darauf wieder die Augen öffnete, war seine Brust blutüberströmt, und auch in seinem Mund schmeckte er Blut. Er hatte das Gefühl zu steigen, immer weiter zu steigen, bis auch er eins mit den Ästen wurde, mit dem Morgendunst, mit den Bergen, die sich ringsum wie alte graue Riesen aus den Wäldern erhoben …

Das Handy klingelte. Schweißgebadet wurde Brenner wach und tastete nach seiner Hose.

»Anna, grüß dich.«

»Hallo, Veit. Habe ich dich geweckt?«

»Nein … ja … ich hatte wieder diesen Traum, du weißt schon.«

»Von dem Hirsch, der deine Wunden leckt?«

»Ja, genau, diesmal war es nur etwas anders … Bist du auf dem Weg zur Uni? Nein, Quatsch, entschuldige, es ist ja Sonntag.«

»Ich bin auf dem Weg nach Kreuzberg, frühstücken. Ich habe nur gerade von dieser Sache mit dem Wolf bei euch gehört. Es ist überall in den Nachrichten.«

»Ja, schreckliche Geschichte. War klar, dass sich die Medien darauf stürzen würden.«

»Mit dir alles in Ordnung? Du hörst dich ein bisschen fertig an.«

»Nein, nein, bei mir alles okay. Ich …«

Er blickte kurz an die Decke seines schäbigen Zimmers und dann zum Fenster hinaus, hinter dem im Morgennebel schemenhaft ein paar herbstlich braune Baumwipfel zu erkennen waren. Dann runzelte er die Stirn und sprach mit leiserer Stimme weiter.

»Anna, ich habe dir doch erzählt, was ich damals erlebt habe«, sagte er. »Wie ich das Gefühl hatte, mich von oben zu sehen und in die Bäume aufzusteigen. Wie ich diese Kraft zu spüren glaubte, von der der Förster geredet hatte, und ich eigentlich ganz glücklich war … also, wärst du nicht noch gewesen … und dann dieser Hirsch kam und …«

»Die Nahtoderfahrung«, sagte Anna, ebenfalls ernster und leiser, aber auch mit einer gewissen ungeduldigen Nüchternheit in der Stimme. »Von der du eben wieder geträumt hast. Natürlich …«

Brenner runzelte erneut die Stirn. Dann kniff er kurz die Augen zusammen und redete mit noch gedämpfterer Stimme weiter.

»Ich … Was ich dir nicht erzählt habe, ist, dass ich mich seither irgendwie anders fühle.«

»Anders, was meinst du? Natürlich fühlst du dich anders. Du wärst fast draufgegangen.«

»Nein, ja, das habe ich zuerst auch gedacht, aber ich glaube … ich glaube nicht, dass es das allein ist. Ich … also, ich hab seither das Gefühl, den Wald noch besser spüren zu können. Den Wald oder die Natur oder die Berge.«

»Ja, du erlebst seither alles intensiver, das ist doch klar. Ich nehme jetzt auch vieles anders wahr. Außerdem … außerdem hatte ich den Eindruck, dass da auch vorher schon eine ganz gute Verbindung bestand zwischen dir und der Natur, Herr Parkranger.«

»Ja, schon gut. Ich weiß, du redest nicht gerne über das alles und ich eigentlich auch nicht. Es ist nur so … ich kann jetzt *spüren*, wenn die Rehe im Frühling ihre Kitze bekommen, und ich kann *spüren*, wie sich im Herbst das Wasser aus den Blättern zurückzieht. Auf gewisse Weise spüre ich jede Quelle, an der ich vorbeigehe, und jeden Fuchsbau, auch ohne ihn zu riechen. Ich kann das alles in mir spüren, als hätte ich dort ein zusätzliches Organ, oder nein, eher … eher etwas in meiner Seele. Als seien all diese Dinge ein Teil von mir, genau wie der Förster damals gesagt hat.«

»Veit, ich …«

»Und jetzt, und das ist das wirklich Seltsame, jetzt spüre ich dort schon seit einiger Zeit etwas … etwas Fremdes. Etwas, was vorher nicht dort war.«

»Etwas Fremdes, Veit?«

»Ja, etwas Fremdes, Ungutes, ich weiß nicht genau, wie ich es beschreiben soll. Gut und Böse, das gibt es dort draußen ja eigentlich nicht, da hatte der Förster schon recht, aber doch etwas anderes, nicht … nicht Stimmiges, was dort nicht hingehört. Es ist, als hätte es sich eingenistet, irgendwo hier in den Wäldern, vielleicht sogar auf dem Untersberg, das weiß ich nicht genau. Aber ich kann es spüren, und … und es ist kein Wolf, Anna, da bin ich mir ganz sicher. Es ist nicht das, was …«

»Was meinst du, es ist kein Wolf?«

»Es ist kein Wolf. Ich glaube nicht, dass diese junge Frau von einem Wolf getötet wurde. Ich war da, und …«

»Veit, ich weiß wirklich nicht …«

»Jaja, es hört sich vollkommen verrückt an, ist mir klar. Und ich weiß, wie ungern du über all diese Dinge redest. Nur …«

»Veit, es tut mir leid, das ist eine furchtbar blöde Situation, aber ich kann jetzt nicht. Ich … ich rufe dich wieder an, okay?«

»Ja, okay, tut mir leid. Ich wollte dich nicht so überfallen. Und ich kann auch schon deine Freunde hören. Ich hatte nur gerade diesen Traum und dann …«

»Ich verstehe das. Ich verstehe das vollkommen. Und ich werde dir für immer dankbar sein, für das, was du damals für mich getan hast, aber …«

»Hey, so war das nicht gemeint. Ich …«

»Ich rufe dich wieder an, okay? Sobald ich Zeit habe, in Ordnung?«

»Ja klar, nur kein Stress. Vielleicht auch alles einfach nur Einbildung. Im Stüberl wurde gestern ziemlich wirres Zeug geredet, und ich hab natürlich auch wieder ordentlich getankt. Hab … hab ein schönes Frühstück und mach dir keine Sorgen. Lieb, dass du angerufen hast.«

Nachdem Brenner aufgelegt hatte, lag er noch eine Weile da und starrte an die Decke. Dann hörte er draußen Stimmen und ging zum Fenster.

Es war die Erntedankprozession hinauf zur Wallfahrtskirche auf dem Reitbichl – sie fand also doch statt. Zuerst traten die rot-weißen Gewänder des Kreuzträgers und seiner Ministranten aus dem Nebel hervor, dann die blumengeschmückten Heiligenfiguren, die von jungen Mädchen in weißen Schürzen auf den Schultern getragen wurden. Es folgten die Männer in ihren Trachten und Schärpen, die bunten Vereins- und Kirchenbanner hoch in die Luft gereckt, der Pfarrer mit der Monstranz und schließlich die Frauen mit ihren schwarzen Kleidern und farbigen Schürzen. Auch zwischen ihnen liefen wieder vier junge Mädchen, die diesmal die Heilige Jungfrau mit Kind auf ihrer Schulterbahre trugen.

Auf eine begleitende Kapelle hatte der Zug offenbar verzichtet, vielleicht aus Respekt vor der Toten. Auch die Gesichter wirkten noch ernster als sonst, was aber ebenso gut an der frühen Stunde und dem feuchtkalten Wetter liegen konnte. Brenner wollte sich gerade wieder abwenden, da sah er hinter den Trachtlern mehrere Gestalten vorbeihuschen, von denen eine ebenfalls etwas auf der Schulter trug.

Ein kleines Kamerateam lief hastig die schmale Bergstraße hinauf und brachte sich in Position, um gute Bilder von dem aufwärts marschierenden Zug zu schießen.

Sie sind also schon hier, dachte Brenner und sah zu, wie der bärtige Kameramann zuerst das hoch erhobene Kreuz ins Visier nahm und dann die herausgeputzten Mädchen, mit ihren weißen Blumenkränzen im Haar und den aus den bunten Schultertüchern aufsteigenden schlanken Hälsen.

Aber was sollten die Fernsehleute auch tun?, fragte er sich. Aufnahmen von einem Wolf würden sie wohl kaum bekommen.

TEIL II: DAS UNGEHEUER VOM UNTERSBERG

1

Es war nach drei, als Brenner die kleine Diensthütte auf dem Grünstein erreichte. Er öffnete die Tür, entzündete die alte Glühstrumpflampe auf dem Tisch und kontrollierte, ob Vorräte, Decken und Wäsche an ihrem Platz waren. Dann drehte er den Haupthahn ab, ließ das Wasser aus der Leitung, damit sie bei Frost nicht platzte, und schloss die Fensterläden. Nun war das schmale, mit dunklen Lärchenschindeln gedeckte Häuschen – das vierte auf seiner Liste heute – winterfertig und statt den Mitarbeitern des Nationalparks und der Forstbetriebe durften es sich wieder die örtlichen Berggeister darin gemütlich machen. Nachdem er die zwei leeren Eintopfdosen des letzten Besuchers in seinem Rucksack verstaut und die Tür abgeschlossen hatte, trat Brenner an die Kante des kleinen Absatzes, auf dem die Hütte lag, und blickte über den mit roten und gelben Tupfern verzierten Tannenwald ins Tal hinab.

Der dem Watzmann vorgelagerte Berg war nur halb so hoch wie jener, trotzdem konnte man von hier aus den gesamten Berchtesgadener Talkessel und die umliegenden Gebirgsstöcke sehen. Die entlang den Biegungen der Ache an den Hang gebaute Ortschaft war größtenteils von Nebel verdeckt. Auch der langgezogene Felsrücken des Untersbergs, der wie das bloßgelegte Rückgrat eines gewaltigen Tieres im Norden aus dem

Vorland ragte, war von tief hängenden Wolken umflort. Das war nichts Ungewöhnliches, schon gar nicht zu dieser Jahreszeit, trotzdem verstärkte es in Brenner das Gefühl des Rätsels und der Unsicherheit, in das sich das Leben im Tal – und auch sein eigenes – seit einigen Tagen zu hüllen schien. Obwohl er auch heute wieder froh gewesen war, genug zu tun zu haben, um nicht allzu viel über die Entwicklungen der letzten Zeit nachdenken zu müssen, blieb er jetzt doch noch einen Moment länger stehen und ließ den Blick auf dem herbstlich verdüsterten Alpenpanorama verweilen.

Er hatte sich ausdrücklich vorgenommen, das Thema ›Wolf‹ so gut es ging zu ignorieren, doch durch seine Mitarbeit im Nationalpark und den allgemeinen Rummel hatte sich das als unmöglich erwiesen. Selbst im Schützenstüberl hatte Ederl, den sonst außer seinen Karten kaum etwas interessierte, einen Fernseher auf den Tresen gestellt, und so viel Umsatz wie zurzeit hatte er bestimmt seit Jahren nicht mehr gemacht. Das TV-Team, das Brenner bei der Erntedankprozession gesehen hatte, war nicht das einzige geblieben, das von der Nachricht eines möglichen Wolfsangriffs ins Berchtesgadener Land gelockt worden war, und inzwischen gab es vermutlich kaum noch jemanden im Talkessel, dem man nicht schon mal eine Kamera, ein Mikro oder ein Diktiergerät vor die Nase gehalten hatte. Selbst zu den entlegenen Almhöfen waren die Journalisten hinausgefahren, und auf dem Untersberg stapften sie natürlich auch herum, trotz des regnerischen Wetters und einer sowohl vom Nationalpark als auch von der Polizei ausgegebenen Warnung. Eine Aufnahme vom Wolf, der möglicherweise eine junge Frau getötet hatte, hinter diesem ›Fang‹ war jeder her, doch zur Not taten es auch ein paar Bilder vom nebelverhangenen Bergwald – mit der richtigen Musik unterlegt war das vielleicht sogar noch gruseliger. Besonders auf den privaten Sendern hatte die Berichterstattung zuweilen etwas von einem billigen Horrorstreifen.

Nicht nur Journalisten, auch etliche Naturschützer streiften auf dem Untersberg durch die Wälder, um den vermeintlichen Wolf zu vertreiben oder einzufangen, bevor er von den ›bösen Jägern‹ geschossen wurde. Zwar genehmigte die Forstbehörde zurzeit keine Jagden, und um keinen falschen Eindruck zu erwecken, wollte auch Nationalparkchefin Stoll keinen der für den Park arbeitenden Jäger mit einer Flinte herumlaufen sehen – deshalb machte Brenner ja überall die Diensthütten für den Winter bereit, statt weiter Gämsen zu schießen. Trotzdem war die Angst der selbsternannten Wolfsschützer nicht ganz unberechtigt, denn Jäger und Bauern waren dafür bekannt, derartige Probleme gerne auf eigene Faust aus dem Weg zu räumen, und bevor er sich um die Diensthütten kümmerte, klapperte Brenner jeden Morgen einige der für diese Form der Selbstjustiz infrage kommenden Höfe ab, um in aller Stille weitere vergiftete Köder und für Isegrim ausgelegte Fangeisen und Drahtschlingen einzusammeln. Auch wenn er gleich vom Grünstein abstieg, würde er an gewissen Stellen wieder die Augen offenhalten und hier und da mit seinem Wanderstock im Gebüsch stochern.

Es hatte wohl sogar schon die eine oder andere heimliche Jagdexpedition gegeben, doch auf einen Wolf war dabei niemand gestoßen, noch nicht einmal auf einen verdächtig aussehenden Kothaufen oder ein paar an einem Baum oder Strauch hängengebliebene Haare. In der Nähe der Stelle, wo vor gut zwei Wochen das erste ›Opfer‹ gefunden worden war, die fast vollständig aufgefressene Hirschkuh, hatten zwei junge Burschen auf ihrer nächtlichen Pirsch angeblich so seltsame Geräusche im Gestrüpp gehört, dass sie prompt wieder den Rückzug antraten. Auch hieß es, jemand habe in der Nähe der Almbachklamm den Kopf eines Fuchses gefunden, was als besonders unheilsschwanger gewertet wurde, weil Füchse selbst die Angewohnheit hatten, von einem gerissenen Reh oder Gamskitz oft nur das Haupt wegzuschleppen. Der Kopf war nirgendwo abgegeben worden und bei beiden Geschichten handelte es sich vermutlich nur um Gerüchte. Doch sie nährten weiter die Atmosphäre der Angst und Verunsicherung, die sich jeden Tag aufs Neue übers Tal legte wie der dichte Morgennebel, der aus der vom Almbach gespeisten Ache aufstieg und sich – wie heute – oft bis zum Nachmittag nicht mehr verzog.

In dieser Atmosphäre wurden natürlich auch wieder die alten Schauergestalten aus der Mottenkiste gezerrt, über die sich die Almbauern schon im Stüberl lustig gemacht hatten, ebenso wie die vielen Anekdoten über Menschen, die – angeblich oder wahrhaftig – auf dem Untersberg verschwunden waren. Selbst ein paar Fernsehleute waren sich nicht zu schade, im Zusammenhang mit dem schrecklichen Unfall von den unzähligen mit dem Berg verbundenen Mythen zu berichten und dabei auch den einen oder anderen alten Stich zu zeigen, auf dem ein klauenbewehrter Waldschrat oder der wütende Riese Abfalter zu sehen war, der seit jeher auf dem mächtigen Felsmassiv sein Unwesen treiben sollte. Sicher würde es nicht lange dauern, bis all die Gerüchte und Märchen ihren Weg in die seriösen Medien fänden, und man auch dort das ›Ungeheuer vom Untersberg‹ heraufbeschwor, auf das Flore Pfnür gestern Abend schon beim Browsen in seinem iPhone gestoßen war.

Die meisten Menschen vor Ort plagten jedoch handfestere Ängste. Von den Bauern hatten jetzt beinahe alle ihr Vieh von den Almen geholt, viele Touristen und auch manch Alteingesessener trauten sich nicht mehr ohne Weiteres auf den Berg – oder zumindest nicht allein – und vor allem die Eltern der um den Untersberg gelegenen Gemeinden hatten Angst um ihre Kinder, von denen jetzt kaum noch eins unbegleitet zur Schule lief oder gar in den Wald zum Spielen gehen durfte. Im Fernsehen hatte es eine entrüstete Gegendarstellung zu der immer wieder von Naturschützern vorgebrachten Behauptung gegeben, Wölfe seien für Menschen ungefährlich, in der neben Wolfsattacken in Nordamerika, Russland und dem Iran auch wieder die vielen Fälle in Indien aufgeführt wurden, bei denen sich Wölfe kleine Kinder von den Feldern oder sogar direkt aus den Dörfern geholt hatten. In Russland hatte es offenbar einen Fall gegeben, bei dem ein kleines Mädchen wie Rotkäppchen alleine durch den Wald gegangen war und man auch von ihm nur noch den Kopf gefunden hatte. Die Almbauern hatten schon sofort nach dem Vorfall mit den Schafen gefordert, der Wolf müsse verschwinden, weil in Berchtesgaden kein Platz für ihn sei. Nun waren zweifellos auch viele andere Bürger ihrer Meinung.

Das Seltsamste an all dem war – und bei diesem Gedanken runzelte Brenner unwillkürlich die Stirn –, dass bisher noch nicht einmal zu 100 Prozent klar war, ob man es wirklich mit einem Wolf zu tun hatte. Wie der Mann von der Spurensicherung in der Klamm vorausgesagt hatte, hatte sich in den vom Hals der Leiche genommenen Abstrichen keine verwertbare Fremd-DNA gefunden. Blieben die Proben von den zwei getöteten Schafen, deren Untersuchung unter normalen Umständen drei bis vier Wochen gedauert hätte, doch durch Einwirken von höchster Stelle bis heute abgeschlossen sein sollte. Das Ergebnis sollte um 16 Uhr im Haus der Berge, dem neuen Informationszentrum des Nationalparks Berchtesgaden, vom bayrischen Umweltminister persönlich verkündet werden. Auch mit der Ankündigung konkreter Maßnahmen in dem Fall, der, wie ebenfalls beim Fund der Leiche prophezeit, höhere Wellen schlug als alles bisher Dagewesene, wollte die Regierung bis zu diesem Zeitpunkt warten.

Brenner warf einen Blick auf seine Uhr und dann auf das große neue Nationalparkzentrum hinab, das sich wie ein langer Riegel aus Holz und Stahl aus dem Hang erhob und selbst auf diese Entfernung ein Stück oberhalb der nebelverhüllten Berchtesgadener Altstadt zu erkennen war. Trotz der Sache mit den Adlern vor zwei

Jahren und trotz seiner widerwilligen Verwicklung auch in diese neue Tragödie hatte Stoll ihm erlaubt, von der Pressekonferenz fernzubleiben, und um ganz sicherzugehen, dass das Ergebnis nicht schon vorher zu ihm durchsickerte, hatte er sogar sein Handy ausgeschaltet. Tief in seinem Innern wusste er, dass er das Ergebnis bereits kannte, und fürchtete sich deshalb davor, seine Ahnung bestätigt zu hören. Wahrscheinlich war er in der ganzen Gegend der Einzige, der gerade allein auf einem Berg stand, während alle anderen bei der Arbeit, in ihrem sicheren Heim oder in einer Gaststube gemeinsam darauf warteten, die Wahrheit zu erfahren.

Plötzlich hörte Brenner ein Geräusch hinter sich und fuhr in seinem überreizten Zustand zusammen wie ein schreckhafter Teenager. Doch es war nur die Hütte, die sich nach seiner kurzen Störung wieder in ihre alte Form senkte, kein Berggeist oder eine die Einsamkeit der verlassenen Gipfel ausnutzende Wildfrau.

Einmal mehr sah er die junge Wanderin vor sich: die schlanken weißen Glieder, die mädchenhaften Brüste, das vom Wasser aufgedunsene, doch durch den hellen blonden Haarkranz trotzdem noch engelsgleich wirkende Gesicht. Selbst wenn sie in ihrer Kühlkammer in der Locksteinstraße durch ein Wunder wieder zum Leben erwachen würde, könnte sie nicht erzählen, was ihr widerfahren war, denn dazu fehlte ihr die Stimme. Brenner hatte sich mit eigenen Händen davon überzeugt. Wie der Wolf, der sie angeblich getötet hatte, war auch sie in den letzten Tagen zu einer Art Phantom geworden, nicht nur für Brenner, den ihr Bild inzwischen genauso hartnäckig verfolgte wie anfangs ihr Geruch, sondern auch für den Rest der Welt.

Soweit es zu Brenner durchgedrungen war, hatte die in München durchgeführte Obduktion ergeben, dass die junge Frau, deren Alter auf Anfang 20 geschätzt wurde, etwa zwei Tage lang in der Felsnische im unteren Teil der Klamm festgehangen hatte, bevor sie durch die heimlich dort schluchtelnden Bergsportler ›befreit‹ worden war. Um wen es sich bei der Frau handelte oder woher sie gekommen war, wusste jedoch niemand, denn keine der üblichen Maßnahmen, die Identität einer tot in den Bergen aufgefundenen Touristin festzustellen, hatte bisher zu irgendeinem Resultat geführt.

Wie in solchen Fällen Standard, hatte die Polizei die gesamte Klamm und das umliegende Gebiet auf weitere Hinweise abgesucht, und die Wasserwacht war die Richtung Norden fließende Ache abgefahren, um dort vielleicht noch etwas zu finden, was zu der Toten gehörte – eine an einen Fels gespülte Jacke, in der ein Portemonnaie steckte, im Idealfall den Rucksack der jungen Frau mit ihrem gesamten Gepäck. Doch hatte es zur angenommenen Zeit des Unglücks starke Regenfälle gegeben, dieselben, die vermutlich den unterirdischen Dammbruch ausgelöst hatten, der die Finderin der Leiche um ein Haar das Leben gekostet hätte. Alles, was auf die Identität der Toten hinweisen könnte, war mit der von der Ache gespeisten Salzach wahrscheinlich längst bis nach Salzburg geschwemmt worden.

Auch die Veröffentlichung einer genauen Beschreibung der jungen Frau, das Abklappern von Pensionen und Gasthöfen sowie die Suche nach einem verwaisten Zelt oder Fahrzeug waren bisher ergebnislos geblieben. Gleiches galt für die Überprüfung der Fingerabdrücke, die die Polizei in solchen Fällen routinemäßig durchführte. Mit der Veröffentlichung eines Fotos der Leiche wartete man wie immer noch, weil man sie den möglichen Angehörigen ebenso wie den normalen Zeitungslesern erst zumuten wollte, wenn auch nach längerer Zeit ein Hinweis auf die Identität der Toten ausblieb.

All das war nichts Ungewöhnliches, manchmal stellte es sich erst nach Wochen, Monaten oder sogar Jahren heraus, um wen es sich bei einem Bergtoten handelte. Dennoch verstärkte es in Brenner den Eindruck, durch die letzten Tage wie durch einen verworrenen Traum gewandelt zu sein, bei dem nicht nur der vermeintliche Täter, sondern auch das Opfer einem Hirngespinst glich, das alle Fragen offenließ, jedoch gerade deshalb eine besondere Wirkung auf Seele und Fantasie ausübte. Eigenartigerweise hatte auch die junge Frau aus Regensburg, die in dieselbe Felsnische wie die Leiche gespült worden war und dort beinahe ertrunken wäre, die Tote in einem Interview, das Brenner zufällig gesehen hatte, als rettenden Engel und Wassergeist bezeichnet.

Brenner hob die rechte Hand, betrachtete seine Fingerspitzen und dachte an die Leichen, die er damals mit Anna gefunden hatte. Auch sie hatte er zum Teil berührt, bei einer sogar Erde aus einem Loch im Kopf geklaubt, als handle es sich um nicht mehr als einen ausgestopften Puppenschädel. Doch dieselbe Art der Verbindung und … Verantwortung hatte er bei keinem der

Toten gespürt, obwohl es damals eigentlich viel mehr Anlass dazu gegeben hätte. Aber na ja, vielleicht war ihm seinerzeit auch einfach nicht genug Zeit dazu geblieben.

Allerdings würde er einen Teufel tun und sich auf dieses Gefühl einlassen – schon was er am Sonntagmorgen Anna erzählt hatte, war ihm peinlich gewesen, sobald er richtig wach und nüchtern geworden war, schließlich wusste er nur zu gut, wie sehr sie das alles eigentlich vergessen wollte. Und angerufen hatte sie seitdem natürlich auch nicht mehr.

Ein letztes Mal blickte er über den im grauen Herbstlicht daliegenden Talkessel hinweg und versuchte wieder, das unkomplizierte Verhältnis in sich heraufzubeschwören, das er vor jenen Ereignissen vor zwei Jahren zu den Bergen gehabt hatte. Aber wie immer wollte es ihm nicht gelingen, und so schüttelte er nur resigniert den Kopf und machte sich endlich an den Abstieg.

Obwohl er auch jetzt wieder zwei beköderte Drahtschlingen einsammelte, erneuerte Brenner auf dem Weg nach unten seinen Schwur, sich von allem, was mit dem ›Ungeheuer vom Untersberg‹ zu tun hatte, fernzuhalten – und auch an all die seltsamen Dinge, die in seinem Innern vorgingen, keine unnützen Gedanken mehr zu verschwenden.

Doch als er schließlich am Fuß des Berges ankam, musste er einmal mehr erkennen, dass diese Entscheidung nicht allein von ihm selbst abhing.

2

»Herrgott, Brenner, warum schaltest du dein Handy aus? Wir haben bestimmt hundertmal bei dir angerufen.«

Hubi Plenk trat nervös von einem Bein aufs andere, während er neben Brenners Geländewagen stand, und Brenner kam es vor, als wäre er ihm um ein Haar sogar entgegengeeilt. Auch Vinz Kastner, der wie eine jüngere rothaarige Version des gemütlichen Wachtmeisters wirkte, machte einen ungewohnt fahrigen Eindruck.

»Was gibt's denn?«, fragte Brenner, während er den toten Ast ins Gestrüpp warf, den er zum Wandern benutzt hatte, und das Heck seines Fahrzeugs ansteuerte. »Solltet ihr nicht bei der Pressekonferenz sein? Ich dachte, da werden alle Mann gebraucht, wegen der ganzen hohen Tiere, die vor Ort sind.«

Hubi warf Vinz einen Blick zu. Und bildete Brenner es sich ein oder stellten sich die beiden so, dass sie ihn im Notfall aufzuhalten versuchen konnten, wenn er zu etwas anderem Anstalten machte, als seinen Rucksack im Kofferraum zu verstauen?

»Wir … wir haben einen Sonderauftrag«, sagte Hubi unsicher, der, obwohl bestimmt gut 100 Kilo schwer, schon Schwierigkeiten hatte, ein Kind zu ermahnen, das bei Rot über die Straße lief. »Wir sollen dich so schnell wie möglich aufs Revier bringen.«

»Mich aufs Revier?«, fragte Brenner überrascht und drehte sich zu den beiden um. »Warum denn?«

Wieder wanderten Hubis gutmütige Augen kurz hilfesuchend zu seinem Kollegen hinüber. Aus seiner bis zum Bauch geöffneten grünen Uniformjacke glaubte Brenner scharfen Schweißgeruch wahrnehmen zu können.

»Das dürfen wir dir nicht verraten«, erklärte er und sah Brenner mit einem beinah flehenden Ausdruck im Gesicht an. »Es … es hat da eine neue Entwicklung gegeben.«

»Eine neue Entwicklung? In der Sache mit dem Wolf? Was ist passiert?«

»Das dürfen wir dir nicht sagen«, mischte sich Vinz ein, da sein älterer Kollege offenbar schon zu viel ausgeplaudert hatte. »Wir … wir haben ausdrückliche Order, dich vorher noch nicht darüber in Kenntnis zu setzen, worum es geht.«

Brenner runzelte die Stirn. »Kommt das von Weirauch?«, fragte er. Der örtliche Hauptkommissar, den Brenner aus verschiedenen Gründen gut kannte, hielt nichts von solchen Spielchen, das wusste er, und irgendwie hörte sich das hier nicht nach ihm an.

»Nein … ja«, antwortete Vinz, der nun wiederum unschlüssig zu Hubi blickte. »Er hat uns losgeschickt, weil du nicht zu erreichen warst. Oben am ›Haus der Berge‹ ist die Hölle los.«

»Komm einfach mit, Brenner«, sagte Hubi und setzte wieder eine bittende Miene auf. »Wir sind schon alle Wanderparkplätze abgefahren. Es gibt bestimmt sowieso Ärger, weil das alles so lange dauert.«

Brenner blickte von einem der zwei Schwergewichte zum andern. Beide schwitzten und fühlten sich sichtlich unwohl in ihrer Haut.

»Na gut«, sagte er dann und wollte zur Fahrertür gehen. Doch Hubi baute sich halbherzig vor ihm auf.

»Nein, Brenner, setz dich einfach zu uns in den Wagen, das geht schneller. Wir machen Blaulicht an.«

Brenner hielt inne und runzelte erneut die Stirn. Hubi hatte Angst vor ihm, das wusste er, wie wahrscheinlich die meisten hier unten im Talkessel. Auch der jüngere Vinz hatte mit Sicherheit gehört, wie er früher gewesen war.

Einmal mehr blickte Brenner Hubi ins Gesicht, dann dem angespannt lächelnden Sennersohn. Keiner von beiden wirkte aggressiv oder drohend, aber beide hatten ihre Halfter am Bund. Wegen ihm oder wegen dem von allen mit so viel Argwohn betrachteten Raubtier, das ihnen auf der Suche nach ihm vielleicht über den Weg laufen könnte?

Es dämmerte bereits. Drüben im Haus der Berge, das der Polizeiinspektion direkt gegenüberlag, würde gleich die in ganz Deutschland mit Spannung erwartete Pressekonferenz beginnen. Brenner zuckte mit den Schultern und lief dann mit ruhigen Schritten zu dem Streifenwagen hinüber, der fünf Meter weiter auf dem Parkplatz stand.

3

Am Haus der Berge war tatsächlich die Hölle los. Vor dem langgestreckten Holzbau mit dem markanten Würfel aus Glas und Stahl auf dem Rücken hatte sich eine Schar von bestimmt 30 Demonstranten versammelt, die Plakate mit Aufschriften wie ›Jagd ist Mord‹ und ›Umsiedeln statt abschießen‹ in die Höhe hielten. Vor dem Eingang zum Foyer, in dem die Pressekonferenz stattfand, stand eine große Traube von Einheimischen, die offenbar nur einen Blick auf die Veranstaltung im Innern hatten werfen wollen, von denen jetzt aber viele mit finsteren Mienen zu den Tierschützern hinüberäugten. Zwischen den zwei Gruppen erkannte Brenner im Vorbeifahren Kommissar Weirauch mit mehreren Beamten, die sich dort als Puffer postiert hatten, während den Eingang selbst etliche Sicherheitsleute in dunklen Anzügen abschirmten. Auch die allgegenwärtigen Kameramänner und Reporter waren wieder da, sichtlich angetan von der Gelegenheit, hier draußen vor der Tür noch spannendere Stimmen und Bilder einfangen zu können als auf dem Event selbst.

»Verrückt, oder?«, sagte Vinz, während sie zum geschützten Fahrzeughof der Polizeiinspektion abbogen. »Zwei von den Spinnern mussten vorhin schon in Gewahrsam genommen werden.«

Auch während der Fahrt hatten sich Hubi und Vinz weiter bedeckt gehalten und nach Durchgabe ihres Erfolgs sogar den Polizeifunk wieder ausgeschaltet. Über die glänzenden Holzstufen der prächtigen alten Kaufmannsvilla, in der die Berchtesgadener Polizei untergebracht war, führten die beiden ihn in den dritten Stock, zum Büro des Dienststellenleiters, von dem Brenner eigentlich gedacht hatte, er müsse auf der Pressekonferenz den Stand der Ermittlungen präsentieren.

Auf Hubis Klopfen öffnete dann auch ein mittelgroßer, eher schmal gebauter Mann mit Seitenscheitel und Kinnbart die Tür, der keine Polizeiuniform, sondern ein dunkelblaues Jackett zu einem sommerlich blauen Polohemd trug. Er hatte hellwache Augen mit eindringlichem Blick, und obwohl er bestimmt erst Mitte 30 war und damit gerade mal fünf Jahre älter als Brenner, strahlte er die Selbstsicherheit und das Rangbewusstsein eines hohen Beamten aus. Wie Brenner auffiel, als der Mann sie mit ausgestrecktem Arm in den Raum wies, trug auch er eine Pistole am Gürtel seiner Jeans.

»Da ist er ja endlich, der berühmte Herr Brenner«, sagte der fremde Polizist mit betont aufgeräumter Stimme. »Setzen Sie sich doch bitte. Haben unsere zwei braven Wachtmeister Sie also endlich zu fassen gekriegt.«

Brenner nahm wie angewiesen vor dem großen Kunststoffschreibtisch Platz, der – wie in Weirauchs Büro einen Stock tiefer – so wenig zu dem aufwändig restaurierten Intarsienparkett und der hohen Stuckdecke des Raumes passen wollte. Draußen, jenseits des alten Holzbalkons, war das hell erleuchtete Haus der Berge und, wie ein dunkler Wächter im Hintergrund, der letzte Umriss des Watzmannkönigs zu erkennen. Auf Stühlen an der Wand saßen – beim Reinkommen von der großen Flügeltür verdeckt – zwei weitere Personen: ein junger Polizeibeamter in Uniform, den Brenner vom Sehen, aber nicht mit Namen kannte, sowie ein schmächtiger Jugendlicher mit auffällig heller Haut und dunkler Kleidung, der Brenner ebenfalls bekannt vorkam und ihn ängstlich aus großen Augen ansah.

Der Polizist im Jackett setzte sich nicht hinter den Schreibtisch, sondern zwischen Brenner und den Jungen auf die Ecke des Tischs, wo eine bereits aufgeschlagene Akte lag.

»Das ist Alexander Thiel vom BKA in Wiesbaden«, erklärte Hubi, der mit Vinz wieder in verdächtig wachenartiger Manier zu beiden Seiten der Tür stehengeblieben war. »Er ist Fallanalytiker, also so was wie ein Profiler.«

»Na, na, na, Herr Plenk«, ermahnte ihn Thiel, ohne von der Akte aufzusehen, in der er blätterte. »Ich hab Ihnen doch gesagt, Sie sollen nicht gleich alles verraten. Andererseits: Etwas Ähnliches konnte sich Herr Brenner wahrscheinlich schon denken.«

Thiel blickte auf und sah Brenner mit einem süffisanten Grinsen, das nie ganz von seinen Lippen zu verschwinden schien, ins Gesicht. Brenner rückte seinen Stuhl etwas nach hinten, weil er sonst den Kopf verdrehen musste und ihn außerdem Thiels Aftershave störte – seine Nase schien in letzter Zeit immer empfindlicher zu werden. Mit ausdrucksloser Miene erwiderte er den aufdringlichen Blick seines Gegenübers.

»Das ist ja eine recht ansehnliche Akte, die man hier über Sie gesammelt hat«, sagte Thiel. »Mehrere Anklagen wegen Körperverletzung, einmal gefährlich, einmal sogar schwer, bei denen Sie allerdings immer glimpflich davonkommen sind – bei euch Bajuwaren gehört so was zu einem richtigen Mannsbild halt dazu. In den letzten zwei Jahren aber nichts mehr, seit dieser verrückten Geschichte mit den Greifvögeln, von der ich natürlich auch gehört habe, schon allein aufgrund der Anzahl der Opfer.« Wieder sah Thiel auf und richtete seinen antrainierten Profilerblick auf ihn: »Da hat es Sie dann mal erwischt, drei Schüsse in den Oberkörper, das setzt einem ganz schön zu.«

»Ich weiß es nicht«, antwortete Brenner und senkte die Augen kurz auf Thiels Dienstwaffe, die er beim Setzen wie zufällig durch das Zurückstreichen seines Sakkos entblößt hatte. »Sind Sie schon mal angeschossen worden?«

Thiel sah ihm einen Moment länger in die Augen und verzog dann den Mund vollends zu einem amüsierten Grinsen.

»Nein, tut mir leid, damit kann ich nicht dienen, bei dieser Art von Schwanzvergleich muss ich passen. Aber jetzt wissen wir wenigstens, dass der Mann aus den Bergen reden kann. Trotzdem …« Wieder blickte er flüchtig auf die Akte nieder. »Wenn ich das hier richtig überflogen habe, waren Sie auch vorher schon ein ziemliches Unikum. Und nach einem so heldenhaften Auftritt, da steht man natürlich im Rampenlicht, an so was kann man sich gewöhnen und …«

»Ha!«

Thiel zog die Brauen zusammen und drehte sich zu Hubi um, von dem dieser Ausruf gekommen war. Nun wirkte er doch etwas aus dem Konzept gebracht.

»Ja, Herr Plenk, wollen Sie etwas beitragen?«, fragte er gereizt, bekam sich aber dann sofort wieder in den Griff. »Sie kennen ihren Samariter spielenden Bergfex natürlich besser als ich.«

»Nein, Entschuldigung, es ist nur … Also Aufmerksamkeit, der Brenner, der ist froh, wenn … Der war schon als junger Kerl ein Einzelgänger, und wenn er nicht irgendwo in der Natur draußen ist, dann höchstens in der Schenke … oder, na ja …«

Vielleicht wollte der gute Hubi wiedergutmachen, dass er Brenner auf so seltsame Art hierher verfrachtet hatte, vielleicht ging ihm auch nur der aufgeblasene Fuzzi vom Bundeskriminalamt auf die Nerven. Unter dem strengen Blick Thiels verhaspelte sich der brave Wachtmeister jedoch rasch und verstummte schließlich gänzlich. Verzweifelt sah er zu Vinz hinüber, der die Augen aber lieber gesenkt hielt. Dann winkte er ab und schüttelte leicht den Kopf, um klarzumachen, dass er wohl besser den Mund gehalten hätte.

»Nun«, sagte Thiel und verschränkte die Arme vor der Brust, »darum geht es im Grunde ja auch nicht, und eigentlich haben wir auch gar keine Zeit für das alles. Ich kenne nur gerne meine Gesprächspartner und an einer so spannenden Akte kann ich schlecht vorbei, alte

Berufskrankheit. Alkoholismus kommt also anscheinend ebenfalls hinzu, aber auch das gehört hier unten wohl mehr oder minder zum guten Ton.«

Den letzten Satz hatte der Fallanalytiker leise und wie zu sich selbst gesprochen und dabei einen allerletzten Blick in die braune Faltmappe geworfen. Nun klappte er diese jedoch mit entschiedener Geste zu, wendete sich kurz zu dem Jungen an der Wand um und sah dann wieder Brenner an.

»Herr Brenner, wie Sie vielleicht wissen, wird der bayerische Umweltminister auf der anderen Straßenseite gleich verkünden, was bei der Analyse der Abstriche an den zwei Schafskadavern herausgekommen ist, die hier vor zwei Wochen gefunden wurden. Danach möchte er die Maßnahmen vorstellen, die er in der Angelegenheit zu treffen gedenkt. Vorher erwartet er jedoch einen Anruf von mir, deswegen bitte ich Sie, meine Fragen möglichst zügig und präzise zu …«

»Was ist dabei herausgekommen?«

»Wie bitte?«

»Was bei der DNA-Analyse herausgekommen ist? War es wirklich ein Wolf?«

»Nein, ein Marder.«

Wieder hatte sich Hubi eingemischt, der sich vermutlich gerade um seine letzten Aufstiegschancen brachte – auf die er Brenners Wissen nach allerdings sowieso nie viel Wert gelegt hatte. Brenner hatte sich nicht zurückhalten können, als der Mann vom BKA das Thema ansprach. Nun blickte er jedoch mit gerunzelter Stirn zu dem großen Wachtmeister hinüber.

»Ein Marder? Was soll das heißen?«

»Es war wohl ein Marder an den Schafen, nachdem der Wolf – oder was auch immer – weg war«, erklärte Hubi mit gutmütigem Grinsen. »Danach sieht jedenfalls die DNA aus, die dadurch aber verunreinigt und unbrauchbar ist. Wenigstens gibt es jetzt eine Erklärung für den Gestank, von dem jeder redet.«

Wieder sah Hubi grinsend in die Runde, während Brenner seine Gefühle zu ordnen versuchte. Also kein Wolf, wie er vorhergesagt hatte – oder doch nur kein eindeutiges Ergebnis? Er hatte erwartet, das, was er in seinem Innern spürte, eindeutig widerlegt oder bestätigt zu hören, doch jetzt war er im Grunde so klug wie vorher. Und was genau hatte er eigentlich erwartet?

»Vielen Dank für diesen biologischen Exkurs, Wachtmeister Plenk«, sagte Thiel. »Was die Schafe und die Hirschkuh gerissen hat, ist mir sowieso egal. Ich bin hinter etwas ganz anderem her. Herr Brenner, kennen Sie diesen jungen Mann?«

Er wies mit der Hand auf den Jungen an der Wand, der die Szene die ganze Zeit mit eingeschüchtertem Blick verfolgt hatte. Wieder sah er Brenner mit seinen großen Augen an, die in dem schmalen Gesicht fast feminin wirkten. Auch die Haare waren schwarz gefärbt, passend zur Kleidung, und irrte Brenner sich oder hatte der Junge seine Augen mit Kajal geschminkt, um den romantisch-weichen Ausdruck noch stärker zu betonen? Er war sicher, das Gesicht schon einmal irgendwo gesehen zu haben. Doch war er von der gerade gehörten Nachricht zu verwirrt, um sich konzentrieren zu können.

»Ich … ich weiß nicht genau«, stammelte er leise, worauf in Thiels Augen sofort wieder der professionelle Röntgenblick aufflackerte, mit dem er ihn schon die ganze Zeit zu durchleuchten versuchte. Auch Hubi und Vinz schienen sich verlegen auf ihren Plätzen zu rühren. »Ich … Er kommt mir bekannt vor. Aber ich kann nicht … Ich kann …«

Wie zu Brenners Rettung ging plötzlich die Tür auf. Jockel Fegg von der Funkzentrale streckte den Kopf herein. Seine Miene drückte höchste Erregung sowie einen gewissen Grad von Überforderung aus.

»Drüben auf dem Ettenberg hat ein Jäger einen Hund erschossen, weil er ihn für den Wolf gehalten hat«, sagte er. »Ein paar von diesen Tierschützern sind auch da. Da muss jemand hin, sonst gehen die sich an die Gurgel.«

Der Ettenberg war ein kleines Hochplateau zwischen dem Untersberg und der Berchtesgadener Ache, das im Süden an die Almbachklamm grenzte. Die drei Schutzpolizisten im Raum wechselten kurz verwirrte Blicke, dann ergriff Hubi als Dienstältester die Initiative.

»Ich fahr hin«, sagte er. »Ihr beide haltet die Stellung. Herrschaftszeiten – dass das heute Abend ein *solcher* Zirkus wird, hätt ich nicht gedacht.«

»Das hat schon was von einer Massenpanik«, sagte Thiel, nachdem Hubi die Tür hinter sich zugezogen hatte. »Wenn man nicht drinsteckt, will man's immer nicht glauben.« Er blickte kurz auf die silberne Uhr an seinem Handgelenk. »Aber nun sollten wir uns wirklich an die Arbeit machen. Sonst bringe ich den armen Minister noch ins Schwitzen.«

Als er sich jetzt an Brenner wandte, wirkte sein Gesichtsausdruck zum ersten Mal halbwegs freundlich, offenbar weil er etwas von ihm wollte.

»Ich will ihrem Gedächtnis ein bisschen auf die Sprünge helfen«, sagte er und senkte vertraulich die Stimme. »Das hier ist Sebastian Ertl, Alter 17, auch wenn er jünger aussieht, wohnhaft in Marktschellenberg, also nicht weit von der Almbachklamm, auf dem Hof seiner Eltern. Wenn ich richtig informierte bin, haben Sie ihn im letzten Herbst beim Abhalten einer Schwarzen Messe erwischt.«

»Einer Schwarzen Messe?«

»Ja, oben in einer Höhle auf dem Untersberg. Er und zwei Freunde – oder Bekannte. Ein junger Mann, ungefähr im gleichen Alter, und ein 15-jähriges Mädchen. In seinem Blog hat Herr Ertl geschrieben, er habe einem Huhn den Hals durchgebissen, und es sei zu sexuellen Handlungen mit dem Mädchen gekommen.«

Brenner runzelte die Stirn und betrachtete den Jungen noch einmal genau. Ja, jetzt erinnerte er sich wieder. Das aus dünnen Ästen zusammengebundene umgedrehte Kreuz, von dem er zuerst dachte, die Jugendlichen wollten ihre Kleider darauf trocknen. Die hymnisch klingende Musik und der ebenfalls entfernt nach Kirche riechende Qualm, der ihn zu der Höhle führte.

»Einem Huhn?«, frage er und konnte sich ein Lächeln nicht verkneifen. Der Junge wurde rot und schlug beschämt die Augen nieder.

»So etwas kann man schnell verschwinden lassen, wenn die Autoritäten im Anmarsch sind«, erklärte Thiel. »Ich möchte von Ihnen, dass Sie mir ganz genau beschreiben, was Sie gesehen und gefühlt haben, als Sie in die Höhle kamen. Die Atmosphäre ist mir wichtig. Jedes noch so kleine Detail kann von Bedeutung sein. Was mich vor allem interessiert, ist, ob Sie den Eindruck hatten, dass …«

»Deshalb bin ich hier?«

Thiel sah ihn verblüfft an. Wieder mischte sich gereizte Ungeduld in seinen Blick.

»Sie glauben allen Ernstes, der Junge da hätte die Frau umgebracht?«

»Der Wolf kann sehr stark im Menschen sein, wenn man ihn rauslässt, Herr Brenner. Und meiner Erfahrung nach ist er von allen Tieren dann auch das schlimmste Raubtier. Aber wir müssen uns jetzt wirklich beeilen, deshalb …«

»Beeilen, warum?«

»Weil der Minister auf meine Entscheidung wartet. Wie Herr Plenk Sie vorhin informiert hat, bin ich Fallanalytiker, und zwar spezialisiert auf Gewalttaten, die durch die Medien inspiriert sind. Da gibt es nicht nur Amokläufe und Karatetritte, sondern auch anderes. In Arizona wurde vor einiger Zeit ein Mann eingewiesen, der am ganzen Körper wie ein Tiger tätowiert war und sich ein Gebiss aus Edelstahl hatte anfertigen lassen. Er konnte aufgehalten werden, aber die Sache war knapp.« Er zeigte auf den Jungen. »Bei diesem Burschen haben wir jede Menge DVDs mit Zombie- und Werwolffilmen gefunden. Auf seinem Computer befand sich eine Datei, die voll mit Szenen war, in denen Menschen die Kehle durchgebissen wird. Der Knabe hat offensichtlich ein schweres Problem.«

Brenner betrachtete Ertl einen Moment lang, der ihn anblickte, als würde sein Leben von ihm abhängen. Dann runzelte er die Stirn.

»Haben Sie geprüft, wann er die Szenen zusammengestellt hat?«, fragte er Thiel. »Und ob die Datei überhaupt von ihm stammt?«

»Ich weiß, worauf Sie hinauswollen, und nein, das konnte in der Kürze der Zeit bisher nicht eindeutig eruiert werden. Trotzdem muss ich Sie bitten, die Deutung der Fakten mir zu überlassen und einfach nur auf meine Fragen zu antworten. Hatten Sie damals das Gefühl, es hätte auch zur Gewalt gegen das junge Mädchen kommen können, wenn Sie nicht aufgetaucht wären?«

»Nein, kein bisschen«, antwortete Brenner. »Das waren einfach nur drei Jugendliche, die ihren Spleen ausgelebt haben – nicht verrückter als all die anderen Spinner, die auf dem Untersberg rumlaufen. Da wurde auch kein Huhn geschlachtet oder eine Orgie veranstaltet, auch wenn er das geschrieben hat. Hätten die drei nicht einen solchen Lärm gemacht und in der Nähe nicht Adler gebrütet, hätte ich sie nicht einmal weggeschickt. Sehen Sie sich den Jungen doch an, der ist vollkommen harmlos.«

»Da erlaube ich mir, anderer Meinung zu sein. Und bedenken Sie bitte: Ich bin der Experte, und wenn der Minister von mir nichts hört, wird hier morgen oder in den nächsten Tagen eine große Jagd veranstaltet. Dann ist es aus mit dem Wolf. Dabei haben wir es meiner Meinung nach mit so etwas wie einem Trittbrettmord zu tun.«

»Sie glauben also wirklich, die Touristin könnte von einem Menschen getötet worden sein?«, fragte Brenner, nun ehrlich interessiert.

»Ja, warum nicht?«, erwiderte Thiel. »Von einem Menschen, der den Wolf sozusagen als Sündenbock benutzt hat, um seine eigenen Fantasien auszuleben. Sie sollten doch am besten wissen, zu welchem Irrsinn ein Mensch fähig ist, wenn er erst einmal den Boden der Realität verlassen hat.«

»Aber … aber wie kommen Sie denn darauf? Ein Mensch, bei diesen Verletzungen …«

»Ach, das geht schon, wenn die Motivation stimmt.« Thiel warf kurz einen Blick auf seine Uhr, auf den Jungen und zum Fenster hinaus. »Ich will Ihnen sagen, was mich sofort stutzig gemacht hat«, erklärte er dann. »Dass die Frau in dieser Wildwasserschlucht gefunden wurde. Wie ist sie dort hineingekommen?«

Brenner blickte überrascht zu Vinz hinüber, der nun offenbar den Spezialisten vom BKA auch zum ersten Mal seine Theorie genauer darlegen hörte und dem Gespräch mit interessierter Miene folgte.

»Na ja, sie ist nach dem Angriff hineingestürzt«, sagte Brenner. »Von einem Steig oder von ganz oben, von den Felsen.« Er zuckte mit den Schultern und blickte zu Vinz und dem anderen Polizisten hinüber. »Davon geht hier jeder aus.«

»Ertrunken ist sie nicht«, sagte Thiel. »Es fand sich kein Schaum in den Atemwegen. Und der Magen war auch nicht überdehnt.«

Nun mischte sich auch Vinz in das Gespräch ein.

»Also, wie ich die Kollegen aus Traunstein verstanden habe, waren Lunge und Magen aber schon mit Wasser gefüllt«, sagte er mit verwirrtem Gesichtsausdruck. »Dafür hat allein der Wasserdruck in der Klamm gesorgt. Außerdem kann sie vorher durch den Sturz, den Schock oder die Verletzung gestorben sein. Und mit herausgerissener Kehle noch um Atem zu ringen, also ich weiß nicht …«

»Und warum hatte die Gute kaum was an, mitten im Herbst?«, fragte Thiel. »Wer geht denn zu dieser Jahreszeit nur in Shorts und Top wandern, wenn ich fragen darf?«

Brenner sah den BKA-Mann an und schüttelte verwundert den Kopf. Schon all diese Details vor dem angeblichen Verdächtigen auszusprechen, war doch eigentlich merkwürdig, oder? Noch mehr schien es aber Thiels Theorie selbst zu sein.

»Sobald man aus dem Nebel raus ist und in der Sonne steht, ist es da oben warm wie im Sommer«, erklärte ihm Brenner. »Außerdem wird einem in der Klamm alles vom Leib gerissen. Ein Wunder, dass sie überhaupt noch was anhatte. Die Bäume, die da runter geschwemmt werden, sind wie mit einem großen Messer abgeschält. Da sind kleine Steinchen im Wasser. Hätte sie noch eine Weile länger dringelegen, hätte sie wahrscheinlich keinen Fetzen Haut mehr am Körper gehabt.«

Er legte die Stirn in Falten und sah in dem hell erleuchteten Büro, in dem die fortschreitende Dämmerung schon die Scheiben zum Spiegeln brachte, von einem Gesicht zum anderen.

»Das ist alles?«, fragte er dann Thiel. »Deshalb sind Sie hier? Deshalb bin ich hier? Deshalb wartet der Minister auf Ihren Anruf? Mehr … mehr haben Sie nicht?«

Kein Wolf – kurz hatte Brenner geglaubt, endlich ein Stück weiter zu kommen. Doch so sicher, wie Thiel anfangs aufgetreten war, wirkte er nun bei Weitem nicht mehr. Wie in die Enge getrieben blickte auch er von einem der Anwesenden zum anderen, nur den Jungen vermied er, anzusehen. Als die Tür plötzlich wieder aufflog, wirkte es, als geschehe es diesmal nicht zu Brenners Rettung, sondern zu der des BKA-Beamten.

»Der Wolf wurde gesichtet«, sagte Fegg von der Funkzentrale, seine Miene noch aufgeregter und hektischer als vorhin. »Am Campingplatz Allweglehen. Er soll immer noch in der Nähe sein.«

4

Der Campingplatz Allweglehen lag ein kleines Stück südlich von Almbachklamm und Untersberg und war von beiden nur durch die Kneifelspitze getrennt, einen 1000 Meter hohen Vorberg des Untersbergmassivs, der wie der Grünstein beinah komplett mit Wald bedeckt war. Noch bevor sie von der neben der Ache verlaufenden Bundesstraße abbogen, sagte Brenner zu Vinz, er solle die Sirene ausschalten, damit sie den Wolf – sollte sich tatsächlich einer in der Gegend aufhalten – nicht verjagten. Auf der Rückbank saß Thiel, der sich ihrem ›kleinen Jagdausflug‹, wie er es nannte, unbedingt hatte anschließen wollen.

»Wenn er sich in der Nähe von Menschen befindet und sie bedroht, darf man ihn doch abschießen?«, fragte Vinz nervös, als sie durch das kleine Waldstück zu dem Campingplatz hinauffuhren, der in breiten Terrassen auf der rechten Seite des Flusses in den Hang gebaut war. »Dann ist er doch nicht mehr geschützt, oder?«

»Wenn es wirklich ein Wolf ist, hat er längst das Weite gesucht«, antwortete Brenner, dem diese Entwicklung des Abends noch bizarrer vorkam als alles, was bisher geschehen war. »Aber es wird sich nur wieder um einen streunenden Hund handeln. Die Leute sehen jetzt überall Gespenster.«

»Passen Sie auf, da vorne!«, rief Thiel von der Rückbank. »Da sind Menschen auf der Straße.«

Noch bevor sie den am unteren Rand des Campingplatzes angelegten Hochseilgarten erreichten, kam ihnen eine große Gruppe Jugendlicher entgegen, von denen einige Jeans und Jacken, andere aber nur Jogginghosen und hastig übergeworfene Sweatshirts trugen. Sie hielten sich eng zusammen, hatten verängstigte Gesichter und leuchteten mit ihren Taschenlampen hektisch in den abseits des schmalen Fahrwegs gelegenen Wald hinein. Neben ihnen lief ein kleiner Mann in Norwegerpulli und Wanderschuhen, dessen von dicken Brillengläsern vergrößerte Augen ebenfalls ziemlich verstört wirkten, als er in das Licht der Scheinwerfer trat.

»Bleibt dicht zusammen, Kinder! Jetzt ist die Polizei da, und es kann nichts mehr passieren!«, rief er über die Schulter, als Brenner und die anderen ausstiegen. »Es ist dort entlang gelaufen, den Berg hoch«, sagte er dann zu Vinz und zeigte mit der rechten Hand, in der er eine Dose Pfefferspray hielt, die Straße hinauf.

»Was meinen Sie – *es*?«, fragte Vinz verwirrt. »Der Wolf, meinen Sie? War er auf dem Jugendzeltplatz?«

»Es ist das Ungeheuer«, erklärte ein großer türkischer Junge mit einem Ast in der Hand, der aus der Gruppe hervortrat. »Es sieht aus wie der Teufel, mit Haaren, und es ist groß. Es hat direkt vor unserem Zelt gestanden. Die anderen haben es auch gesehen.«

Vinz blickte den Jungen entgeistert an und dachte wohl im ersten Moment an einen Scherz. Doch die entsetzte Miene des stämmigen Burschen und auch die

Blicke der anderen Jugendlichen, die sich im Licht der Scheinwerfer zusammendrängten wie eine Schar verschreckter Küken, sagten etwas anderes.

»Na, das wird ja immer lustiger«, sagte Thiel, der inzwischen zu seiner alten Selbstsicherheit zurückgefunden zu haben schien. »Bleiben Sie bei den Schülern und geben Sie mir Ihre Taschenlampe«, wies er Vinz an. »Kommen Sie, Brenner, wir gehen uns das mal ansehen.«

Auch Brenner ließ sich von einem der Jugendlichen eine Taschenlampe geben und lief mit Thiel zügig den steilen Asphaltweg hinauf. Auf Höhe des Klettergartens lichtete sich der Wald wieder, und als Brenner sich kurz umdrehte, um nach den um den Streifenwagen gescharten Jugendlichen zu sehen, erblickte er im Hintergrund die vordere Kante der Kneifelspitze, die sich – noch dunkler als der Watzmann vorhin – schwach gegen das letzte Licht der Dämmerung abzeichnete. Er versuchte, in sich hineinzuhorchen, doch in seinem Innern blieb alles still, und er lief genauso ahnungslos auf den ein Stück oberhalb des Klettergartens gelegenen Zeltplatz hinaus wie der aus der Ferne angereiste Mann vom BKA.

Dieser schien jetzt wieder vollkommen in seinem Element zu sein. Forsch leuchtete er in die hastig verlassenen Zelte und suchte den von unzähligen Fußspuren zerfurchten Wiesenboden mit der Taschenlampe ab. Auch Brenners Nase verriet ihm nichts. Feuchte Erde, herbstlich würzige Waldluft. An einem Zelt der noch würzigere Duft eines Joints, den die Jugendlichen offenbar darin geraucht hatten.

»Brenner, kommen Sie hier rüber!«, rief plötzlich Thiel von einer Stelle am Fuß des Hanges, der zum Empfangsbereich des Campingplatzes hinaufführte. »Hier ist etwas.«

Brenner betrachtete erstaunt die zwei Tatzenspuren, die sich undeutlich in dem mit zertretenem Gras vermengten Lehmboden abzeichneten.

»Könnte ein Bär sein«, sagte er und blickte verwirrt die mit lichtem Gestrüpp bewachsene Böschung hinauf. »Wäre aber ziemlich groß.«

»Na, dann nichts wie hinterher«, sagte Thiel unternehmungslustig. »So lässt sich das Rätsel vielleicht doch noch lösen.«

Der wie elektrisiert wirkende BKA-Mann zog seine Waffe und stolperte eilig in seinen glatten Schuhen den rutschigen Anstieg hinauf. Im hüttenartigen Rezeptionshaus brannte schwaches Licht, doch hinter den Scheiben war niemand zu sehen. Auch das lang gestreckte Gebäude, in dem Restaurant und Kiosk des Campingplatzes untergebracht waren, lag bis auf den Schein einer kleiner Außenlampe im Dunkeln.

Sie liefen auf die erste der weiträumigen Kiesterrassen hinaus, die sich treppenartig bis zum Saum des dunklen Bergwalds hinaufzogen. Auch jetzt im Herbst standen überall auf den Terrassen noch vereinzelte Wohnwagen, doch die meisten waren verriegelt und verlassen. Nur auf den oberen der großen Erdstufen kam aus zwei, drei Wohnwagen Licht. Auch an den Kanten der steilen Grasböschungen, durch welche die Terrassen voneinander getrennt waren, brannte hier und da eine Laterne.

Mit zusammengekniffenen Augen ließ Brenner den Blick über die Anlage schweifen und versuchte, eine Bewegung, einen Schatten zu erheischen. Doch er sah nirgends etwas. Von der Bundesstraße scholl das Rauschen des Feierabendverkehrs herauf. In der Ferne glaubte Brenner bereits das Aufheulen einer weiteren Polizeisirene zu hören.

»Riechen Sie das?«, fragte Thiel, verzog die Nase und blickte sich neugierig um.

»Nur die Klos«, erklärte Brenner und zeigte auf einen dunklen, länglichen Bau hinter den Büschen.

In dem Moment erscholl auf Höhe des untersten beleuchteten Wohnwagens ein gellender Schrei.

»Hilfe, zu Hilfe!«, kreischte eine ausländisch klingende Frauenstimme. »Ga weg! Weg met je!«

Brenner rannte los. Er sprintete über den knirschenden Kies und hastete die steile Böschung hinauf. Thiel war nicht weit hinter ihm.

»Es ist da lang«, sagte mit starkem holländischen Akzent die etwa 50-jährige Frau, die in Jeans und Pullover in der Tür ihres Wohnwagens stand. »Was ist das?«

Wieder dieses rätselhafte ›es‹ und wieder der verstörte Gesichtsausdruck. Gerade als Brenner in die Richtung blickte, in die die Frau zeigte, huschte auf dem nächsthöheren Absatz ein großer, zotteliger Schatten an einem der hellen Wohnwagen vorbei.

Thiel war sofort weitergestürzt und kämpfte sich wie besessen den rutschigen Grashang hinauf.

»Scheiße, es ist wirklich groß«, keuchte er verblüfft.

Brenner holte rasch auf, und sie erreichten das hintere Ende des längs zum Berg stehenden Wohnwagens ungefähr gleichzeitig. Kaum hatten sie zwei Schritte auf den Kies hinaus gemacht, kam hinter dem Wagen ein massiges Wesen mit langem schwarzem Zottelfell, vor langen Fangzähnen starrender Fratze und Hörnern hervorgestürzt. Es sprang genau auf sie zu und stieß sie mit solcher Wucht beiseite, dass Brenner mit dem Hosenboden auf dem Kies landete und Thiel rücklings gegen den Wohnwagen fiel. Dann floh es in langen Sätzen die Böschung hinab.

»Um Gottes willen«, murmelte Thiel ungläubig, während er sich hastig wieder aufrappelte. Die Taschenlampe war ihm bei dem Sturz aus der Hand gefallen, seine Waffe hatte er jedoch noch und damit stellte er sich nun sofort an den Rand der Terrasse und legte auf ihren in die Dunkelheit flüchtenden Gegner an. Brenner konnte ihm gerade noch rechtzeitig seinen Arm wegdrücken, sodass der Schuss wirkungslos im Abendhimmel verhallte.

»Was soll das? Sind Sie verrückt?«, stieß Thiel empört hervor.

Brenner stürzte in vollem Lauf die steilen Grasböschungen und flachen Kiesabsätze hinab, bis zum asphaltierten Empfangsbereich, wo er das große Zottelwesen gerade noch zwischen den bunten Altglascontainern neben der Rezeption verschwinden sah. Zu dem verwaisten Zeltplatz hinab, dann über das Wirtschaftsgelände des Campingplatzes, an fein säuberlich aufgereihten Gasflaschen und gestapelten Baggerreifen vorbei. Das Ding war schnell und sprang trotz seiner massigen Gestalt behände über jedes Hindernis. Kurz hatte Brenner das Gefühl, sich wieder in einem Traum zu befinden und seinem ins Groteske verzerrtem Selbst hinterher zu jagen.

In dem kleinen Wäldchen unterhalb des Klettergartens, das von Sirenen der anderen Polizeiwagen bereits in kreisendes Blau getaucht wurde, bekam er das Ungeheuer jedoch zu fassen. Er riss es zu Boden und stemmte dem heftig atmenden Fellberg das Knie in die Brust. Dann packte er ihn an einem seiner Hörner und zog ihm die Maske vom Kopf.

»Bist du total bescheuert?«, sagte er keuchend zu dem klatschnass geschwitzten jungen Kerl, der sein Krampuskostüm, das eigentlich nur bei den traditionellen Umzügen zu Nikolaus getragen wurde, zum Erschrecken von Touristen missbraucht hatte. »Die Streife bringt's fertig und schießt auch auf dich. Das war wirklich eine Scheißidee.«

5

Dicht und schwer wie in einer Waschküche hing der Nebel zwischen den Bäumen. Obwohl es mittlerweile bereits nach acht war, schien es seit dem Morgengrauen kaum heller geworden zu sein. Der Gamshüter war wieder aufgezogen, stärker und raumgreifender als in allen Tagen zuvor. Wie eine riesige weiße Hand lag er über dem Berchtesgadener Talkessel und seinen Ausläufern – Brenner hatte das Bild oft genug von einem der freibleibenden Gipfel aus gesehen –, schützend, verbergend, vielleicht auch warnend. Nur dass man ihn in diesem Fall wahrscheinlich besser ›Wolfshüter‹ genannt hätte.

»Hopp, hopp, hopp!« und »Hey, hey, hey!« scholl es überall aus dem noch sanft ansteigenden Bergwald. Laute Astschläge hallten durch den feuchtkalten Dunst, hin und wieder auch das Bellen eines anschlagenden Hundes. Zu seiner Rechten konnte Brenner zwischen den dunklen Stämmen der Buchen und den helleren Stielen der Tannen immer wieder die orangefarbene Signalweste von einem der anderen Jäger über dem nassen Laubboden aufblitzen sehen.

Bei jeder anderen Gelegenheit hätte man die großangelegte Treibjagd, die sich in einem fünf Kilometer langen Band praktisch die gesamte Südostflanke des Untersbergs hinaufbewegte, aufgrund der schlechten

Sicht abgesagt. Etwa 70 erfahrene Jäger aus der gesamten Region nahmen daran teil, noch mal ebenso viele Treiber, und trotz eines nachdrücklich ausgesprochenen Verbots schlichen bestimmt auch jede Menge Journalisten und Tierschützer durch das unübersichtliche, von steilen Bachläufen zerfurchte Gelände. Wenn es dabei nicht zu einem Unglück kam, wäre es ein Wunder.

Doch die Politik hatte sich anscheinend nicht mehr anders zu helfen gewusst. In gewisser Hinsicht hatte der junge Bursche, der in die Haut des ›Ungeheuers‹ geschlüpft war, Thiels Theorie ja sogar bestätigt. Was, wenn die Krampusmaske auf dem Kopf des Witzbolds nicht mit starren weiß lackierten Holzzähnen, sondern dem gefährlichen Stahlgebiss bestückt gewesen wäre, von dem der BKA-Mann erzählt hatte? Wäre es dann nicht möglich gewesen, dass der junge Mann sich zu weit in seine Rolle hineingesteigert hätte und es zu genauso einem Unglück gekommen wäre, wie es in den USA offenbar nur mit knapper Not verhindert werden konnte? Selbst bei ihren offiziellen Läufen trieben es die Krampusse mit ihren rauen Späßen und Rutenhieben manchmal zu weit, sodass jeder Umzug mittlerweile mit voller Namensliste bei der Polizei angemeldet werden musste. Ob aus einer neu erwachten Sehnsucht nach Tradition oder weil sie zu viele Fantasyfilme gesehen hatten, überall in den Alpen wollten so viele junge Männer bei den Perchtenläufen mitmachen wie noch nie, fertigten sich aufwändige Horrorkostüme an und zogen gebückt und tierische Laute von sich gebend durch die Straßen. War es nicht vorstellbar, dass in einem von ihnen wirklich der Wolf die Oberhand gewann, wenn er erst einmal geweckt war?

Nun, nachdem er dem harmlosen Scherzbold auf dem Campingplatz beinahe eine Kugel auf den Pelz gebrannt hätte, schien Thiel selbst nicht mehr sonderlich von seinen Annahmen überzeugt zu sein. Zurück auf dem Polizeirevier veranlasste er umgehend die Freilassung des jungen Gothicanhängers, in dem er kurz zuvor noch einen von den Medien produzierten Mörder erkennen wollte, und stand dann mit zerknirschter Miene vor dem Umweltminister, der nach seinem Auftritt bei der Pressekonferenz auf einen Sprung herübergekommen war. Sogar die Größe, sich bei Brenner dafür zu bedanken, dass er ihn vor einem schrecklichen Irrtum bewahrt hatte, bewies Thiel, und obwohl Brenner nicht genau wusste, auf welchen Irrtum er sich bezog, machte ihm das den übereifrigen Ermittler vom BKA am Ende beinahe noch sympathisch.

Der Minister, der bei der Konferenz vergeblich auf Thiels Anruf gewartet hatte, hatte sich vor dem Publikum aus Pressevertretern, Lokalpolitikern und Einheimischen noch mit vagen Behelfsformeln über die Zeit retten können. Da sich nun jedoch die letzte Hoffnung verflüchtigt hatte, die Frage nach dem Umgang mit dem vermeintlichen Wolf könnte in den Hintergrund treten, kam er um eine Entscheidung nicht mehr herum. Auf der Veranstaltung hatten sich wieder viele besorgte Eltern zu Wort gemeldet, die um das Leben ihrer Kinder fürchteten. Auch in den Medien überwog mittlerweile die Meinung, dass – sollte tatsächlich ein Wolf für den Tod der jungen Frau verantwortlich sein – es sich dabei um ein ›Problemtier‹ von ganz anderem Schlag handelte als die Nutzvieh reißenden Wölfe in Brandenburg und Niedersachsen oder der vor Jahren in Bayern geschossene Bär Bruno. Trotz der vielen Fragezeichen, die es nach wie vor in der Angelegenheit gab, ließ das Ministerium noch am selben Abend durch das ihm untergeordnete Landesamt für Umwelt bekanntgeben, dass man sich aufgrund der konkreten Bedrohungssituation entschieden habe, das Problem so schnell wie möglich aus der Welt zu schaffen.

Die Zusammenstellung der Jagdgesellschaft war dabei jedoch genauso unausgegoren und inkonsequent wie alles andere. Brenner, die Berufsjäger des Nationalparks sowie einige eilig verpflichtete Wildhalter und Tierärzte aus der Region waren mit Betäubungsgewehren unterwegs, während – offiziell zu ihrem Schutz – noch einmal ungefähr doppelt so viele Jäger mit normaler Bewaffnung in der Reihe mitliefen. Wie bei der Besprechung durchgeklungen war, die am Vorabend in den Räumen der Kreisjägerschaft stattgefunden hatte, sollten die Jäger sich jedoch nicht scheuen, die ›konkrete Bedrohungssituation‹ für sich zu nutzen und in jedem Fall auf den Wolf anzulegen, falls sich die Gelegenheit ergab. Schließlich ging es um den Schutz der Bevölkerung, und nahe genug an das Tier heranzukommen, um es mit einem Betäubungsgewehr zu erwischen, wäre vermutlich ohnehin so gut wie unmöglich. Ebenso durften die Jäger ihre Hunde einsetzen, weil ohne sie die Chance, den Wolf aufzuspüren, gegen null ging. Von der Leine lassen durften sie die Hunde jedoch nicht, da es dann zu einer Hetzjagd kommen konnte, die sowohl für den Wolf als auch möglicherweise für die Hunde mit unnötigen Quälereien verbunden wäre.

Auch neben Brenner stapfte ein vierschrötiger Mittvierziger mit dicken roten Backen und prachtvollem Schnauzer durch den Wald, der ein Gewehr auf dem Rücken trug und zwei schöne Schweißhunde an der Leine führte. Inzwischen war der ziemlich schwer gebaute Kerl wahrscheinlich ganz froh, nicht reden zu müssen, am Anfang ihres Aufstiegs hatte er jedoch mehrmals versucht, mit Brenner ins Gespräch gekommen, und war für seine Freundlichkeit mit nicht mehr als ein paar abwesend dahingemurmelten Silben belohnt worden. Vermutlich dachte er, als Mitarbeiter des Nationalparks sei Brenner sauer, mit seinem Betäubungsgewehr als Alibischütze bei einer Wolfsjagd herhalten zu müssen, und sei deshalb so wortkarg. Vor zwei Jahren hätte der gute Mann, der sich Brenners Erinnerung nach mit Alois vorgestellt hatte, vielleicht auch noch recht gehabt. Mittlerweile hatte sich jedoch vieles verändert, und während Brenner mit dem ungewohnten Betäubungsgewehr über der Schulter im langsamen Tempo seines Begleiters den von geisterhaften Nebelschwaden durchzogenen Bergwald hinaufstieg, plagten ihn ganz andere Sorgen.

Eigentlich hatte er sich wieder ganz okay gefühlt. Den jungen Kerl zu erwischen, der beinah ebenso schnell und fit war wie er selbst, und ihm die Maske vom Kopf zu ziehen, hatte ihm gut getan. Werwölfe, Wilde Männer,

Wildfrauen und Wassergeister – plötzlich hatten sich all die wabernden Schemen, von denen er sich umgeben fühlte, in Luft aufgelöst, waren zerplatzt wie Seifenblasen, nach denen man die Hand ausstreckte. Er schien den traumartigen Dämmerzustand, in dem er sich befand, abgeschüttelt zu haben – was hatte er schon damit zu tun, was sich dort auf dem Untersberg herumtrieb und wer diese Frau gewesen war? – und einen ganzen Tag lang lebte er in dem Glauben, wieder zu seinem alten Gleichgewicht zurückgefunden zu haben.

Dann hatte er gestern Abend jedoch im beengten Versammlungszimmer der Kreisjägerschaft zwischen den anderen an der Wand gestanden und plötzlich das seltsame Gefühl gehabt, jemand sehe ihn heimlich an. Alle Augen waren nach vorne gerichtet, wo der erste Vorsitzende vor einer großen Geländekarte stand und zusammen mit dem zuständigen Revierjäger und einem Vertreter der Jagdbehörde das geplante Vorgehen erklärte. Doch als Brenner sich in dem Raum umblickte, erkannte er schnell, woher sein Gefühl stammte. Zwischen den Schultern zweier Jäger, beinahe von ihnen verdeckt, hing das Bild eines Hirschs, der in der Dämmerung auf einer Anhöhe stand und mit stolz gerecktem Kopf den Betrachter ansah. Über seinem Geweih, vor dem rötlich getönten Abendhimmel und so, dass der untere Balken zwischen die Geweihstangen hinabreichte, schwebte ein großes leuchtendes Kreuz.

Es war der Hubertushirsch, jener prächtige Vielender, der der Legende nach den Heiligen Hubertus bekehrt hatte, einen mittelalterlichen Adeligen, der einst ein leidenschaftlicher Jäger war, aber nach der Erscheinung ein frommes, zurückgezogenes Leben in den Wäldern führte und später sogar Bischof wurde. Der Heilige Hubertus war Schutzpatron der Jäger (auch, wie Brenner nachgelesen hatte, der Natur, der Schützen und der Kürschner) und Abbildungen des Hirschs mit dem Kreuz waren in Bayern allgegenwärtig, zierten nicht nur in Form von Hutansteckern, Gürtelschnallen und Dolchverzierungen die Kleidung der Jägerschaft, sondern hingen auch als Gemälde oder alte Zeichnung in jeder zweiten Gast- und Bauernstube. Auf den Bildern waren oft noch der kniende Adelige und seine eingeschüchterten Hunde zu sehen, und an dem leuchtenden Kreuz hing manchmal der gemarterte Herr Jesus (der dann fragte: ›Wieso verfolgst du mich, wenn ich dich erlöst habe?‹).

Auf dem Bild in dem Versammlungsraum, das vielleicht sogar das Werk irgendeines künstlerisch gesinnten Jägers war, stand der Hirsch allein auf seiner Anhöhe, und das von einem blendenden Strahlenkranz umgebene Kreuz war nackt und unbesetzt. Trotzdem hatte Brenner auch hier das unheimliche Gefühl, der Hirsch habe sich heimlich den aufmerksam ihren Anweisungen lauschenden Männern genähert und über ihre Schultern geblickt, um ihm mit seinen neugierigen Augen eine Frage zu stellen oder eine Aufforderung zu übermitteln, ihn an eine Verpflichtung zu erinnern, eine Schuld, einen Schwur oder einen Fluch.

Während er weiter neben Alois durch den Bergwald lief, merkte Brenner plötzlich auch jetzt wieder, wie sein Herz in seiner Brust zu rasen begann. Seine Hände wurden feucht, seine Kehle schnürte sich zu, und auf seiner vom kalten Nebel benetzten Stirn spürte er winzige heiße Tropfen hervortreten. Als hätte er etwas gewittert, schaute sich einer der knapp vor ihm laufenden Schweißhunde nach ihm um, und als er Brenners von der vertrauten Erinnerung gefangengenommenen Blick sah, zog er wie die Hunde auf den alten Stichen den Schwanz ein, winselte laut auf und machte einen so plötzlichen Sprung zur Seite, dass Alois fast das Gleichgewicht verlor.

Einmal mehr sah sich Brenner auf dem mit trockenem Laub bedeckten Waldboden liegen, spürte den sommerlich feinen Morgendunst in die Höhe steigen und stieg mit ihm, in die Kronen der Bäume, in denen die gerade erwachten Vögel sangen und die Blätter ihre Poren öffneten, um die von den ersten Sonnenstrahlen erwärmte Luft zu trinken, sie praktisch im selben Moment wieder auszuatmen und den ewigen Kreislauf neu zu beginnen, der sich seit Jahrmillionen auf die immer gleiche Weise abspielte. Brenner war froh, endlich vollkommen in diesem Kreislauf aufgehen zu dürfen, sah in der Kürze eines Wimpernschlags, wie seine irdische Hülle zerfallen würde, die Tiere des Waldes daran fraßen und die unzähligen winzigen Organismen des Erdreichs dafür sorgten, dass er selbst zu Wald werden würde, zu Bäumen, zu Dunst, zu Luft und dem von der strahlenden Sonne überthronten blauen Himmel, den er nun beinah schon erreicht hatte.

Auf einmal jedoch fiel ein Schatten auf ihn, nicht der Schatten eines Adlers, sondern eines Gedanken – nämlich der an die in heller Panik durch den Wald hetzende junge Frau – Anna! –, die er durch seinen Tod zu retten versucht hatte. Dann sah er den Hirsch, prächtiger und stolzer, als er jemals einen zu Gesicht bekommen hatte. Ruhig schritt er unter dem grünen Blätterdach auf seinen Leichnam zu, beugte sein von einem mächtigen Geweih gekröntes Haupt zu ihm hinab und begann mit seiner langen rosafarbenen Zunge die Wunden zu lecken, die sich als dunkle eingetrocknete Flecken auf seinem T-Shirt abzeichneten. Beinahe mit einem Seufzer des Bedauerns merkte er, wie er wieder schwerer wurde, zurück in seinen Körper sank, und als er im nächsten Moment erneut die Augen öffnete, stand der Hirsch über ihm, die Sonne ein tanzendes Strahlenbündel in seinem Geweih – wie auf den Bildern – und das Geweih so gewaltig und verzweigt, dass es nun ebenfalls mit den Baumkronen zu verschmelzen schien – ein Geweih, das sich über sämtliche Täler und Wälder erstreckte!

Der Anblick hatte nur den Bruchteil einer Sekunde gedauert, und als Brenner das nächste Mal erwacht war, hatte er den Geruch von Desinfektionsmittel und Plastik in der Nase gehabt, und der weiße Raum, in dem er lag, war vom regelmäßigen Piepsen medizinischer Apparate erfüllt gewesen.

»Alles in Ordnung?«, fragte plötzlich Alois und streckte stützend die Hand nach Brenner aus, der – wie er sich jetzt bewusst wurde – auf dem feuchten Laubboden leicht zur Seite gewankt war. »Ich hab ja eine gute Entschuldigung, außer Puste zu sein«, sagte der Jäger und klopft sich lächelnd auf den Bauch. »Aber dir scheint die Steigung auch langsam zuzusetzen.«

»Ja, es wird immer steiler«, erwiderte Brenner und versuchte, sich zu sammeln. »Und sehen kann man auch kaum was. Schöne Hunde, die du da hast.«

Sofort funkelten die Augen des Mannes, der unter seiner grellen Signalweste eine speckige Öljacke trug, vor Stolz hell auf.

»Gerti und Bepp, ja, die beiden sind etwas ganz Besonderes«, sagte er mit einem liebevollen Blick auf die Tiere, die Brenner mit ihren treuen Hundeaugen skeptisch musterten. »Mit einem Wolf haben sie's noch nicht zu tun gehabt. Aber wenn ihn jemand von der ganzen Truppe hier findet, dann die zwei.«

»Na gut, dann wollen wir mal weiter«, sagte Brenner und blickte sich in dem Nebel, der immer dichter zu werden schien, kurz nach den anderen Jägern der Linie um. »Den wirklich anstrengenden Teil haben wir ja noch vor uns.«

Brenner konnte sich nicht mehr genau erinnern, was er als Kind geglaubt hatte. Doch nachdem sein Vater sich erhängt hatte und er ihn mit eigenen Händen von dem großen Querbalken in ihrer Scheune losgemacht hatte, damit seine Mutter ihn nicht so sah, und spätestens, seit er gemerkt hatte, dass seine Mutter darüber langsam aber sicher den Verstand verlor, war er auf Gott nur noch wütend gewesen. Auf Gott, die Welt und die Menschen – und unter diesen besonders auf solche wie seinen Intimfeind Hirlinger, der seinen Eltern ihren Hof abgeschwindelt hatte und sich allgemein Dinge nahm, die ihm Brenners Meinung nach nicht zustanden und mit denen er im Grunde auch gar nichts anzufangen wusste. Thiel hatte nicht falsch daran getan, sich Brenners Akte genau anzusehen, und einige der Kerle, die dort so nüchtern unter der Rubrik ›Körperverletzung‹ aufgeführt waren, hätte er wahrscheinlich wirklich einfach totgeschlagen, wenn ihn im letzten Moment nicht eine Art Hochmut oder vielleicht ein winziger Rest Mitgefühl davon abgehalten hätte. Auch über Frauen fiel er auf ähnlich ungezügelte Weise her – ein Gefühl, als wollte er wild um sich beißen –, was viele mochten, aber den Vernünftigeren auch Angst machte, wie Anna, als er sie damals in jenem verhängnisvollen Sommer kennengelernt hatte. Wenn er es jetzt recht bedachte, war er schon immer mehr Tier als Mensch gewesen.

Was ihn in all der Zeit gerettet hatte, waren die Adler. Er musste sie nur dort oben am blauen Himmel schweben sehen, ihren freien, strengen Blick erkennen, wenn er sie durch sein Fernglas beobachtete, um zu spüren, dass es doch irgendeine Art von Ordnung gab. Oh, es war keine sehr barmherzige Ordnung, sondern ebenfalls eine, in der die Starken über die Schwachen siegten, wie Anna damals ganz richtig erkannt hatte, doch wenigstens geschahen hier all die Grausamkeiten nicht aus Gier, Lust oder Niedertracht, wie in der Welt der Menschen – in gewisser Weise hatte der Förster schon recht gehabt.

Dann war geschehen, was geschehen war, und seither – das musste er sich wohl endlich eingestehen – war nichts mehr so wie vorher. Psychologisch war das, was er damals halbtot im Wald erlebt hatte (oder, wie er sich auch jetzt wieder einzureden versuchte, erlebt zu haben glaubte), natürlich leicht zu erklären. Gruhn hatte ihnen ja gerade erst seinen seltsamen Glauben an die Allmacht der Natur ausführlich dargelegt, auch von Seelenwanderung und Wiedergeburt hatte der alte Förster geredet, und die Legende vom Heiligen Hubertus und dem Hirsch mit dem leuchtenden Geweih kannte Brenner wie jeder hier seit seiner Kindheit. Vielleicht hatte sogar wirklich ein Hirsch oder ein Reh an seinem mit dem Tode ringenden Körper gestanden, und den Rest hatte sein halluzinierender Geist einfach hinzuerfunden. Ebenso war es kein Wunder, dass er seither das Gefühl hatte, die Natur noch stärker spüren zu können, wie gerade in diesem Moment zu glauben, die unsichtbare Essenz jedes Baumes, Vogels und Baches wahrnehmen zu können, an dem er vorbeiging. So war das nun mal, wenn man intime Bekanntschaft mit der eigenen Sterblichkeit geschlossen hatte, Anna hatte es am Telefon ja gesagt, und er selbst war nicht so dämlich, dass er nicht auch schon auf diese Erklärung gekommen wäre.

Nur, nur, nur, dachte Brenner und schüttelte im Gehen sachte den Kopf. Alois ärgerte sich bestimmt, ausgerechnet mit einem so eigenartigen Kauz zusammengewürfelt worden zu sein, aber daran ließ sich nichts ändern.

Nur fühlte es sich leider anders an, die ganzen zwei Jahre schon und besonders in letzter Zeit, als in Brenner irgendwann das Gefühl aufgetaucht war, etwas stimme nicht in ›seinem Wald‹ – wie ein winziger Stachel, der irgendwo in dem schwer zu fassenden Geflecht steckte, das sich in seinem Innern ausgebreitet hatte, oder ein Missklang, ein zu dunkler Ton, der eine zwar oft ebenfalls ziemlich düstere, aber alles in allem doch mit sich selbst im Einklang stehende Harmonie störte. Warum es sich dabei nicht um einen Wolf handeln sollte, wusste Brenner nicht, er wusste es einfach nur, und das machte ihm Angst, wie die rätselhafte Tote und all die anderen Einzelheiten dieses mysteriösen Falls, die so gut zu seinem unguten Bauchgefühl zu passen schienen.

Er hatte Angst, verrückt zu werden, wie Gruhn, hatte diese Angst von Anfang an gehabt, und wenn Anna in den ganzen zwei Jahren nur zweimal zu ihm heruntergekommen war, dann hatte das einerseits mit dem Trauma zu tun, das sie selbst damals davongetragen hatte, aber bestimmt auch damit, dass sie seine Veränderung spürte, seine Furcht oder aber sogar seinen beginnenden Wahn. Einmal war er auch zu ihr nach Berlin hochgefahren, aber er hatte große Städte schon vorher nicht gemocht, und nun schien er dort erst recht an jeder Ecke schlechte Schwingungen zu empfangen – vielleicht denen gar nicht unähnlich, die er im Moment wahrnahm. Er hatte Anna von dem seltsamen Erlebnis mit dem Hirsch erzählt, nachdem er gemerkt hatte, wie sie reagierte, jedoch alles andere verschwiegen. Erst jetzt war er töricht (oder verwirrt) genug gewesen, noch mehr zu sagen, und sie hatte sofort aufgelegt, wie er es sich im Grunde hätte denken können.

Auch gestern Abend, als er noch verwirrter und verunsicherter als je zuvor von dem Treffen der Jäger zurückgekommen war, hatte er noch einmal versucht, bei Anna anzurufen – und wenn nur, um ihre Stimme zu hören –, doch sie war nicht drangegangen. Schwitzend und flach atmend wie ein Kranker hatte er auf seiner Matratze gelegen, und mit einem Mal war alles, wovon er sich einen Tag lang befreit gefühlt hatte, mit doppelter Kraft wieder in ihm aufgestiegen. Im verrücktesten Moment hatte er sich gefragt, ob nicht er selbst das Ungeheuer sein könnte, das unheilvolle Fremde, das er spürte, nicht irgendwo im Wald oder in den Bergen, sondern nur in ihm selbst lauerte. Er hatte an den merkwürdigen Drang gedacht, die grässliche Wunde der Toten zu berühren, wie er beinah zärtlich mit den Fingern darübergestrichen hatte und wie unpassend köstlich ihm der daraus aufsteigende Geruch vorgekommen war. Auch das eigenartige Gefühl der Verbindung und Verantwortung, das er in jenem Moment empfunden hatte, war ihm wieder eingefallen, ebenso wie der hartnäckige Eindruck, Hubi und Vinz könnten es auf ihn abgesehen haben, als sie ihn zum Revier bringen wollten, und schließlich war es so weit gekommen, dass er von seiner Matratze aufgestanden und wie im Fieberwahn durch die Wohnung geirrt war – auf der Suche nach blutbefleckter Kleidung, die sein anderes, wölfisches Selbst heimlich in einem stillen Winkel dort versteckt hatte.

Wirklich betrunken wurde er selten, egal wie viel er in sich hineinkippte, doch mit einem Filmriss wachte er trotzdem öfter auf, und nun hatte er sich ausgemalt, wie er die schöne Tote auf einer nächtlichen Sauftour kennengelernt und sie zu einem Mitternachtsaufstieg in der Klamm überredet hatte, das Mondlicht auf den feuchten Felsen glänzte und er seiner tierischen Seite so weit die Zügel schießen ließ, dass es zu einer Katastrophe gekommen war. Absurd, wie der Gedanke scheinen mochte, in jenem Moment hielt er ihn nicht für unmöglich. Selbst dass die junge Frau sich gewehrt haben könnte und sein so leicht zum Kochen zu bringendes Blut gereizt hatte, kam ihm in den Sinn. Auch ihr Auto oder Zelt verschwinden zu lassen, hätte ihm in jenem trunken-nüchternen Zustand keine Probleme bereitet, das wusste er von anderen Gelegenheiten.

Als er schließlich eingeschlafen war, hatte er nicht von dem Hirsch, dem Förster oder den Adlern geträumt, sondern vom Teufel, der der Sage nach in den Untersberg gestürzt war, als er aus dem Himmel verstoßen wurde – in einen der großen Trichter in dem uralten Fels, der noch heute Zeugnis vom Einschlag des gefallenen Engels ablegte. Die ganzen 1000 Meter stürzte er in den hohlen Berg hinein und noch weiter, in die Hölle, und auf seinem Weg hinab blieben in den oberen Höhlen all jene Kreaturen zurück, die sich im Himmel mit ihm gegen Gott verbündet hatten: Zwerge, Riesen, Wölfe und noch ganz andere Geschöpfe. Nach einer gefühlten halben Stunde Schlaf hatte Brenner dann wieder aufstehen müssen und war benommen, übermüdet und von düsteren Vorahnungen geplagt zum Sammelpunkt gefahren, wo in Gesellschaft der sonst so bodenständigen Jägersleut seiner verrückt spielenden Fantasie jedoch keineswegs erlaubt wurde, zur Ruhe zu kommen.

›Die Wilde Jagd vom Untersberg‹ hatte der Berchtesgadener Anzeiger getitelt, in Anspielung auf eine weitere alte Legende, die sich um das gewaltige Felsmassiv rankte, und nun fragten sich die Jäger, die sich im wattedicken Morgennebel offenbar selbst ein wenig Mut für ihre Aufgabe machen mussten, wen sie wohl am ehesten vor die Flinte kriegen würden: den knorrigen Baumpercht, die ziegenköpfige Habergeiß oder den Tod selbst, der den in stürmischen Herbst- und Winternächten über den Berg tosenden Geisterzug der Sage nach anführte.

Brenner war ebenfalls mit dem Mythos vertraut, konnte in seinem jämmerlichen Zustand jedoch nur an den Teil denken, in dem es hieß, der Zug bestehe hauptsächlich aus den Seelen jener, die eines gewaltsamen Todes gestorben waren, und wer ihn zu neugierig betrachtete und sich nicht demütig davor zu Boden warf, müsse selbst bis in alle Ewigkeit darin mitziehen. Als endlich zum Aufbruch gerufen wurde, war er von dem Gefühl gepackt worden, sich auf ein Unternehmen einzulassen, das ihn zwar vielleicht der Lösung des Rätsels näherbringen konnte, jedoch mit unwägbaren Gefahren nicht für seinen übernächtigten Körper, um den er sich eigentlich nie große Sorgen gemacht hatte, sondern auch für seine eigene unsichtbare Essenz verbunden war – und seither war dieses Gefühl mit jedem Schritt, den er den nebelverhangenen Berg hinauftat, stärker geworden.

Als plötzlich ein schriller Pfiff ertönte und gleich darauf ein Ruf, mit dem die Jäger zur Linken die erste Pause verkündeten, fuhr er deshalb so erschrocken herum und zog sein Gewehr von der Schulter, dass es ihm vor seinem Begleiter und selbst vor dessen Hunden peinlich war.

6

»Himmel, das wurde auch Zeit«, sagte Alois, nachdem er ein Stück zur Seite gegangen war – von der Mündung von Brenners überraschend gezücktem Gewehr weg – und den Ruf an die nächsten Jäger weitergegeben hatte. »Noch einen Schritt weiter, und ich wäre vor Hunger zusammengebrochen.«

Der gedrungene Mann zog einen Plastikbeutel mit Mettwürsten aus seiner Jackentasche, warf zuerst den Hunden zwei Stücke hin und bot dann Brenner etwas an. Brenner, der in seinem Zustand vergessen hatte, Verpflegung mitzunehmen, und sich immer noch für die Sache mit dem Gewehr schämte, nahm dankend an. Während Alois selbst abbiss und gemächlich kaute, sah er Brenner forschend ins Gesicht.

»Die anderen haben mir von dir erzählt«, sagte er ruhig und ohne Wertung in der Stimme. »Du bist da so in dich gekehrt an der Seite herumgestanden, da habe ich gefragt. Du bist der Parkranger, der …«

»Ja, der bin ich«, erwiderte Brenner ungeduldig, zwang sich dann jedoch zu einem Lächeln, um seinen freundlichen Begleiter nicht erneut vor den Kopf zu stoßen. »Ja und jetzt muss ich mich schon wieder mit einem Ungeheuer rumärgern«, fügte er in leichterem Ton hinzu. »Mit dem Ungeheuer vom Untersberg.«

»Hm, davon habe ich auch gelesen«, antwortete Alois und zog seine mit feinen Tröpfchen benetzten Brauen hoch. »Was diese Presseleute sich aber auch immer einfallen lassen.« Er kaute kurz mit nachdenklichem Gesichtsausdruck auf seiner Wurst herum, dann verfinsterte sich seine Miene. »Trotzdem, schlimm genug ist das ja alles«, sagte er. »Und wenn wir heute dem Spuk ein Ende machen könnten, würde bestimmt jeder aufatmen.«

»Ja, auf jeden Fall«, pflichtete ihm Brenner bei und warf einen anerkennenden Blick auf die Hunde hinab, die sich inzwischen halbwegs an seine Gegenwart gewöhnt zu haben schienen. »Na, mit Gertis und Bepps Hilfe werden wir es schon schaffen.«

Alois lächelte beglückt wie ein Vater, dessen Kinder man gelobt hatte. Dann schaute er sich jedoch um, und auf seinem pausbackigen, offenen Gesicht zeichnete sich erneut ein anderer Gedanke ab. »Sag mal … sag, ist dir vielleicht auch aufgefallen, dass uns noch gar kein Wild untergekommen ist? Bei dem Nebel sieht man natürlich nicht viel, und hier auf der bayrischen Seite wird ja wohl auch ordentlich gejagt. Aber kein einziges Reh, das aus dem Unterholz springt …«

Brenner runzelte die Stirn und sah sich ebenfalls im nebligen Bergwald um. Ihre Route führte seitlich des Ludlgrabens Richtung Hochthron, und obwohl es bei diesen Sichtverhältnissen schwer zu sagen war, hatten sie Brenners Meinung nach schon die Stelle passiert, wo sich der Graben auf etwa 1000 Metern Höhe teilte. Das Gelände war bereits so steil, dass die Stämme der

Bäume erheblich schlanker geworden waren und sich zum Teil sichelförmig vom Berg wegbogen.

»Nein, stimmt«, murmelte Brenner in die durch das Pausieren der Treiber doppelt leise wirkende Stille hinein. »Aber wie du sagst, hier gilt Wald vor Wild. Von daher …«

Aufmerksam horchte er in sich hinein und versuchte trotz allen grundsätzlichen Widerwillens für einen Moment, mit dem merkwürdigen sechsten Sinn in Verbindung zu treten, den er dort seit einiger Zeit zu besitzen glaubte. Aber außer dem starken Gefühl drohenden Unheils, das seit ihrem Aufbruch vor zwei Stunden immer mehr zugenommen hatte, war da …

Als hätte es Alois mit seinen Worten heraufbeschworen, kam von schräg über ihnen, wo die nächsten Jäger sich schon befanden, plötzlich lautes Hundegebell. Unmittelbar darauf tauchte eine flüchtende Gestalt aus dem Nebel auf.

Automatisch legte Brenner sofort erneut an, als er die spitzen Ohren sah, erkannte aber im selben Augenblick die grelle Warnweste und ließ das zierliche Betäubungsgewehr, das mehr einer Spielzeugwaffe glich, wieder sinken. Besorgt warf er einen raschen Blick über die Schulter. Doch Alois war zu sehr damit beschäftigt, seine Hunde im Zaum zu halten, um sich seine Waffe vom Rücken zu streifen. Aus irgendeinem Grund hatten Gerti und Bepp ebenfalls wütendes Gebell angestimmt und schienen alles daran zu setzen, sich auf den fliehenden Tierschützer zu stürzen.

Dieser rannte mit sich überschlagenden Beinen das

steile Gelände hinab, machte dann jedoch den Fehler, nach hinten zu blicken, stolperte über seine eigenen Füße und rollte den Berg hinunter. Nicht weit hinter ihm kam ein Hund aus dem Nebel geschossen, den sein Herrchen offenbar nicht so erfolgreich hatte festhalten können wie Alois und der mit zornigem Gebell auf den Gestürzten zuhielt. Der erschrockene Tierschützer kroch auf dem Hosenboden rückwärts, was aufgrund der zähnefletschenden Plastikmaske vor seinem Gesicht nur umso grotesker wirkte. Der Hund – ein muskulöser Kurzhaar, der in diesem Moment nicht so wirkte, als wollte er das ›Wild‹ nur stellen – machte noch zwei lange Sätze, stieß sich ab und flog wie das mordgierige Monstrum, hinter dem sie alle her waren, auf sein vor Schreck erstarrtes Opfer zu.

In derselben Sekunde gab es einen plötzlichen Ruck, das Hinterteil des Hundes wurde hochgeschleudert und ein ungesundes Knirschen ertönte im mit einem Mal wieder wie in Watte gepackten Bergwald. Wie es oft bei losgerissenen Hunden am Hang passierte, hatte sich die Leine in einem Baum verfangen und das Halsband dem in vollem Tempo abwärts hetzenden Tier das Genick gebrochen. Leblos, als wäre er durch die Falltür eines Galgens gestürzt, lag der Hund im Laub, und Brenner hatte die deutliche Empfindung, in seinem Innern sei ein winziger Funke erloschen.

Auch Alois' Hunde zerrten immer noch an ihren Leinen, sodass er sie mit leisen Ermahnungen ein Stück weiter den Berg hinauf ziehen musste. Brenner legte sein Gewehr ab und machte sich zu dem verunglückten Kurzhaar auf, obwohl es nicht so aussah, als ob diesem noch zu helfen wäre. Schon kam auch der Besitzer den Hang herabgelaufen, ein älterer vollbärtiger Mann mit tief liegenden Augen, und steuerte mit bestürztem Blick auf seinen Liebling zu. Er kniete sich neben den Hund ins Laub, hob dessen Kopf leicht an und schüttelte dann mit noch betroffenerer Miene den Kopf.

Der Tierschützer hatte weiterhin wie erstarrt dagesessen, doch nun stand er auf und zog sich seine Maske vom Kopf, hinter der ein von der wilden Flucht erhitztes, verwirrtes Städtergesicht zum Vorschein kam. Brenner war auf halbem Wege stehen geblieben, als der Besitzer des toten Hundes aufgetaucht war. Trotzdem nahm er mit seiner empfindlichen Nase den strengen Geruch wahr, der von dem jungen Aktivisten ausging.

»Das wollte ich nicht«, sagte dieser und trat mit seiner grauen Kunststoffmaske in der Hand ein Stück näher. Mit der anderen Hand fuhr er von unten unter seine mit zwei breiten Reflektorstreifen versehene Verkehrsweste und zog ein winziges braunes Fläschchen hervor, wahrscheinlich um zu zeigen, wie harmlos es aussah. »Moschusessenz«, erklärte er. »Ich wollte die Hunde nur weglocken, damit …«

Der alte Mann blickte flüchtig zu dem Jungen auf, dann aber sofort wieder auf seinen Hund hinab, der mit starren Augen und durch das Halsband hochgeschobenem Fell vor ihm lag. Weiter unten waren zwei Treiber aus dem Nebel hervorgetreten, blieben jedoch wie Brenner respektvoll auf Abstand und hatten mit ihren auf den Boden gestützten Stöcken etwas von Schäfern, die den Tod eines ihrer treuen Helfer betrauerten. An ihnen vorbei eilten jedoch plötzlich zwei weitere Gestalten, auch sie in die allgegenwärtigen Warnwesten gehüllt, von denen eine einen großen schwarzen Camcorder in der Hand trug.

Kaum auf Höhe der tragischen Szene angelangt, prüfte der Mann mit der Kamera kurz, wo das Licht herkam, und richtete die Linse dann auf den vor seinem toten Gefährten knienden Jäger. Seine Begleiterin, die ein Mikrofon mit einem bunten Schaumstoffball auf der Spitze bei sich trug, zeigte auf die Wolfsmaske in der Hand des jungen Tierschützers, der immer noch wie versteinert vor dem Unglück stand, das er mit seinem winzigen Fläschchen angerichtet hatte.

»Pass auf, dass du die auch mit drauf bekommst«, sagte die Reporterin, die ungefähr so alt sein mochte wie Brenner, was sich aufgrund ihres stark geschminkten Gesichtes aber nicht mit Sicherheit sagen ließ. »Und die kläffenden Hunde da oben. Die wirken super, wenn sie so wütend sind.«

Der bärtige Jäger beachtete das Fernsehteam genauso wenig wie den Verursacher des Unfalls. Trotz der Entfernung glaubte Brenner sogar, eine glitzernde Träne seine furchige Wange hinablaufen zu sehen. Den Aktivisten jedoch weckten die mit routinierter Geschäftigkeit erteilten Anweisungen aus seiner Starre, und plötzlich ging er wie von Sinnen auf die Fernsehleute los.

»Haut ab! Verpisst euch, ihr Aasgeier!«, schrie er mit sich überschlagender Stimme und versetzte dem Kameramann einen solchen Stoß, dass dieser wie er selbst eben auf dem Hosenboden landete. »Lasst den Mann in Ruhe! Seht ihr denn nicht, dass er traurig ist?«

»Na hör mal, wir machen hier nur unsere Arbeit«, erwiderte die Frau und versetzte dem Tierschützer einen überraschend heftigen Gegenstoß. »Glaubst du, ich steig zum Spaß diesen Scheißberg rauf?«, fragte sie, während sie mit vor Ekel verzerrter Miene an der Hand roch, mit dem sie den Stoß ausgeführt hatte, und sie an ihrer Weste abwischte. »Das ist das erste brauchbare Material heute.«

Der Tierschützer warf einen Blick auf ihren am Boden sitzenden Kollegen, der sich mehr um seine Kamera als um seinen Stolz zu sorgen schien und das Gerät mit konzentrierter Miene auf Schäden untersuchte. Plötzlich trat ein wilder Ausdruck auf das Gesicht des Aktivisten, noch wilder als zuvor, und im Handumdrehen hatte er die Wolfsmaske zur Seite geworfen und das kleine Fläschchen aufgedreht.

»Ihr wollt Material?«, fragte er mit schriller Stimme und begann mit heftigen Bewegungen, die Reporterin mit dem Inhalt des Fläschchens zu besprenkeln. »Hier habt ihr Material! Hier! Und hier! Und noch mal! Ich geb euch euer Material!«

Die Frau kreischte entsetzt auf und begann, stolpernd den steilen Hang hinab vor dem Tierschützer zu fliehen. Statt ihr zur Hilfe zu kommen, richtete sich der Kameramann jedoch mit geübter Geschmeidigkeit auf die Knie auf und begann, die skurrile Hatz zu filmen.

»Langsam drehen sie alle durch«, murmelte Brenner und setzte sich kopfschüttelnd in Bewegung, um dafür zu sorgen, dass der Streit nicht vollends eskalierte.

Er hatte jedoch keine zwei Schritte getan, da rief Alois zu ihm herab, dessen Hunde den Wahnsinn die ganze Zeit mit ihrem wütenden Gekläffe begleitet hatten. Auch jetzt bellten sie noch, doch es mischten sich heulende und jaulende Laute in ihren Lärm. Vor allem aber zerrten sie plötzlich nicht mehr bergab, sondern bergauf an ihren Leinen.

»Sie haben was!«, rief Alois, trotz der traurigen Szene, der sie eben beigewohnt hatten, mit einem begeisterten Ausdruck im Gesicht. Brenner blickte sich noch einmal schnell nach der Reporterin und dem Tierschützer um, den die zwei Treiber aber bereits fast eingeholt hatten.

Mit langen Sätzen und bis in den Hals schlagendem Herzen sprang er den Berg hinauf, fischte im Laufen das Betäubungsgewehr aus dem Laub und eilte Alois hinterher.

7

Die Hunde führten sie zuerst durch eine Senke, in der der Nebel so dicht war, dass man kaum die Hand vor Augen sehen konnte, dann einen alten, zum Teil mit Holzstufen befestigten Kuhpfad hinauf, der sich von Osten her über den Berg schlängelte. Brenner hatte keine Ahnung, was die Hunde gewittert hatten, aber auch er glaubte jetzt immer wieder, den Anflug eines eigenartigen Gestanks in der Nase zu haben – strenger noch als der Moschusgeruch, mit dem sich der Tierschützer parfümiert hatte, muffiger, dumpfer und auf ungute Art tierischer. Besonders stark war der Geruch an einer Stelle, wo der nun kaum noch sichtbare Pfad abzweigte und einer der kleinen Steinhaufen die Richtung anzeigte, die auf solchen Pfaden oft als Wegweiser dienten. Die mühsam aufgeschichtete Markierung war umgestoßen worden, vielleicht sogar durch das über den alten Menschenweg fliehende Geschöpf, das sie verfolgten, und erinnerte Brenner auf unheilvolle Weise an das windschiefe Steinmanderl, das ihm damals in der Nähe der Leiche aufgefallen war. Mit jeder verwitterten Stufe, mit jedem gehetzten Schritt den Berg hinauf wuchs in ihm das bedrohliche Gefühl, gegen das er nun schon so lange ankämpfte.

»Ich hab's ja gesagt«, keuchte Alois, der sich halb von seinen Hunden ziehen ließ, aber für sein Gewicht trotzdem eine erstaunliche Kondition an den Tag legte. »Ich hab's ja gesagt. Wenn ihn einer findet, dann die beiden.«

Sie überquerten ein steiniges Bachbett, durch das ein dünnes Rinnsal floss, dann ein noch schmaleres, das vollkommen trocken lag. Die Bäume wurden lichter und kleiner, die Stämme der Buchen krummer und verwachsener, und Brenner schätzte, dass es nicht mehr lange dauern konnte, bis sie die Baumgrenze erreichten. Auch die Steigung wurde immer brutaler, und schließlich hielt Alois an, zog mit einem kräftigen Ruck an den Leinen und stützte heftig um Atem ringend seine fleischigen Hände auf die Knie.

»Halt, stopp«, flüsterte er. »Ich kann nicht mehr. Wir müssen eine Pause machen. Sonst fall ich tot um, und niemandem ist geholfen.«

Auch Brenner, der keine Zughunde hatte, spürte die vielen Höhenmeter, die sie in kürzester Zeit zurückgelegt hatten. Hinzu kamen sein übernächtigter Zustand und die zehrende Alarmbereitschaft, aus der er nicht mehr herauszufinden schien – ein Gefühl, als sei jede Zelle seines Körpers mit ahnungsvollem Adrenalin gesättigt. Selbst Gerti und Bepp hechelten mit weit heraushängenden Zungen dicke Atemwolken in die merklich kälter gewordene Luft.

Alois richtete sich auf, stemmte die Arme in die Seiten und legte stöhnend den Kopf in den Nacken. Im selben Moment machte er einen so erschrockenen Schritt nach hinten, dass ihm fast die Leinen aus der Hand glitten.

»Gott, was ist das schon wieder?«, stieß er entrüstet hervor, als sei Brenner sein einheimischer Jagdführer, der mit immer neuen Überraschungen aufwartete. »Wer … wer hängt denn hier Christbaumschmuck auf?«

Brenner blickte ebenfalls nach oben, wo ein aus Zweigen geflochtener Stern von einem Ast der dünnen Buche baumelte, unter der sie standen.

»Ein Drudenfuß«, sagte er, trotz besseren Wissens selbst ein wenig erschrocken.

»Ein *was*?«, keuchte Alois verwirrt. »Sieht aus wie ein Pentagramm. Das Zeichen des Teufels.«

»Ja, das ist es auch«, erklärte Brenner. »Aber nein, es ist dazu da, um so was fernzuhalten. Die Drud ist so eine Art Hexe oder Fee, die sich im Schlaf von jungen Frauen löst. Sie kriecht durchs Schlüsselloch, hockt sich beim Schläfer auf die Brust und verursacht Albträume – wie Albdrücken. Hier sagt man dazu: ›Die Drud hat druckt‹.«

Alois sah ihm entgeistert ins Gesicht. Brenner dachte an die seltsamen Träume, von denen er selbst in letzter Zeit geplagt wurde, und wunderte sich, wie gut auch dieses Detail wieder ins Bild passte. Wie unter Zwang, und obwohl Alois es offensichtlich gar nicht hören wollte, redete er weiter.

»Sie kann sich in alles verwandeln und macht auch bei der Wilden Jagd mit – dem Geisterzug, von dem heute Morgen alle geredet haben.« Unwillkürlich sah er zu den beiden Hunden hinab, die genau spürten, auf welchen Gegenstand sich die Aufmerksamkeit ihrer menschlichen Begleiter richtete, und ebenfalls mit misstrauischen Blicken zu dem seltsamen Geflecht aufschauten, das sich sanft in den vorbeiziehenden Nebelschwaden drehte.

»Ein anderer Weg wäre, ihr ein Haustier zu überlassen, das man sehr liebt. Dann setzt sie sich auf das. Aber es stirbt dabei.«

Die Empörung in Alois' Miene wuchs noch. Er sah zu Gerti und Bepp hinunter und schien dann verzweifelt Ausschau zu halten, ob ihnen nicht andere Jäger gefolgt waren – nun wohl endgültig überzeugt, einen Verrückten als Partner zugewiesen bekommen zu haben, oder einfach in Furcht um seine geliebten Hunde.

»Ein Haustier? Aber das ist doch …«

»Die Alpenschamanen«, erklärte Brenner, selbst um Kontrolle bemüht und sich plötzlich wieder bewusst, wie leicht in diesen einsamen Höhen eine fixe Idee bedrohliche Realität annehmen konnte. »Sie hängen diese Dinger auf, weil sie so eine Stelle für etwas Besonderes halten. Einen Kraftort, so nennen sie es. Wahrscheinlich wegen der jungen Buchen, die da aus dem toten Stamm wachsen. Das gibt es nur auf dem Untersberg. Woanders verfault das Totholz einfach. Und dann denken diese Spinner natürlich …«

»Dieser Scheißberg«, fluchte Alois mit einem Blick auf den von irgendeinem Sturm gefällten Baum, aus dem sich die feucht glänzenden, schlanken Stämme emporschwangen wie die Arme eines Kraken. »Meine Frau hat mich gewarnt. Da will man etwas Gutes tun und dabei helfen, dieses … dieses Ungeheuer zur Strecke zu bringen. Und dann … und dann …«

»Aberglaube«, sagte Brenner und legte dem verunsicherten Jäger beruhigend die Hand auf die Schulter. Sie verschwendeten zu viel Zeit – auch dessen war sich

Brenner auf einmal wieder bewusst – und wenn er endlich herausfinden wollte, hinter welchem Gespenst er die ganze Zeit herjagte, würde er Alois' Hunde brauchen. Diese quittierten die unerwartete Berührung ihres Herrn mit unruhigem Knurren, doch Brenner ließ sich nicht ablenken. »Aberglauben«, wiederholte er eindringlich. »Das sind alles nur Hirngespinste. Und wenn wir …«

Bevor er den Satz beenden konnte, bemerkte er Alois' Blick und sah sofort in dieselbe Richtung. Auf einer schmalen Anhöhe keine 50 Meter vor ihnen war etwas aus seinem Versteck gesprungen und hastete in gebücktem Lauf bergauf. War es groß? War es klein? Wie meistens am Berg ließ sich das schlecht sagen. Doch wie Brenner sofort erkannte, handelte es sich diesmal nicht wieder um einen verkleideten Menschen, sondern um ein echtes Tier – oder zumindest um etwas Ähnliches.

Das Fell war fast so zottig und dunkel wie bei dem Krampus, den Brenner vor ein paar Tagen verfolgt hatte, nur mit einem rötlichen Stich. Körper und Kopf waren kräftig, der Lauf wippend und bucklig wie bei einem Bären, und dafür hätte man die Kreatur im ersten Moment auch halten können, wäre da nicht der in rhythmischen Bewegungen mitwippende Schwanz gewesen, der eher an einen Wolf erinnerte. Es sah wirklich ein wenig wie ein lebendiger Wolpertinger aus – ein aus verschiedenen Tieren zusammengesetztes Mischwesen – und kam Brenner vage vertraut vor, sodass sich ihm der unangenehme Gedanke aufdrängte, es ebenfalls bereits auf irgendeinem alten Stich oder Schauderbild gesehen zu haben, an das er sich jetzt nur nicht mehr erinnern konnte.

Es tauchte nur für einen winzigen Augenblick aus dem Nebel auf und war dann wieder darin verschwunden, wie ein Geist. Und als hätte er einen solchen gesehen, wirkte auch Alois, als Brenner ihn anblickte.

»Was … was um Himmels willen ist das?«, fragte der massige Jäger verblüfft und schüttelte abwehrend den Kopf. »Was …? Halt! Stopp! Gerti! Bepp! Bei Fuß! Nicht!«

Die Hunde hatten mit dem Rücken zu der Szene gestanden, aber natürlich sofort die Köpfe gewendet und entweder noch die zottige Schwanzspitze verschwinden sehen oder auch nur die Witterung neu aufgenommen. Der eine war losgesprungen, der andere sofort gefolgt, und nun hetzten die beiden mit durchs Laub schleifenden Leinen und entfesseltem Gebell der eigenartigen Erscheinung hinterher.

Alois warf einen entsetzten Blick auf seine geöffnete Hand und dann zu dem Drudenfuß hinauf, der keine zwei Meter über ihnen in der Brise baumelte, worauf das Entsetzen in seinem Gesicht noch zu wachsen schien. Mit einer erstaunlich gewandten Bewegung zog er sich das Gewehr vom Rücken.

»Komm, schnell, beeil dich«, stieß er mit vor Sorge erstickter Stimme hervor, während er loshastete. »Wir müssen hinterher.«

8

Brenner und Alois waren kaum 200 Meter weitergehetzt, quer zum Berg über das steile, von schmalen Längsrücken zergliederte Gelände, über ihnen bereits die ersten Felsen und vom Wind klein gehaltenen Sträucher, als ihnen einer der Hunde wieder entgegenkam. Aus einer kesselartigen, mit Dickicht und dichtem Nebel gefüllten Senke, kam er zu ihnen heraufgesprungen, mit wehenden Ohren und ängstlichem, beschämtem Blick.

Eben schon war das helle Kläffen und Jaulen der Hunde, dem Brenner und Alois gefolgt waren, in ein anhaltendes Gebell übergegangen, das zeigte, dass die Tiere ihren Gegner gestellt hatten. Dann war ein tiefes, grollendes Knurren zu hören gewesen, ein hohes Aufwinseln – und noch während jetzt der fliehende Hund seinem Herrn fast in die Beine rannte, drangen erneut wilde Kampf- und Keuchlaute zu ihnen herüber.

»Bepp, wo ist Gerti?«, fragte Alois mit einem besorgten Blick auf die verletzte Schnauze des Tiers, jedoch ohne anzuhalten. Noch bevor sie das dichte Gestrüpp am Boden der Senke erreichten, ertönte von irgendeiner im Nebel verborgenen Stelle ein Winseln herüber, das noch höher und jämmerlicher klang als alle zuvor.

»Gerti!«, rief Alois und blickte voll blanker Verzweiflung in der unübersichtlichen Niederung umher. »Gerti, wo bist du?«

Wieder erfüllte das fremdartige Knurren den Dunst – tief, kehlig, voll urtümlicher Wut. Dann hörten sie hastiges Kratzen scharfer Krallen über blanken Stein – ja, es kam von weiter oben! –, dann ein herzzerreißendes Jaulen und dann nichts mehr.

In der wie wattegepolsterten Stille, die nun folgte, stolperte Alois benommen das weiße Bachbett hinauf, das sich durch die Senke zog. Sie hatten die Stelle noch nicht erreicht, da mischte sich Rot in das seichte Rinnsal, das über den schartigen Kalkschotter Richtung Tal floss.

Die Hündin hatte einen tiefen Biss im Bauch, und ihre Kehle war mit der gleichen entschlossenen Kraft herausgerissen worden wie bei der jungen Frau in der Klamm. Alois sank neben dem toten Tier kraftlos auf die Knie. Auch Bepp näherte sich vorsichtig seiner Gefährtin und beschnupperte sie mit eingezogenem Schwanz und kläglichem Gesichtsausdruck. Der Kadaver verströmte denselben widerlichen Gestank, den sie während der gesamten Verfolgung immer wieder wahrgenommen hatten.

»Gerti«, flüsterte Alois zärtlich, während er ungeschickt mit seiner dicken Hand über das verschwitzte Fell der Hündin strich. Die Tränen liefen noch ungehemmter seine prallen Backen hinab als bei dem alten Mann vorhin. »Gerti, mein kluges Mädchen. Wieso hast du nur …? Du hättest doch wissen müssen, dass …«

»Brenner, habt ihr ihn erwischt?«, rief plötzlich jemand von unten zu ihnen herauf. »Habt ihr dem verdammten Vieh einen Blattschuss verpasst?«

Es waren Sepp Angerer und Flore Pfnür, beide mit Gewehren in der Hand, und Angerer mit seiner Tiroler Bracke an der Leine, die ebenfalls für ihre Qualitäten als Spürhund berühmt war. Mit erhitzten Gesichtern kamen sie das helle Bachbett hinaufgeeilt.

»Nein, wir haben einen Hund verloren«, rief Brenner zu ihnen hinunter. »Er hat sich losgerissen.«

Die zwei Almbauern sahen sich erstaunt an. Brenner hatte sie weder bei der Besprechung gestern noch heute Morgen am Sammelpunkt gesehen, was bedeutete, das sie ihm entweder einfach nicht aufgefallen waren oder auf eigene Faust bei der Jagd mitmachten. Als sie zu ihnen aufgeschlossen hatten, machten sie noch größere Augen.

»Das war der Wolf?«, fragte Angerer, der eine orangefarbene Jacke mit Tarnmuster trug und dazu auch die passende Mütze auf dem Kopf hatte.

»Es ist kein Wolf«, erklärte Brenner. »Wir wissen nicht, was es ist.«

Wieder blickte Angerer erstaunt zu Pfnür hinüber. Dieser hielt zwar auch ein teures neues Jagdgewehr in den Händen, galt aber bei Weitem nicht als so erfahrener Waidmann wie sein älterer Schwager.

»Was soll das heißen, ihr wisst nicht, was es ist?«, fragte er verwundert. »Habt ihr es denn nicht gesehen?«

»Doch, aber wir wissen es trotzdem nicht«, erwiderte Brenner. »Mir ist so etwas hier noch nicht untergekommen. Vielleicht hatte der alte Dionysius doch recht.«

Abermals tauschten die zwei Almbauern einen ungläubigen Blick. Die Bracke zerrte unruhig an ihrer

Leine. Angerer schien jetzt zum ersten Mal den eigenartigen Geruch wahrzunehmen, der von dem toten Hund ausging, und runzelte die Stirn.

»Du willst uns verarschen, Brenner«, sagte er bestimmt.

»Nein, will ich nicht.«

Wieder dachte er an den gebückt durch den Nebel flüchtenden Umriss, der ihm nach wie vor irgendwie bekannt vorkam. Die Untersbergmanderln, listige Kobolde, die hier der Sage nach in den Höhlen wohnten – auch sie sollten einen buckligen Körper und großen Kopf besitzen. Aber nein, Schwachsinn. Das war es natürlich nicht.

Angerer warf noch einmal einen Blick auf den schrecklich zugerichteten Hund, vor dem Alois, einen Arm um den eingeschüchterten Bepp gelegt, immer noch mit untröstlicher Miene auf den Steinen kniete. Dann schaute der Almbauer auf seine schmucken Jagdstiefel hinab und stieg mit befremdeter Miene aus dem verfärbten Bach, der in seinem gewundenen hellen Bett inzwischen einer offenliegenden Ader glich. Angerer zog sich die Mütze vom Kopf, wischte mit dem Ärmel über seine Stirn und sah den Berg hinauf.

»Na, was es auch ist«, sagte er. »Wir sollten hinterher, bevor der Hund die Witterung verliert.«

Auch Brenner blickte bergauf, wo der ›Wolfshüter‹, der ihm allmählich wie der große Bruder des Gamshüters vorkam, die schroffen Steilwände des Untersbergs in wehende Schleier hüllte. Sein Herz schlug ihm immer noch bis zum Hals, jedoch nicht wegen der anstrengenden Verfolgungsjagd, und beim Anblick des hohen Felsmassivs schien sich sein ungutes Bauchgefühl ins Bodenlose auszudehnen. Als stehe er vor einem steinernen Orakel, spürte er tief in seinem aufgewühlten Inneren, dass das bei Weitem nicht das letzte Blut war, das bei all dem fließen würde. Trotzdem nickte er Angerer knapp zu und beugte sich dann zu Alois hinunter.

»Du bleibst am besten hier«, sagte er sanft und legte dem gutmütigen Hundefreund, den er in der kurzen Zeit überraschend liebgewonnen hatte, erneut die Hand auf die Schulter. »Die anderen können dir helfen, sie runterzutragen.«

Der Jäger sah ein letztes Mal auf seine brave Gerti hinab, die einen solchen Ausgang des aufregenden Abenteuers bestimmt genauso wenig erwartet hatte wie er. Dann schaute er sich in der Runde um, wischte sich die Tränen aus dem Gesicht und stand schwerfällig auf. »Nein, ich komme mit.« Er bückte sich nach der Leine des am Leben gebliebenen Hundes und schnallte sie sich um den Bauch. »Los, Bepp, jetzt musst du uns führen. Aber keine Angst, auf dich passe ich besser auf.«

Von unten hallten bereits die Stockschläge und das monotone »Hopp, hopp, hopp!« der Treiber herauf, doch sie wollten nicht noch mehr Zeit verlieren. Die Spur führte auf der anderen Seite des Bachs weiter bergan, auf den mit großen Latschenfeldern bewachsenen Felsbuckel der Hochkampschneid zu. An den geduckten Kiefernsträuchern, die auch überall unterhalb der Erhebung wuchsen, fanden sie zum ersten Mal ein paar lange schwarze Haare. Angerer blieb kurz stehen, rieb sie mit verblüffter Miene zwischen Fingern und schüttelte den Kopf. Als er an seiner Hand roch, verzog er das Gesicht auf ähnliche Weise wie die Reporterin vorhin.

Wie in einem letzten Versuch, die geheimnisvolle Kreatur vor ihnen zu verbergen, trieb der Nebel in immer dichteren Schwaden heran. Das Gelände war nun schon gefährlich steil, und der dicke Dunst machte es noch schwieriger, das Gleichgewicht zu halten. Wie aus dem Nichts tauchte vor ihnen eine helle Schuttrinne auf. Als seien sie ebenso begierig darauf wie sie, endlich die Lösung des Rätsels zu erfahren, zerrten die Hunde sie weiter.

Bald sah Brenner den ersten, wie von stählernen Kiefern zermalmten Knochen auf den weißen Steinen liegen. Wären nicht das gelb schimmernde Mark und die bräunlichen Fleischreste gewesen, die daran klebten, er hätte ihn glatt übersehen. Plötzlich zogen die Hunde erregt nach links, und noch bevor sie das Ziel ihrer Jagd erreichten, stoben vor ihnen bestimmt ein Dutzend großer Raben laut krächzend in den Nebel auf.

Halb von verwachsenen Latschensträuchern verdeckt und von einem breiten Fels überhangen, klaffte die Höhle im Berg wie ein hungrig aufgerissener Schlund.

Brenner blickte nach oben, wo gerade der letzte Rabe im Nebel verschwand. Die Höhle konnte keine 200 Meter von den schmalen Querwegen unterhalb des Hochthrons entfernt sein, der sich über ihnen wie der steinerne Sitz eines Riesen aus dem Berg erhob. Deshalb wunderte es Brenner umso mehr, dass ein so großes Tier (denn klein konnte es nach dem, was es dem Hund angetan hatte, schließlich kaum sein) niemandem aufgefallen war.

Auch auf dem Gras vor der Höhle lagen überall zermalmte Knochen, nahe dem Eingang ein frisches Gamsbein, daneben die Reste eines zerfetzten Birkhuhns. Der Gestank, der aus der etwa brusthohen Spalte drang, war schier unerträglich. Die Hunde bellten aus vollem Halse. Doch das tiefe Knurren und Grollen, das ihnen aus dem dunklen Schlund entgegenhallte, war noch lauter. Es hörte sich an, als sei das Ungeheuer vom Untersberg so groß wie einer der urzeitlichen Höhlenbären, die hier vor 10.000 Jahren noch gehaust hatten.

»Und jetzt?«, fragte Angerer verunsichert, das Gewehr vorsichtshalber bereits im Anschlag. »Brenner, gehst du rein?«

»Ja, wartet kurz. Ich …«

Kurz überlegte er, ob die Dosis in dem Betäubungspfeil reichen würde. Doch das war es nicht, was ihn einen Augenblick zu lange zögern ließ. Auch das unheilschwangere Gefühl in seinem Bauch – das Gefühl, mit jedem Schritt bergauf dem störenden Fremdkörper dort noch näher gekommen zu sein – hätte er wahrscheinlich überwunden.

Plötzlich fielen ihm jedoch vor dem grauen Gestein der Höhlenwand, halb im Schatten des Überhangs verborgen, die bastbraunen Spitzen eines Geweihs auf – fast so groß und verästelt wie jenes, das er so gut kannte. Darunter war auch der verstümmelte Kopf des Hirschs zu erkennen. Der Unterkiefer war abgerissen, an Nase und Stirn schaute unter dem blutverkrusteten Fell der blanke Knochen hervor. Mit dem einen trüben Auge, das dem einst prächtigen Tier noch blieb, schien es Brenner traurig anzusehen.

»Warum schießen wir nicht einfach von hier draußen in die Höhle?«, hörte Brenner einen der Jäger wie aus weiter Entfernung fragen, während er seinen Blick nicht von dem des toten Hirschs losreißen konnte.

»Bist du verrückt?«, erwiderte ein anderer. »Glaubst du, ich will einen Querschläger abkriegen?«

»Dann schicken wir die Hunde rein. Komm, lass uns schnell machen, bevor die anderen kommen. Wir können doch sagen, wir hätten Angst gehabt, dass es uns entwischt.«

»Du verfluchtes Scheißvieh! Du tötest keinen meiner Hunde mehr!«

Aus heiterem Himmel machte Alois zwei lange Schritte nach hinten, legte an und schoss mitten in die Dunkelheit hinein. Pfnür tat es ihm sofort gleich und dann auch Angerer, der erst kurz zögerte, aber dann in rascher, routinierter Folge sämtliche Patronen seiner Repetierbüchse in die Höhle entleerte.

Der chemische Geruch des Nitropulvers mischte sich in den Gestank. Auch die Hunde waren ein Stück zurückgewichen, und als der letzte Schuss verhallt war, drang nur noch leises Röcheln aus der Düsternis. Anstalten, die Höhle zu betreten, machte jedoch keiner der Jäger.

Brenner bückte sich unter den Überhang, konnte aber nichts erkennen.

»Hat jemand eine Taschenlampe dabei?«

Pfnür reichte ihm sein Feuerzeug. Wie ein vorsichtiger Steinzeitmensch mit seiner Fackel kroch Brenner in die Dunkelheit.

Doch es war kein Wolf, kein Ungeheuer und auch kein Höhlenbär, den er dort fand. Als er jetzt – aus der Nähe und ohne dass die flirrenden Trugbilder seiner überhitzten Einbildung seine Sicht verzerrten – einmal kurz die Flamme über den zotteligen Körper schwenkte, erkannte er sofort wieder, was er vor sich hatte. Und es war keineswegs ein alter Stich oder ein Schauerbild, auf dem er das Wesen bereits gesehen hatte.

Das Röcheln war zu einem leisen, mühsamen Keuchen verebbt, doch die Augen blickten ihm immer noch feindselig entgegen. Aus dem mit großen scharfen Reißzähnen bewehrten Maul trat Blut aus. Auch unter dem zotteligen Leib hatte sich eine breite, dunkel schimmernde Lache auf dem Höhlenboden gebildet.

»Ein Messer!«, rief Brenner über die Schulter. »Ich brauche ein Messer!«

Im tief gebeugten Krebsgang kroch er zum Eingang zurück und streckte den Arm hinaus. Dann stieg er wieder in die Höhle hinein, die geformt war wie ein Trichter und das Knurren des Tieres auf die gleiche Weise verstärkt hatte, wie es in Brenners Fantasie und der vieler anderer zu einem mordgierigen Monster aufgebläht worden war.

Es war nicht klein, aber auch nicht wirklich groß, dachte er, während er einen Fuß auf das Maul des Geschöpfes setzte und ihm mit einer schnellen, geübten Bewegung das Messer ins Genick rammte. Auf jeden Fall viel kleiner, als alle angenommen hatten.

Und das steigerte in Brenner noch das Gefühl, dass er es mit dem dunkel glänzenden Spielzeuggewehr, das unbenutzt neben ihm auf den Steinen lag, irgendwie hätte beschützen müssen.

TEIL III: DIE WALDBRAUT

1

»Ja, hallo. Wer ist da?«

»Hallo, Veit. Bist du schon wach?«

»Anna, hi, ich … jaja, ich bin wach. Warte, ich hab den Laden runtergelassen. Ich mach nur schnell Licht. Grüß dich, wie geht es dir?«

»Mir geht's gut. Tut mir leid, dass ich mich die ganze Zeit nicht gemeldet habe. Aber jetzt scheint der Zirkus ja vorbei zu sein. Warst du derjenige, der das Ding erwischt hat?«

»Ich? Nein, das waren andere. Aber ich war dabei.«

»Und was war es letztendlich genau? Gestern im Fernsehen habe ich es nur halb mitgekriegt.«

»Ein Vielfraß, ein … Das ist so eine Art Marder, aber viel größer, ein Bärenmarder, sieht aus wie ein kleiner Bär mit Schwanz. Wird auch als Giermagen oder Gierschlund bezeichnet und kommt eigentlich nur im hohen Norden vor. In Amerika nennen sie ihn ›skunk bear‹, weil er so stinkt.«

»Und der soll diese junge Frau angefallen haben?«

»J-ja, das ist zumindest die wahrscheinlichste Erklärung. Die Tiere gelten als ziemlich aggressiv und angriffslustig und reißen manchmal selbst ausgewachsene Rentiere und Elche. Und ich habe einen Hund gesehen … Man dachte zuerst, er sei aus irgendeinem Zoo ausgebrochen, aber er hatte keinen Chip unterm Fell. Vermutlich hat irgendein Idiot versucht, ihn als Haustier zu halten, und hat ihn dann hier ausgesetzt, weil er dachte, in den Bergen fühlt er sich wohl. Wenn er an Menschen gewöhnt war, dann würde das die Wahrscheinlichkeit erhöhen, dass er einen angegriffen hat. Diese junge Frau muss ihm auf einem Steig in der Klamm über den Weg gelaufen sein und er hat sich irgendwie in die Enge gedrängt gefühlt und dann …«

»Also kein Wolf, wie du gesagt hast.«

»N-nein, kein Wolf, wie ich gesagt habe. Ziemlich gut, für so einen einfachen Parkranger, hm?«

»Aber … aber auch nichts anderes. Als du vor einer Woche angerufen hast, da hörtest du dich … Du hörtest dich ziemlich komisch an.«

»Ja, ich weiß, tut mir leid. Ich hatte mich da irgendwie in was reingesteigert. Du weißt ja, wie … Ich wollte dich nicht beunruhigen. Und dass du dich nicht gleich wieder gemeldet hast, kann ich verstehen. Ich weiß doch, wie sehr …«

»Das heißt, jetzt ist alles wieder in Ordnung?«

»Oh ja, alles bestens. Ich … ich bin wieder voll auf dem Damm. Das Viech ist tot, alle sind happy, und die Welt kann wieder ihren gewohnten Gang aufnehmen. Gut, man weiß immer noch nicht, um wen es sich bei dieser Touristin gehandelt hat. Aber das ist bei solchen Fällen nichts…«

»Veit, ich …«

»Ja, was ist los, Anna? Alles okay mit dir? Jetzt hörst du dich ein bisschen komisch an … Warum … warum sagst du nichts?«

»Veit, ich … ich habe dir nicht alles erzählt, was damals passiert ist. Also nicht wirklich alles.«

»Was meinst du?«

»Du weißt, dass mich diese ganze Geschichte ziemlich mitgenommen hat. Ich meine, eigentlich hab ich ja kaum was abbekommen, im Vergleich zu dir. Und ich war so froh, dass du noch am Leben warst, und dachte, na ja, ich dachte …«

»Ich … ich glaube ich weiß, was du dachtest. Ich dachte es auch.«

»Aber so einfach war es nicht. Das steckt man alles nicht so leicht weg. Und schon gar nicht all das, was da … was da irgendwie noch mitgespielt hat. Und als du dann diese Sache mit dem Hirsch erzählt hast, da … Na ja, du hast ja gemerkt, wie ich reagiert habe.«

»Ja, und ich kann das vollkommen verstehen. Ich hätte dich nicht auch noch damit belasten sollen. Du hattest auch so schon genug zu knabbern.«

»Aber wen denn, wenn nicht mich? Du hast mir das Leben gerettet, mein Gott. Und ich …«

»Beruhig dich, Anna, Liebling, reg dich nicht auf. Das war alles nur Einbildung. Wie das jetzt auch. Du hattest vollkommen recht.«

»Das sagst du nur. Das sagst du, weil … Ach, ich weiß manchmal auch nicht, was ich glauben soll. Das ist es doch, was mir so viel Angst macht. Es ist wie mit deiner Geschichte mit dem Hirsch, das, was ich erlebte habe. Meistens denke ich, da war gar nichts. Aber dann gibt es wieder Momente, in denen ich mir sicher bin, dass …«

»Was … was hast du erlebt, Anna? Erzähl es mir.«

»Es war … es war, als ich am nächsten Morgen im Wald aufgewacht bin und dachte, du seist tot. Ich war halb verrückt vor Angst und dann habe ich die Adler und die Familie gesehen. Und den Förster, mit seinem Gewehr.«

»Das war sehr mutig, was du getan hast. Diese Leute wären da sonst nicht lebend rausgekommen. Und es war bestimmt nicht leicht.«

»Nein, das war es nicht. Und ich habe es nur getan, weil … weil ich daran denken musste, was du für mich getan hattest. Und weil ich dachte, ich könnte mir sonst nicht mehr in die Augen sehen. Oder dürfte dann nicht mehr an dich denken. Nicht so, wie ich es wollte.«

»Schon gut, Anna. Niemand kann so etwas tun, ohne dass es Spuren hinterlässt. In gewisser Weise hattest du es schwerer als ich. Aber du hast das Richtige getan. Das einzig Richtige.«

»Ja, das glaube ich auch und das lasse ich mir auch nicht nehmen. Trotzdem …«

»Trotzdem?«

»Trotzdem war da was, als ich zugeschlagen habe, mit dem Stein. Ich … ich hatte gleich die richtige Stelle erwischt, an der Schläfe – pures Glück. Der Stein war spitz und … und ich habe gemerkt, dass ich ordentlich Schaden angerichtet hatte. Man konnte es sofort sehen.«

»Du hattest wirklich Glück. Gruhn war ein Riese. Du hättest sonst keine Chance gehabt.«

»Ja, einfach auf der Stelle das Zeitliche gesegnet hat er aber natürlich auch nicht. Er lag mit dem Rücken auf dem Fels, auf dem er mit seinem Gewehr gelauert hatte.

Und ich war über ihm und er hatte mich irgendwie am Arm zu packen gekriegt. Er hatte einen Griff wie eine Stahlzwinge, das weiß ich noch. Aber plötzlich hat er mich auf ganz merkwürdige Weise angesehen und losgelassen. Und irgendwas war mit seinen Augen.«

»Er ist gestorben. Die Muskeln erschlaffen, die Pupillen weiten sich. Du scheinst wirklich auf Anhieb die richtige Stelle getroffen zu haben.«

»Ja, in guten Momenten denke ich das auch. Aber es war anders. Oder wenigstens bilde ich mir das manchmal ein. Seine Hand ist nicht abgerutscht und sein Arm kraftlos herabgefallen, als würde er das Bewusstsein verlieren. Er hat ihn sinken lassen. Dann hat er mich angesehen und gelächelt. Und im selben Moment – manchmal denke ich sogar, ich hätte es sehen können – ist etwas aus seinen Augen verschwunden. Nicht das Leben, sondern der Irrsinn, der ihn zu all diesen Dingen getrieben hat. Er sah plötzlich wieder ganz normal aus und irgendwie … irgendwie froh oder sogar dankbar. Er hat noch gelebt, das weiß ich genau. Das Ganze hat nur den Bruchteil einer Sekunde gedauert, doch am Leben war er noch. Aber ich habe trotzdem weiter auf ihn eingeschlagen, weil ich so viel Angst hatte. Bis ich … bis ich mir ganz sicher war.«

Brenner hatte die ganze Zeit auf dem Rücken gelegen und die zwei großen alten Wasserflecken angestarrt, die die Zimmerdecke verunstalteten. Nun setzte er sich auf, stellte seine nackten Füße auf den abgenutzten Teppichboden und legte seine Arme auf die Knie, während er sich das Handy weiter ans Ohr hielt. Schweigend sah er sich in seinem Zimmer um, ließ den Blick über die billigen Möbel und die schmutzigen Klamotten schweifen, die überall in den Ecken lagen.

»Wir werden wohl beide noch eine ganze Weile brauchen, bis wir das alles verdaut haben«, sagte er leise. »War ganz schön heftig.«

»J-ja, das glaube ich auch«, antwortete Anna. »Es tut mir leid, dass ich dir nicht schon früher davon erzählt habe. Ich hab so getan, als ob …«

»Kein Problem. War vielleicht gar nicht so schlecht. Genügt ja, wenn einer von uns beiden an seinem Verstand zweifelt.«

»Und … und Veit«, fuhr sie plötzlich in einer leisen, hohen und leicht hektischen Stimme fort. »Ich muss dir noch etwas sagen.«

»Was ist? War noch irgendwas anderes?«

»Nein, aber … aber ich habe jemanden kennengelernt. Hier, an der Uni, einen anderen Studenten. Es tut mir so leid, aber … aber es ist einfach passiert.«

»H-hey, Anna, g-gar kein Problem. Ich meine … ich meine, wir haben doch beide längst gemerkt, dass …«

»Dass es einfach nicht klappt«, stieß Anna schluchzend hervor. »Du hasst es hier, und ich kann nicht bei dir unten in deinen Bergen sein. Ich weiß nicht, was da draußen war … oder ist. Aber ich spüre es, wenn ich bei dir dort unten bin. Ich spüre es die ganze Zeit. Und ich … ich spüre es auch in dir.«

»Du spürst es in mir, Anna?«

»Ja, es war glaube ich sogar schon da, bevor … Du bist einzigartig, Veit. Ich habe noch nie jemanden wie dich getroffen und ich werde es auch nicht mehr tun, das weiß ich genau. Aber du … du machst mir auch Angst. Du hast mir von Anfang an Angst gemacht. Und seitdem das alles passiert ist, machst du dir vielleicht auch selbst ein bisschen Angst … oder irgendetwas. Als wir uns getroffen haben, schienst du einfach nur wütend und einsam zu sein und hast bei jeder Gelegenheit um dich gehauen wie ein Berserker. Aber jetzt …«

»Aber jetzt?«

»Ich … ich weiß es nicht, Veit. Es ist mir zu hoch, und ich bin nicht stark genug dafür – so gerne ich es auch wäre. Ich möchte ein normales Leben führen, das wollte ich schon immer. Trotz meiner Herkunft bin ich glaube ich die spießigste kleine Deutsche, die man sich vorstellen kann. Ich möchte das alles vergessen, nicht mehr an diese Dinge denken, ich bin erst 24. Ich möchte es wenigstens versuchen.«

Brenner schwieg kurz und nickte stumm in sein schäbiges, von der gesprungenen Lampe am Kopf der Matratze erhelltes Zimmer hinein.

»Ich verstehe das«, sagte er dann leise. »Ich verstehe das und … und ich wünsche dir viel Glück. Du hast es verdient.«

»Oh, Brenner, sei nicht so scheißedel und mach mir doch wenigstens ein paar Vorwürfe! Ich schäme mich. Ich habe das Gefühl, dich vollkommen allein zu lassen da unten, habe es schon die ganze Zeit. Und du … du wünschst mir viel Glück!«

Anna schluchzte wieder laut auf. Brenner blickte verzweifelt in seinem Zimmer umher.

»Ich … ich bin nicht allein«, sagte er dann und versuchte irgendwie zu dem scherzhaften Ton zurückzufinden, in dem er und Anna sich in ihren besten Zeiten fast ausschließlich unterhalten hatten. »Ich hab doch die Adler, die Gämsen und die Murmeltiere. Vor allem die Murmeltiere. Du weißt, wie gerne ich auf irgendeiner Bergwiese sitze, an einem Grashalm kaue und ihnen stundenlang beim Spielen zusehe. Ich bin kein bisschen allein.«

»Ach, Brenner, ich … ich liebe dich. Ich habe dich vom ersten Moment an geliebt. Ich wünschte, es könnte anders sein.«

»Ich liebe dich auch, Anna. Mach dir keine Sorgen. Es ist schon gut so. Berlin, Berchtesgaden. Denk nur an die Fahrtkosten, die wir sparen.«

»Du bist unerträglich. Ich ruf dich wieder an, okay? Sobald … sobald ich ein bisschen zur Ruhe gekommen bin, melde ich mich wieder bei dir, ja?«

»Ja, sicher, ich freue mich. Bis dann.«

»Bis dann, Brenner. Und … und dir auch viel Glück.«

Brenner klappte das Handy zu und blickte mit über die Knie gestreckten Armen zwischen seine Füße hinab, auf den ebenfalls von Anfang an nicht von Flecken freien braunen Teppichboden, der im Schein der kleinen Lampe noch schäbiger wirkte. Er hatte die Tür geschlossen und den Laden heruntergelassen, um sich abzuschotten, einfach nur zu schlafen und selbst wieder ›zur Ruhe zu kommen‹, wie Anna es formuliert hatte.

Und als sie ihn eben zu so ungewöhnlich früher Stunde – vor allem für einen Samstag – aus dem Bett geholt hatte, schien das auch geklappt zu haben. Er hatte die Kraft gefunden, sie anzulügen. Denn in Wirklichkeit hatte er keineswegs das Gefühl, dass wieder alles in Ordnung war, auch nach dem Tod des fremdartigen Tieres nicht, das auf irgendeine Weise bei ihnen in den Bergen gelandet war.

Als er auf den Höhen des Untersbergs vor der Höhle des Eindringlings stand, hatten zwar alle seine inneren Alarmglocken geläutet, aber das schien nichts zu bedeuten. Das Fremde, das eigenartige Gefühl, dass etwas aus dem Lot war, der ›Fremdkörper‹ war nach wie vor da – auch wenn Brenner immer noch keine Ahnung hatte, wo dieses ›da‹ eigentlich genau liegen sollte.

Jetzt, nach dem Gespräch mit Anna, fragte er sich jedoch, ob es nicht vielleicht eine vollkommen andere Art von Fremdkörper war, den er die ganze Zeit über gespürt hatte.

2

Das Pflegeheim von Brenners Mutter lag in Bischofswiesen, und von ihrem Einzelzimmer im dritten Stock hatte sie einen Blick über Schönau und das Tal des Königsees hinaus bis zum Funtenseetauern. Auch den Hohen Göll und den Jenner zur Linken, ebenso wie Watzmann und Hochkalter zur Rechten konnte sie sehen – all die Gipfel, mit denen sie ihr ganzes Leben verbracht hatte. Sie saß auch meistens am Fenster oder auf dem Balkon, wenn Brenner sie besuchte, und blickte mit unbewegter Miene in die Landschaft. Manchmal hatte er den Eindruck, sie sehe dort ohnehin nur vor sich, was sich in ihrem verwirrten Geist abspielte, und nachdem er jeden Monat den Eigenanteil für das Zimmer überwiesen hatte, blieb ihm kaum noch selbst etwas zum Leben übrig. Trotzdem war er jedes Mal froh, sie dort zu wissen, wenn er an sie dachte, und es gab dort auch viele nette Schwestern und Pfleger, von denen einer sie sogar regelmäßig in die kleine Kapelle brachte, die zu dem Heim gehörte, wenn er das Gefühl hatte, dass ihr danach war.

Auch als Brenner sie an diesem Morgen besuchte, saß sie auf dem Balkon und sah auf das Bergpanorama hinaus. Einer der guten Geister des Hauses hatte sie in eine Decke gehüllt und ihre Haare, die grau, aber immer noch voll und kräftig wie bei einer jungen Frau waren, wirkten frisch frisiert, was Brenner von Anfang als Zeichen dafür genommen hatte, dass man sich gut um sie kümmerte.

»Hallo, Mutter«, sagte er und rückte den zweiten der einfachen weißen Gartenstühle heran, die er für den Balkon besorgt hatte. Sie warf ihm einen kurzen Blick zu und verzog ihr von feinen Falten durchzogenes Gesicht zu einem Lächeln, blickte dann aber sofort wieder auf die Berge. Diese waren nicht mehr in den gleichen dichten Nebel gehüllt wie in den Tagen zuvor, doch der Himmel war weiterhin bedeckt und wirkte, als wollte er für lange Zeit keinen Sonnenstrahl mehr zu ihnen durchlassen.

Brenner wusste nicht, ob sie ihn erkannt hatte. Oft hatte er den Eindruck, dass sie ihn einfach für einen weiteren Pfleger hielt, und wenn er sie zur Begrüßung auf die Wange küsste, brachte sie das manchmal so durcheinander, dass er es sich abgewöhnt hatte.

»Der Wolf ist tot«, sagte er. »Es war aber gar kein Wolf, sondern ein anderes Tier. Jemand hatte es wohl hier ausgesetzt.«

In den ersten Monaten hatte er ihr noch regelmäßig aus der Zeitung oder aus Büchern und Illustrierten vorgelesen, weil eine der Schwestern gesagt hatte, das sei gut für sie. Er hatte jedoch nie den Eindruck gehabt, als verstehe sie etwas von dem, was er las. Es kam ihm so vor, als hätte er genauso gut den Bergen vorlesen können, deshalb hatte er irgendwann damit aufgehört. Jetzt erzählte er ihr hauptsächlich Neuigkeiten aus dem Tal, besonders wenn sie jemanden betrafen, den sie kannte, und ab und zu redete er auch über Dinge, die ihn selbst beschäftigten. Meistens saß er aber nur eine halbe Stunde oder Stunde neben ihr und sah schweigend mit ihr ins Land. Er hoffte, sie konnte spüren, dass es da immer noch jemanden gab, der für sie da war, aber auch dessen war er sich keineswegs sicher.

Auch jetzt blickte sie nur kurz mit befremdeter Miene zu ihm hinüber und dann auf ihren Schoß hinab, wo sie etwas aus ihrer Hand zog, was sie wohl vor ihm versteckt hatte, als sie ihn kommen hörte. Es war ein Schlüpfer, weiß mit schmalem, besticktem blauen Rand, wie er auch einem kleinen Mädchen hätte gehören können. Wie Brenner etwas bestürzt bemerkte, war der Schlüpfer nicht ganz sauber und hatte alte, fast schon verblichene Blutflecken im Schritt, an denen seine Mutter nun anfing, hartnäckig mit einem ihrer mageren Daumen herumzureiben. Es war ihm unangenehm, so neben ihr zu sitzen, doch da sie das schmutzige Wäschestück so umsichtig vor ihm verborgen hatte und ihre Tätigkeit ihr wichtig zu sein schien, wollte er ihr den Schlüpfer nicht wegnehmen. Trotz allem leicht peinlich berührt sagte er das Erstbeste, was ihm in den Kopf kam.

»Ich habe auch mit Anna telefoniert«, erzählte er. »Vielleicht kannst du dich noch an sie erinnern. Ich war vor ein paar Monaten mit ihr hier. Dir hat ihre Haut so gut gefallen. Dunkel, ein ganzes Stück dunkler als bei uns und sehr weich. Ihre Eltern kommen aus Marokko.«

Er erinnerte sich, wie Anna seiner Mutter die Hand gereicht hatte, und diese mit der anderen Hand über ihren Unterarm gefahren, im Gesicht einen Ausdruck blanker Verzückung. Ihm war auch das ein wenig peinlich gewesen, doch Anna hatte sie strahlend angelacht und war neben dem Stuhl seiner Mutter in die Hocke gegangen, damit diese sich ihren Arm auf den Schoß ziehen und die ganze Zeit weiter streicheln konnte, während er und Anna so taten, als würden sie ein Gespräch mit ihr führen. Trotz ihrer damaligen Faszination blickte seine Mutter nun aber erneut nur kurz zu ihm herüber und nahm dann wieder ihre seltsame Tätigkeit auf.

»Wir haben über Gruhn geredet«, fuhr Brenner fort. »Der alte Förster Gruhn, mit dem du und Vater so gut befreundet wart, und der … Na ja, du hast alles ja zum Glück nicht mehr mitbekommen.«

Als er damals aus dem Krankenhaus entlassen worden war und wieder zu ihr konnte, hatte sie ihn mit dem gleichen Blick einer Fremden begrüßt wie eben. Schließlich akzeptierend, dass er auch heute nicht zu ihr durchdringen würde, richtete Brenner den Blick auf die Berge und sprach die weiteren Worte mehr zu sich selbst als zu ihr.

»Anna hat jemanden kennengelernt«, sagte er leise. »Und ich weiß nicht mal genau, ob ich traurig oder erleichtert sein soll. Für sie ist es sicherlich besser. Und, na ja, eigentlich war ja auch klar, dass so etwas irgendwann passieren würde. Trotzdem …«

Plötzlich packte seine Mutter seine Hand mit solcher Kraft, wie er sie kaum noch in ihren mageren Fingern vermutet hätte. Mit einem Ausdruck tiefster Gram und Seelenqual im Gesicht sah sie ihn an.

»Dein Vater«, sagte sie, während ihre graublauen Augen erst feucht aufschimmerten und dann vor Schmerz überquollen. »Dein Vater.«

»Was … was ist mit Vater, Mutter? Was hast du plötzlich? Warum weinst du?«

Sie blickte ihn voller Reue an und schüttelte den Kopf.

»Wir haben es uns doch beide so sehr gewünscht«, sagte sie. »Und er …«

Wieder schien sie von einem überwältigenden Schmerz gepackt zu werden und schüttelte mit zusammengekniffenen Augen so heftig den Kopf, dass ihre Haarnadeln sich lösten und ihr langer grauer Schopf auf ihre dürren Schultern niederfiel. Der Schlüpfer war von ihrem Schoß gerutscht und lag ausgebreitet auf dem roten Kachelboden. Brenner packte ihre Hand nun auch mit der anderen und sah sie fragend an.

»Worüber redest du, Mutter? Was ist mit Vater? Was habt ihr euch gewünscht?«

Kaum hatte er ihre Hand gepackt und auf sie eingeredet, schien sie aus einem bösen Traum zu erwachen und blickte ihm verwirrt ins Gesicht. Auf einmal war er wieder ein Fremder für sie, und sie wich zurück und versuchte erschrocken, sich aus seinem Griff zu lösen.

»Thomas!«, rief sie über Lehne ihres Stuhls hinweg ins Zimmer, »Thomas!«

»Ich bin's doch nur, Mutter. Dein Sohn, Veit. Du musst keine Angst haben. Wovon … wovon hast du da eben geredet?«

Sie riss ihre Hand weg und sprang so plötzlich auf, dass der Stuhl umfiel und Brenner nur gerade so verhindern konnte, dass sie über ihre Decke stolperte. In ihrem geblümten Nachthemd und der Strickjacke, die sie darüber trug, drängte sie sich mit panischer Miene in die Ecke des Balkons.

»Hilfe!«, schrie sie. »Zu Hilfe!«

»Mutter, ich bin es. Erkennst du mich nicht? Es ist alles gut. Keine Angst. Niemand will dir etwas tun. Fürchte dich nicht.«

Doch sie schrie weiter, bis gleich darauf eine der Schwestern – eine hagere Bulgarin mit Hakennase und rot gefärbten Haaren namens Felia – ins Zimmer kam. Während Brenner mit bleischwerem Herzen auf Abstand blieb, schaffte sie es, seine Mutter zu beruhigen, sie wieder in ihre Decke zu hüllen und auf ihren Platz zu setzen. Als die alte Frau erneut in der gleichen Position wie zuvor auf dem billigen Gartenstuhl saß und mit unbewegter Miene die Berge anblickte, hob Felia die herabgefallene Unterhose vom Boden auf.

»Ach, hat sie sich die wieder aus der Schublade geholt«, sagte die Bulgarin mit ihrem russisch klingenden Akzent. »Sie ist sauber. Die Flecken gehen nicht raus. Ich habe schon überlegt, ob ich sie wegschmeißen soll. Aber es ist ja ihre.«

»Bevor sie Angst bekommen hat, hat sie geweint«, erklärte Brenner. »Ist das öfter so? Ist sie öfter traurig?«

Felia faltete den Schlüpfer ordentlich zusammen und steckte ihn in die Tasche ihrer weißen Jacke. Dann sammelte sie auch die Haarnadeln vom Boden auf und begann, die Haare seiner Mutter wieder hochzustecken.

»Ihre Mutter? Nein«, sagte sie, überlegte dann jedoch kurz und runzelte die Stirn. »Manchmal. Aber nicht sehr oft.« Sie wendete ihm das Gesicht zu und lächelte mitfühlend. »Wenn sie so sind, dann werden sie manchmal einfach traurig. Das kommt von innen und hat nichts damit zu tun, wo sie sind. Ihre Mutter fühlt sich hier sehr wohl und sie hat ein sehr schönes Zimmer. Sie müssen sich keine Sorgen machen.«

Brenner nickte und betrachtete die zierliche Frau auf dem Stuhl, die selbst in ihrer Decke noch hagerer wirkte als die Schwester, einen Augenblick lang voller Kummer.

»Gehen Sie jetzt am besten und kommen Sie ein andermal wieder«, riet ihm Felia und lächelte teilnahmsvoll. »Dann geht es ihr wieder besser.«

Verwirrter und verunsicherter denn je lief Brenner das nach Putzmittel und Essen riechende Treppenhaus des Heims hinab. Er erinnerte sich daran, wie Anna ihm damals gesagt hatte, er sehe Förster Gruhn so ähnlich.

Und im schlimmsten Moment hatte sie gefürchtet, er sei genauso verrückt wie der alte Mann.

3

Simone saß in dem mit grünem Teppich und edlen Kirschholzmöbeln eingerichteten Zimmer vorm Fernseher, nippte an dem kleinen Fläschchen Wodka, das sie sich aus der Minibar geholt hatte, und ärgerte sich über sich selbst. Das Ganze war eine Schnapsidee gewesen, fast genauso dämlich wie ihr Ausflug vor zwei Wochen, und Chris hatte ihr von vornherein gesagt, dass sie nichts erreichen würde. Sie ärgerte sich auch über ihn, darüber, dass er sich so abwehrend gegenüber ihrem Verhalten zeigte und sie angesehen hatte, als habe sie endgültig den Verstand verloren, als sie ihm von ihrer Reise erzählte. Noch mehr wurmte sie jedoch, wie sie sich selbst aufführte. Sie war doch sonst so vernünftig, bei der Arbeit genauso wie bei ihren Freunden für ihre nüchterne Denkweise bekannt, und ging höchstens beim Sport ab und zu mal ein kleines, wohlkalkuliertes Risiko ein. Was war nur los mit ihr?

Der Kommissar war sehr nett und verständnisvoll gewesen, seine ruhige, väterliche Art war ihr schon damals aufgefallen, aber natürlich hatte auch er immer wieder mit verwirrtem Blick auf ihre Haare gesehen und, als der Groschen schließlich gefallen war, sich seinen Teil gedacht. Zu der Leiche wollte er sie nicht noch einmal lassen, zu ihrem eigenen Besten, wie er sagte, und die Idee, die ihr diese Woche gekommen war, als sie wie jetzt spät abends vorm Fernseher saß, hatte er zwar notiert, dabei aber nicht so gewirkt, als könne er wirklich etwas damit anfangen. Als sie das prächtige alte Gebäude verlassen hatte, in dem die Polizei hier residierte, und zum zweiten Mal an dem mit Pfeilen gespickten Heiligen vorbeigehumpelt war, der neben dem Eingang hinter Glas stand, hatte sie gedacht: *Was bin ich nur für eine dumme, hysterische Kuh?*

Erneut schüttelte sie unzufrieden den Kopf und kippte den Rest des Fläschchens herunter, von dem bereits eins geleert auf dem Nachttisch neben ihrem Sessel stand. Schließlich hielt sie es in dem Zimmer, das genauso aussah wie jenes, in das sie am Abend nach dem Unfall zurückgekehrt war, nicht mehr aus, zog sich ihre Jacke über und ging hinunter in die Hotelbar.

Auch die große viereckige Bar mit ihrem Ellbogenpolster aus weißem Leder weckte ungute Erinnerungen, aber sie wollte unbedingt noch einen anständigen Drink, bevor sie sich oben in ihr einsames Bett legte. An der Längsseite neben der Ecke, an die sie sich setzte, stand eine Gruppe Amerikaner in Sakkos und aufgeplusterten Jacken, von denen einige sofort unauffällig herüberäugten. Links neben ihr unterhielten sich zwei Russen lautstark mit ihren aufgetakelten Begleiterinnen.

Sie versuchte die Aufmerksamkeit der in eine rote Weste gekleideten Barkeeperin auf sich zu ziehen, deren Kollege sie wohl kurzzeitig alleingelassen hatte, doch diese unterhielt sich auf der entgegengesetzten Ecke der Bar angeregt mit einem Gast, der nicht recht in das edle Ambiente zu passen schien. Er hatte blonde, etwas strähnig wirkende lange Haare, einen blonden Vollbart und trug ein offenes Holzfällerhemd über seinem ebenfalls nicht ganz sauber wirkenden T-Shirt. Simone fielen sofort die außergewöhnlich hellen blauen Augen und die sehnigen Unterarme auf, deren Muskelspiel sich deutlich unter den dunkelblonden Härchen abzeichnete, während er sich über die Bar lehnte und der lockigen hübschen Barkeeperin irgendetwas ins Ohr flüsterte, was sie dazu brachte, hell aufzulachen.

Endlich warf die Barkeeperin, die ein bisschen jünger sein musste als Simone und der andere Gast, einen Blick über die Schulter. Mit schuldbewusster Miene und leicht geröteten Wangen kam sie zu Simone herüber.

»Tut mir leid«, entschuldigte sie sich in der extrem höflichen und zugleich herzlichen Art, die Simone auch schon beim restlichen Hotelpersonal aufgefallen war. »Ich habe kurz nicht aufgepasst.«

»Ja, das kann ich verstehen«, erwiderte Simone mit einem ebenso herzlichen Lächeln und einem verschwörerischen Seitenblick auf den bärtigen Naturburschen, der gerade den Kopf in den Nacken gelegt hatte und in großen Schlucken, die seinen deutlich hervortretenden Adamsapfel zum Hüpfen brachten, von seinem Bier trank.

»Ach der, da bleibe ich lieber auf Abstand«, antwortete die Barkeeperin und sah mit leicht bedauernder Miene ebenfalls kurz zu der anderen Ecke hinüber. »Der ist wohl so was wie der örtliche Waldschrat und ziemlich verrückt, mein Kollege hat mich gewarnt. Auf mich wirkt er eigentlich ganz nett, aber ich hab schon das Gefühl, dass er nur aus einem Grund hier ist. Sonst habe ich ihn auch noch nie bei uns gesehen.« Sie warf einen Blick auf die Zimmerkarte, die vor Simone auf dem Tresen lag. »Also nehmen Sie sich besser vor ihm in Acht – wenn ich Ihnen als Gast des Hauses diesen gutgemeinten Rat geben darf.«

»Dürfen Sie und vielen Dank«, erwiderte Simone lächelnd, obwohl sie sich nicht ganz sicher war, ob die jüngere Frau nicht vielleicht nur auf unbewusste Weise ihr Revier markieren wollte. »Aber ich bin eigentlich auch nur aus einem Grund hier. Ich hätte gerne noch einen Wodka Tonic mit wenig Tonic und viel Wodka, bevor ich mich aufs Ohr lege.«

»Mache ich sofort«, erwiderte die Barkeeperin grinsend. »So komme ich wenigstens aus dieser gefährlichen Ecke da raus.«

Auch Simone wollte ihre Blicke eigentlich aus der ›gefährlichen Ecke‹ raushalten. Als die Barkeeperin davonging, sah sie aber unwillkürlich doch noch mal hin, und just in der Sekunde blickte auch der ›Waldschrat‹ zu ihr herüber. Als er sie jetzt direkt ansah, kamen ihr seine Augen merkwürdig vertraut vor – als würden auch sie auf irgendeine Weise zu dem einschneidenden Erlebnis gehören, das sie seit zwei Wochen so sehr beschäftigte. Er runzelte ebenfalls die Stirn, als sehe er sie nicht zum ersten Mal. Und dann nahm er auch schon sein halbleeres Bier vom Tresen und kam zu ihr herüber.

Na super, dachte Simone und schüttelte zum hundertsten Mal an diesem Tag innerlich den Kopf über sich. *Genau, was mir noch gefehlt hat: der hiesige Dorfstecher, der jetzt sein Glück bei mir versucht. Und das nette Mädel hinter der Bar wird denken, ich sei das hinterlistigste Miststück, das sie je bedient hat. Hoffentlich mixt sie mir kein Gift in meinen Cocktail …*

»Kennen wir uns?«, fragte der Mann, als er die große Bar schließlich umrundet hatte und, eine Hand auf die Lehne des Barhockers neben ihr legend, vor ihr stehenblieb. Er fragte ganz offen heraus und ohne das selbstzufriedene Lächeln, das Simone halb erwartet hatte. Auch der Geruch, der von ihm ausging, war nicht muffig oder schweißig, oder vielleicht ein bisschen, vor allem aber frisch und würzig, als hätte er sich mit einer ganzen Flasche Franzbranntwein eingerieben – was sich Simone bei ihm allerdings schlecht vorstellen konnte. *Nein, der Typ riecht so,* dachte sie verblüfft. *Das habe ich ja noch nie erlebt.*

»Nicht, dass ich wüsste«, antwortete sie trotzdem kühl und mit einem keineswegs einladenden Lächeln. »Ich bin zum ersten Mal hier. Nein, zum zweiten Mal, um genau zu sein.«

Wie der Kommissar vorhin musterte auch der blonde Kerl kurz ihre Haare. Erneut runzelte er die Brauen, und auch Simone fragte sich wieder, wo sie diese Augen – fast so hell wie bei einem Husky – schon einmal gesehen hatte.

»Und was machst du hier?«, fragte er. Trotz des vertraulichen ›Du‹ wirkte er auch jetzt nicht, als wolle er sie anmachen, sondern nur einer Frage auf den Grund gehen, die ihn ehrlich beschäftigte; überhaupt machte er einen viel ernsteren Eindruck, als Simone nach der Szene mit der Barkeeperin vermutet hätte. Trotzdem war sie weiterhin fest entschlossen, ihn so schnell wie möglich abzuschütteln, möglichst noch bevor die freundliche Bedienung, die eben schon einen überraschten Blick von ihrem Schneidebrett herübergeworfen hatte, mit ihrem Drink zurückkam.

»Ich … ich hatte einen Termin«, erklärte sie. »Morgen fahre ich wieder.«

»Was für eine Art von Termin?«

»Etwas Geschäftliches. Oder na ja, halb geschäftlich, halb privat – ich möchte ehrlich gesagt nicht drüber sprechen. Und hör mal, ich fühle mich ja geschmeichelt, dass du rübergekommen bist. Aber eigentlich will ich hier nur noch in Ruhe etwas trinken und dann ins Bett und dann …«

… diesen ganzen Schwachsinn vergessen, dachte sie. Ihr Gegenüber runzelte einmal mehr die Stirn, schien in dem Augenblick erst zu begreifen, wie sie die Situation verstanden hatte – und verzog dann den Mund zu einem bestürzten und überraschend entwaffnenden Lächeln.

»Oh, entschuldige, ich wollte nicht … Ich dachte nur … Na, da habe ich mich ja schön zum Deppen gemacht. Ich … ich geh dann mal wieder zu meinem Platz zurück. Und tut mir leid, wenn ich …«

»Nein, tut *mir* leid«, sagte Simone und packte den netten Kerl, der sich schon umzudrehen begann, an der Hand, die neben ihr auf dem Hocker lag. »Ich bin gerade irgendwie nicht ich selbst. Und ich habe auch das Gefühl, dich schon mal gesehen zu haben, aber ich wüsste nicht, wo, denn ich war wirklich erst einmal vorher hier und das nur ganz kurz. Wenn ich also unhöflich war oder dich irgendwie vor den Kopf gestoßen habe, dann …«

Genau in dem Moment kam natürlich die Barkeeperin zurück. Viel konnte sie nicht sagen, schließlich war Simone ein Gast, aber der Blick, den sie auf Simones ausgestreckte Hand warf, und die Art, wie sie den Wodka Tonic auf den Tresen stellte, sprachen Bände.

»Dankeschön«, murmelte Simone beschämt und zog gleichzeitig ihre Hand zurück wie von einer heißen Herdplatte. Das Kind war jedoch schon in den Brunnen gefallen, und auch ihren ›Waldschrat‹, von dem sie vielleicht doch noch mal gerne etwas ins Ohr geflüstert bekommen hätte, bedachte die junge Hotelangestellte mit einem eisigen Blick und drehte sich dann auf dem Absatz um wie in einer Filmszene. Simone und ihr Nebenmann sahen gemeinsam zu, wie die lockige Schönheit sich daranmachte, mit grimmiger Miene die schmutzigen Gläser zu spülen, die neben dem Schneidebrett mit der frisch geteilten Zitrone auf dem Tresen standen.

»Ich glaube, ich muss mich noch mal entschuldigen«, sagte Simone und merkte, wie sie sich zum ersten Mal seit zwei Wochen wieder ein von Herzen kommendes Lächeln auf ihre Lippen stahl. »Die Tour habe ich dir wohl vermasselt. Auch wenn das wirklich das Letzte war, was ich wollte.«

»Nicht schlimm«, erwiderte der gutaussehende blonde Kerl neben ihr, und nachdem er eben schon so sympathisch reagiert hatte, lachte er zum ersten Mal auch mit den Augen, wie er es – so kam es Simone jedenfalls vor – ebenfalls seit Langem nicht mehr getan hatte. »Das, was ich da vorhatte, wäre sowieso nicht besonders nett gewesen. Wahrscheinlich hast du mir sogar einen Gefallen getan.«

»Nicht nett?«, fragte Simone irritiert und musste plötzlich wieder daran denken, wie die Barkeeperin vorhin gesagt hatte, ihr Kollege hätte sie vor dem Typen gewarnt.

»Ja, ich bin gerade auch nicht ich selbst«, sagte er ernst und dann, mit einem weiteren flüchtigen Blick auf ihre Haare: »Hast du Lust auf eine Bergtour?«

»Auf eine Bergtour?«, wiederholte Simone, ohne sich von den seltsam vertrauten blauen Augen ihres Gegenübers lösen zu können. »Es ist zwölf Uhr nachts. Wo sollen wir denn um diese Uhrzeit bitte eine Bergtour machen?«

»Tja«, sagte er leise und grinste verschwörerisch. »Ich wüsste da schon einen Ort.«

4

Simone konnte sich daran erinnern, dass einer von Chris' Freunden vom Haus der Berge erzählt hatte. Bei ihm hatte es sich aber so angehört, als sei die ›vertikale Wildnis‹ – die über drei Stockwerke gehende Dauerausstellung des Nationalparkzentrums – ein kläglich gescheiterter Versuch, die Berchtesgadener Bergwelt in ein Gebäude aus Beton und Stahl zu bannen, damit die Touristen sich auch bei schlechtem Wetter daran erfreuen konnten. Ebenso hatte er über die moderne Architektur gelästert, wenn Simone sich recht entsann, und noch mehr über die immensen Kosten, die der vor zwei oder drei Jahren fertiggestellte Bau verschlungen hatte.

Ihr jetziger Begleiter Veit gehörte zum Nationalpark, war dort Ranger, wie er Simone erzählt hatte, und vielleicht allein aus diesem Grund schon positiver gegenüber den aufwändig gestalteten Räumen mit ihren weißlackierten Baum- und Bergsilhouetten, liebevoll eingerichteten Tierdioramen und multimedialen Spielereien eingestellt. Wie jemand, der blind die Meinung seines Brötchengebers nachbetet, kam er ihr jedoch nicht vor, ganz im Gegenteil. Und weniger naturverbunden als die zwei einheimischen Bergführer, mit denen Simone vor zwei Wochen ihr verstörendes Abenteuer erlebt hatte, schien er ihr auch nicht zu sein – oh nein, das konnte man beim besten Willen nicht behaupten.

Der ›Schlüssel‹, von dem ihre geheimnisvolle Barbekanntschaft im Auto noch geredet hatte, hatte sich als gekipptes und vom Alarmsystem vergessenes Fenster auf der Rückseite des Gebäudes entpuppt, zu dem der drahtige Bursche hinaufgesprungen war wie eine Katze, um sie gleich darauf mit erstaunlicher Leichtigkeit zu sich hinaufzuziehen. Der Hausmeister, sagte er mit dem gleichen gutmütigen Spott in den Augen wie vorhin, sei genauso ein Trinker wie er selbst und habe einen festen Schlaf. Dann schlüpfte er mit ihr durch die ebenso unverschlossene Tür der Ausstellungsräume und machte sich im Dunkeln an einem hinter einer Klappe verborgenen Schaltkasten zu schaffen, worauf überall in den Wänden verborgene Strahler angingen, die die Räume in sanftes Grün und Blau tauchten. Dort, wo sie standen, war auch plötzlich ein leises Rauschen und Gluckern zu hören.

Veit trat mit ihr vor die in blau schimmernde Bullaugen eingefassten Fische an der Wand, erklärte ihr, wo sie im Königssee lebten, sich paarten und die winzigen Insektenlarven und Krebschen fanden, von denen sie sich ernährten, und auf seine Augen trat das begeisterte Leuchten eines kleinen Jungen – auf leicht unheimliche Weise gepaart mit dem melancholischen Blick eines erwachsenen Mannes, der von einer verflossenen oder doch schwierig gewordenen Liebe erzählte. Simone interessierte sich eigentlich gar nicht sonderlich für solche Dinge, und wenn sie mit Chris hier gewesen wäre, wäre sie vielleicht eine Zeit lang mit halbwegs wachem Blick durch die wirklich nett gestalteten Räume gewandert, hätte aber doch bald wieder an etwas anderes gedacht. Auch den eigenartigen Drang vieler Männer, Frauen ständig die Welt erklären zu wollen, mochte sie eigentlich nicht. Doch so wie Veit alles schilderte, mit ruhiger, tiefer und immer wieder von der eigenen Bewunderung belebter Stimme, hatte sie das Gefühl, in jeder Flussnische, in jedem Felsspalt und bis in die Stämme der Bäume hinein selbst mit den unzähligen Geschöpfen dieser Welt zu leben – oder als habe sie zumindest jemanden an ihrer Seite, der das in ganz wörtlichem Sinne tat, einem nur für diese Führung in Menschengestalt auftretenden Naturwesen gleich, das auf irgendeine unerklärliche Weise vom Nationalpark für diese Aufgabe gezähmt worden war.

Der Zauber hielt an, während sie an ausgestopften Rehen, Gämsen und Adlern vorbeischlenderten und Veit eine weitere Klappe öffnete, hinter der sich diesmal keine Schalter verbargen, sondern ein ganzer Schwarm in allen Farben des Regenbogens schillernder Schmetterlinge. Selbst die pummeligen Murmeltiere, die eigentlich immer ziemlich lächerlich auf Simone gewirkt hatten, erhielten durch Veits Erklärungen einen liebenswerten Charakter. Und sogar den etwas blass geratenen Schautafeln zur Geologie der Gegend, vor denen Simone sich normalerweise keine zwei Sekunden aufgehalten hätte, konnte er Ehrfurcht gebietendes, Millionen von Jahren zurückreichendes Leben einhauchen.

Als sie schließlich am Gipfel der ›vertikalen Wildnis‹ angekommen waren und durch die Lamellen der riesigen dunklen Leinwand dort nach draußen blickten, hatte Simone das Gefühl, die sich nahezu unsichtbar gegen den bedeckten Nachthimmel abzeichnenden Berge mit ganz neuen Augen zu sehen. Gleichzeitig hatte die durch ein Geländer gesicherte Plattform, auf der sie standen, etwas von einem auf ein romantisches Alpenpanorama ausblickenden Balkon, und als Veit den Arm um ihre Hüfte legte und sie küsste, wirkte es auf Simone wie der natürliche Abschluss der Führung, während der sie gemeinsam in der letzten Stunde in die hiesige Bergwelt abgetaucht waren. Selbst als sie vorvergangenes Wochenende durch das eisige Wasser der Almbachklamm gewatet war, hatte sie sich dieser Welt nicht so verbunden gefühlt. Tief atmete sie den würzig-ätherischen Duft ihres Begleiters ein, der, wie sie geahnt hatte, tatsächlich von dessen Körper ausging – und ließ sich fallen.

»Hast du Lust, etwas für mich zu tun?«, fragte Veit leise, als sie sich lösten, und kurz kamen Simone wieder die warnenden Worte der Barkeeperin in den Sinn – wie auch die ganze absurde Unangemessenheit ihrer Situation.

»Was?«, fragte sie mit leichtem Misstrauen in der Stimme. »Das, was du ursprünglich mit der Kleinen aus dem Hotel vorhattest?«

»Dass ich es geplant habe, glaube ich eigentlich nicht«, antwortete Veit. »Und ich denke auch nicht, dass sie da mitgespielt hätte. Aber bei dir habe ich den Eindruck, du könntest es vielleicht verstehen.«

Während er sie wieder nach unten führte, erklärte er ihr in dem scherzhaften Ton, der sie zusammengeführt hatte, was eine Waldbraut war – ein sich auf halber Höhe teilender Baumstamm, der dem Rumpf und den gespreizten Beinen einer Frau ähnelte, nachdem er gefällt worden war. All das klang ziemlich verrückt und im Grunde auch ein wenig derb, doch Simone kehrte dennoch an der Hand des geheimnisvollen Einheimischen fast ganz bis zum Anfang der Ausstellung zurück. Hier ragte der hölzerne Umriss eines Baumes auf, auf den von einem an der Decke angebrachten Beamer ein reich verzweigtes Geäst projiziert wurde, an dem sich in einer etwa drei Minuten währenden Dauerschleife der Lauf der Jahreszeiten spiegelte.

Simone und Veit hatten vorhin schon mehrere Wiederholungen lang andächtig vor der gelungenen Animation ausgeharrt, in der die Knospen langsam zu Blättern wurden, die sommerlich volle Krone leise im Wind raschelte, die Blätter sich verfärbten, abfielen, und dann der Schnee lautlos auf die kahlen Äste rieselte. ›Ein richtiger Zauberbaum‹, hatte Simone gesagt, und als Veit sie jetzt zurück vor das märchenhafte Gewächs führte, hatte sie kurz die Hoffnung, dass es ihm vielleicht doch nicht nur um das ›eine‹ gehen könnte. Dann kletterte er jedoch mit der gleichen katzenhaften Geschicklichkeit wie vorhin auf einen der anderen aus Holz geschnitzten Bäume, die in dem Raum zur Decke aufragten, und zog den Beamer mit weit ausgestrecktem Arm ein Stück nach unten, so dass er nicht mehr auf den ›Zauberbaum‹, sondern auf den Gang davor zeigte.

Simone blickte auf den Boden unter ihr, auf den nun das sommerliche Blätterkleid des Baumes geworfen wurde, dann an ihrem Körper hinab, an dem sich das dichte Grün ebenfalls sanft im Wind wiegte.

»Ich weiß, das Ganze muss auf dich wirken wie eine perverse Fantasie, die ich mir schon seit Jahren ausmale«, sagte Veit lächelnd, als er zu ihr zurückkam und wieder den Arm um ihre Taille legte. »Aber glaub mir: Es ist mir eben erst eingefallen. Und … und wenn dir das alles zu abgedreht ist, dann fahre ich dich gerne wieder in dein Hotel zurück und wir vergessen das Ganze.«

Simone hatte keine Ahnung, warum sie sich auf den Vorschlag einließ. Vielleicht war es die zärtliche Art, wie Veit ihr einmal mehr durch die Haare strich, die sie sich vor ein paar Tagen erst aus ihr selbst nicht erklärlichen Gründen blond gefärbt hatte, blond wie bei der Toten, die sie nicht vergessen konnte – sowie das daraus resultierende Gefühl, dass sie sowieso eine andere war. Vielleicht war es sein Blick, der ihr von Anfang an so vertraut vorgekommen war und den sie irgendwie mit der Empfindung verband, einer schlimmen Gefahr ausgesetzt gewesen zu sein, sich aber jetzt wieder in Sicherheit zu befinden. Vielleicht war es das Bedürfnis, sich an Chris zu rächen, der so wenig Verständnis dafür gezeigt hatte, wie sie mit dem Unfall umging, und sich geweigert hatte, sie auf diese Reise zu begleiten.

Vielleicht war es aber auch nur das Gefühl, dass sie sich ohnehin nicht widersetzen konnte und in etwas hineingeraten war, was sie ebenso unweigerlich mit sich zog wie die reißenden Wildwasserstrudel vor zwei Wochen.

»Eine Waldbraut«, murmelte sie und schüttelte einmal mehr an diesem wunderlichen Tag ungläubig den

Kopf. Noch einmal erschrak sie, als sie die Narben auf Veits Oberkörper sah – drei münzgroße, runzlig erhobene Stellen auf Brust und Bauch, von denen eine durch eine Schnittnarbe gekreuzt war. Dann jedoch sah sie die knospenden Blätter auf seiner Haut (die schienen, wie sie später einmal in einem unheimlichen Moment dachte, als würden sie aus den Narben herauswachsen) und sie ließ sich wieder fallen, tiefer noch als vorhin.

Tiefer als bei ihrem Absprung von dem hohen Fels damals, der sie fast das Leben gekostet hätte und sie jetzt auf verschlungenem Wege wieder hierhergeführt hatte.

5

Als Simone wieder erwachte, wusste sie nicht, wo sie war. Der erkaltende Schweiß auf ihrer Haut ließ sie frösteln, und als sie das rotbraun verfärbte Herbstlaub unter sich sah, glaubte sie kurz, nackt irgendwo draußen auf dem nächtlich kalten Waldboden zu liegen. Plötzlich sah sie nicht weit entfernt einen hundeähnlichen Schatten vorbeihuschen – nein, es war ein Wolf! Mit einem erschrockenen Laut schreckte sie hoch und erblickte mit entsetzter Miene gleich darauf den dunklen Umriss eines Bären, der in schwerem, gebückten Lauf vorbeihastete. Dann machte eine riesige Katze mit kräftigem Körper und spitzen Ohren zwei lange Sätze an der Wand entlang, nur um sofort darauf wieder auf genauso geisterhafte Weise zu verschwinden wie die anderen Tiere.

»Veit«, flüsterte Simone, während sie in dem leicht ansteigenden, nach oben offenen Gang, in dem sie zwischen ihren Kleidern lagen, ängstlich um sich blickte und an seiner Schulter rüttelte. Auf seinem Rücken, auf dem das Laub gerade von den Ästen zu fallen begann, erkannte sie den großen Narbenkrater, den sie vorhin bei ihren leidenschaftlichen Umarmungen unter ihren Fingern gespürt hatte. »Veit, was ist das? Wach auf!«

Veit stützte sich auf den Ellbogen und wirkte zuerst genauso orientierungslos wie sie selbst eben. Dann folgte er ihrem Blick zur Wand, über die schon wieder der unheimliche Wolfsschatten schlich, und grinste.

»Keine Angst«, sagte er. »Die tun dir nichts. Das sind nur die großen Drei.«

»Die großen Drei?«, fragte sie, während sie sein neben ihr liegendes Hemd anzog und mit dem Rücken an die hüfthohe Holzwand zurückwich, die den Gang begrenzte. »Was soll das sein?«

»Wolf, Luchs und Bär«, erklärte Veit, setzte sich ebenfalls auf und lehnte sich mit dem Rücken an den Stamm des Zauberbaums, dessen wechselndes Gewand immer noch über seinen nackten Körper spielte. »Die drei großen Raubtiere – oder Beutegreifer, wie man sie hier lieber nennt –, die sich im Nationalpark irgendwann wieder heimisch fühlen sollen. Das soll mit den Schatten angedeutet werden, wir haben sie vorhin übersehen.« Er blickte zu der Wand hinüber und seine Miene verfinsterte sich etwas. »Na ja, nach allem, was in letzter Zeit passiert ist …«

Simone hatte sich von ihrem Schreck immer noch nicht ganz erholt. Außerdem begann ihr langsam bewusst zu werden, was sie gerade getan hatte. *Oh Gott, sie hatten nicht einmal ein Kondom benutzt! War sie denn von allen guten Geistern verlassen?* Als sie das kleine Foto an ihrer Brustwarze spürte, das in Veits Hemdtasche steckte, zog sie es automatisch heraus, ohne jeden Hintergedanken. Dann warf sie jedoch ebenso automatisch einen Blick darauf und hatte das Gefühl, jemand ziehe ihr mit einem gewaltigen Ruck den Boden unter den Füßen weg.

»Was … was ist das?«, fragte sie und streckte ihm entgeistert das Bild entgegen. »Wieso hast du dieses Foto in deinem Hemd?«

Er warf zuerst einen Blick auf das Bild, musterte dann kurz ihr Gesicht und ihre Haare und runzelte verlegen die Brauen.

»Jemand … jemand hat es mir gegeben«, sagte er, während er sich nach vorne beugte und die Hand ausstreckte. »Komm, gib es mir. Es ist nicht wichtig. Ich stecke es wieder weg.«

»Das ist die Tote«, sagte sie vorwurfsvoll. »Die Tote aus der Klamm!«

Trotz der geschlossenen Augen und dem noch etwas stärker aufgedunsenen Gesicht war es leicht zu erkennen, besonders für Simone. Nur die schreckliche Halswunde fehlte und war durch ein weißes Tuch überdeckt. Simone war sicher, dass es sich um das gleiche Foto handelte wie in der Fernsehsendung, wegen der sie noch einmal hier herunter nach Berchtesgaden gekommen war.

»Ja, das ist sie«, gab Veit zu und beugte sich erneut nach vorne, um ihr das Bild aus der Hand zu nehmen. »Es ist kompliziert, und es hat … es hat nichts mit uns beiden zu tun – also nicht wirklich. Komm, gib es mir wieder zurück. Wir sollten auch langsam zusehen, dass wir …«

»Ich hab sie gefunden!«, stieß Simone aufgebracht hervor und zog das Foto zurück, als wolle er sich an ihrem Eigentum vergreifen. Sie streckte das Bein aus und zeigte mit dem Bild auf die kleine frische Narbe, die sie auf dem rechten Oberschenkel hatte. »Ich bin diejenige, die mit ihr aus dieser Nische gespült wurde.«

Veit starrte sie einen Moment lang wie vor den Kopf geschlagen an. Auf seinem Gesicht zeichnete sich ebenso fassungsloses Staunen ab wie bei ihr eben.

»Du bist das, natürlich …«, sagte er dann, und deutlich wie bei einer Kerze flackerte in seinen Augen die Erinnerung auf. »Die Frau auf der Trage. Ich bin an dir vorbeigegangen, als die Sanitäter dich runtergebracht haben. Wir haben uns ganz kurz angesehen. Nur dein Kopf hat aus dem Rettungssack geschaut.« Er runzelte die Stirn und zum wiederholten Mal an diesem Abend machte sein Blick einen winzigen Sprung nach oben. »Aber … aber deine Haare«, sagte er. »Sie waren anders. Ja, sie hatten eine andere Farbe.«

Plötzlich sah Simone den Moment ebenfalls wieder deutlich vor sich. Die strahlenden blauen Augen und das ernste bärtige Gesicht vor dem Fels. Wie bei so vielem, was mit dem Ereignis zu tun hatte, war die Erinnerung zugleich schwer greifbar und doch glasklar, wenn sie sie erst einmal zu packen bekommen hatte.

Er war da gewesen. Daher kannte sie ihn. Es erklärte vieles, mit rationalem Geist betrachtet aber eigentlich schon fast zu viel. Wieder hatte Simone das Gefühl, die Welt um sie herum stürze in sich zusammen wie ein Kartenhaus.

»Ich habe sie gefärbt«, stieß sie schluchzend hervor. »Ich weiß auch nicht genau, warum.« Von plötzlicher Angst erfüllt warf sie das Foto von sich, als könnte das Gesicht darauf in jedem Moment lebendig werden.

»Was ist denn hier bloß los?«, fragte sie mit erstickter Stimme, während die Tränen über ihre Wangen strömten wie plötzlich hervorgebrochene Sturzbäche. »Wieso warst du dort? Wieso treffe ich dich hier? Wieso schlafen wir miteinander, und wieso laufen da Scheißwölfe an der Wand entlang?«

Ohne dass Simone es mitbekommen hatte, war Veit zu ihr herübergekommen und hatte den Arm um sie gelegt. Während sie das Gesicht an seiner Brust vergrub, redete er leise auf sie ein.

»Es ist Zufall«, sagte er. »Nichts als ein harmloser Zufall. Ich sollte mir die Verletzung der Toten ansehen, deshalb war ich dort. Dann kamst du mir in der Bar bekannt vor, ich hab dich angesprochen … Alles leicht zu erklären, schließlich gibt es in Berchtesgaden nicht gerade viele Orte, wo man um die Uhrzeit noch was trinken kann.«

»Ich mache so etwas normalerweise nicht«, sagte Simone. »Ich habe einen Freund.«

»Ich habe so etwas auch lange nicht mehr gemacht«, antwortete Veit, und seine Brust hob sich zu einem leichten Seufzer. »Wieso … wieso bist du denn überhaupt noch mal hier runtergekommen? Du bist doch aus Regensburg, oder?«

»Weil mir diese junge Frau nicht aus dem Kopf geht«, erklärte Simone, die sich wieder ein wenig beruhigt hatte, in ernstem Ton. »Ich habe das Gefühl, sie hat mich gerettet. Ohne sie wäre ich in dieser Felsnische ertrunken. Das Wasser hat mich mit zu viel Kraft unter die Oberfläche gedrückt. Natürlich weiß ich, dass es eigentlich das Wasser war, das mich wieder herausgespült hat. Trotzdem …« Auch sie gab einen Seufzer von sich. »Ich… ich würde mich gerne bei irgendjemandem bedanken, bei ihren Eltern vielleicht, aber man weiß ja überhaupt nicht, wer sie war. Jetzt bin ich noch einmal hergekommen, um mich … um mich wenigstens bei *ihr* zu bedanken, und weil ich dachte, mir sei etwas eingefallen, womit ich vielleicht der Polizei helfen könnte. Aber es war eine Schnapsidee. Der Kommissar …«

»Kommissar Weirauch?«

»Ja. Er ist sehr nett, meinte aber, wenn eine Wasserleiche erst mal der Luft ausgesetzt ist, verwese sie so schnell, dass sie schon bald keinen schönen Anblick mehr biete. Ich sollte die junge Frau lieber so in Erinnerung behalten, wie sie war, und mich dann am Grab bei ihr bedanken – wenn sie denn irgendwann mal in einem liegt. Auch von meinen ›neuen Hinweisen‹ hielt er nicht viel, glaube ich. Was ich gut verstehen kann. Ich wusste selber nicht recht, worauf ich damit hinauswollte.«

Wieder schüttelte sie den Kopf über sich. Gleichzeitig tat es ihr gut, so mit ihm darüber zu reden. Auch das unheimliche Gefühl, bei ihrem zufälligen Aufeinandertreffen gehe es nicht mit rechten Dingen zu, war ein wenig verblasst.

»Und du?«, fragte sie und wies mit dem Kinn auf das auf dem Foto abgebildete Gesicht, das zwischen ihren Kleidern lag und – für den Moment wenigstens – wieder in den Lauf der Jahreszeiten aufgenommen zu sein schien. »Woher hast du denn überhaupt dieses Bild? Du bist doch Ranger? Ist das nicht …?«

»Kommissar Weirauch hat es mir gegeben«, antwortete Veit. »Wir kennen uns ein bisschen. Er ist ein klasse Typ.«

»Und wieso trägst du es in deiner Hemdtasche mit dir herum? Als Andenken?«

»Nein, weil mir die Tote auch nicht aus dem Kopf geht«, antwortete Veit genauso ernst wie sie eben, vielleicht sogar noch eine Spur ernster. »Weirauch hat gesagt, es sei ein Riesenglück gewesen, dass man den Fall so schnell bei Aktenzeichen XY gezeigt hat, weil er … weil er jetzt eigentlich gelöst ist und es sich strenggenommen um gar keinen Kriminalfall handelt. Und die Medien sind inzwischen auch schon wieder woanders. Hier sind ebenfalls alle ganz froh, weil sie sich jetzt nicht mehr mit dem Thema Wolf herumschlagen müssen. Seit es das Internet gibt und alles Mögliche in die ganze Welt geliefert wird, legen sich immer mehr Leute solche exotischen Tiere zu und setzen sie dann aus, weil sie nicht damit zurechtkommen oder den Spaß daran verlieren. Das Ganze wird als bizarrer Ausnahmefall gesehen, so ähnlich … so ähnlich wie diese Sache mit den Adlern vor zwei Jahren. Ich weiß nicht, ob du davon gehört hast.«

»Am Rande, ja. Jetzt kam es auch immer wieder mit zur Sprache. Aber das war nie der Teil, der mich interessiert hat.«

»Alle finden es zwar komisch, dass so etwas innerhalb von zwei Jahren zweimal am gleichen Ort passiert. Aber so ist das ja oft bei solchen Dingen. Und inzwischen machen die Leute sogar schon Scherze darüber.«

»Und du und das Foto? Wieso hast du es dir geben lassen? Was wolltest du damit?«

Das Bild lag ziemlich genau an der Stelle, wo sie miteinander geschlafen hatten, und als sie eben erneut einen Blick darauf geworfen hatte, war in Simone kurz ein Gedanke hochgekommen, der schon länger in ihr lauerte. Doch vorerst schob sie ihn noch beiseite.

»Nun, sie haben es zwar in der Sendung gezeigt und sogar eine Puppe mit den Kleidern der Frau«, erklärte Veit. »Aber bisher ist nichts dabei herausgekommen. Auch bei der europaweiten Weitergabe der Daten nicht oder bei irgendeiner anderen Maßnahme, die man in so einem Fall unternehmen kann. Sie ist … sie ist wie ein Phantom, das wie aus dem Nichts aus dieser Nische aufgetaucht ist. Genauso mysteriös wie das Tier, das hier die ganze Zeit gesucht wurde. Hast … hast du nicht gesagt, du hättest sie zuerst für einen Wassergeist gehalten? Oder einen Engel?«

Simone sah ihm kurz in die Augen und spürte, wie sich die kleinen Härchen an ihren Armen wieder aufzustellen begannen. Sie zog die linke Seite des Hemdes enger um ihren Körper und ließ den Kopf zurück auf seine Brust sinken.

»Das alles hat mir ziemlich zugesetzt, das dürftest du ja inzwischen mitbekommen haben. Ich weiß nicht mehr, was ich da gesagt habe.«

Sie merkte, wie er ein paarmal sanft nickte. Dann redete er in leicht verändertem Ton weiter.

»Na ja, als auch die Sendung zu nichts geführt hat, habe ich mir jedenfalls das Foto besorgt und habe angefangen, nach Feierabend selbst noch mal die Pensionen und Hotels abzuklappern. Die Polizei hier macht ihre Sache schon gut, dafür sorgt Weirauch, und auch der Leiter der Inspektion ist auf Zack. Aber ich dachte, ein Versuch kann nicht schaden.«

»Und?«

Erneut hob sich Veits Brust leicht. »Und nichts«, seufzte er. »Niemand kennt sie, niemand hat sie je gesehen. Vielleicht ist sie vom Süden her über die Alpen gewandert und Berchtesgaden war ihre … ihre Endstation. Das Zelt hatte sie im Rucksack, der ist bei ihrem Sturz in die Klamm davongeschwemmt worden und aus. Erklärungen gibt es viele. Sie wäre nicht die erste Bergtote, über die man nie etwas herausfindet.«

»Das kommt öfter vor?«

»M-hm, öfter, als man denkt. Andererseits sind zwei Wochen nicht die Welt, und diese Sendung guckt auch nicht jeder. Vermutlich muss man einfach nur abwarten, bis endlich irgendwo jemand eine Vermisstenanzeige aufgibt. Heute Abend habe ich das schließlich eingesehen und entschieden, mir zünftig einen anzutrinken und, na ja … Dann bist du mir über den Weg gelaufen.«

Sie blickte zu ihm auf.

»Und ›na ja‹ oder wie? Mehr war das hier nicht? Ein kleines ›na ja‹. Und du willst mir erzählen, dass du so etwas nicht ständig machst.«

Sie lächelte ihn spielerisch an, und er erwiderte ihr Lächeln. Gleichzeitig sah er aber auch immer noch ziemlich ernst aus.

»Nein, tue ich nicht«, beteuerte er. »Früher vielleicht,

aber in letzter Zeit nicht. In letzter Zeit war ich … Ich war treu. Aber das hat sich … Nun, es hat sich in gewisser Weise erledigt. Also wenigstens so weit, wie sich solche Sachen jemals wirklich erledigen können. Puh. Wenn du also eigentlich jemand anderen hast und ich dich zu etwas überredet habe, was du nicht wirklich wolltest, dann tut es mir leid, aber …«

»Du hast mich zu nichts überredet«, erwiderte sie leise, während sie weiter in seine eisblauen Augen sah, die kurz den abweisenden, harten und einsamen Ausdruck angenommen hatten, der immer wieder dort hindurchhuschte wie diese merkwürdigen Schatten an der Wand. »Das ist zwar eine ziemlich überzeugende Masche, die du da mit deinem Naturkram abziehst, aber ich wollte das. Und einerseits bereue ich es, andererseits überhaupt nicht – und das weißt du glaube ich auch. Trotzdem …«

»Trotzdem was?«

»Trotzdem erklärt das alles noch nicht, warum du so versessen darauf bist, die Identität dieser toten jungen Frau herauszufinden«, sagte sie lächelnd. »Oder spielst du einfach gerne Detektiv?«

Erneut nahmen seine Augen einen harten und ernsten, wenn vielleicht auch nicht abweisenden Ausdruck an.

»Nein, tue ich nicht – überhaupt nicht«, sagte er. »Es … es ist kompliziert. Und du willst es nicht hören, glaub mir. Sagen wir einfach, seitdem ich sie dort oben in der Klamm gesehen habe, lässt sie mich genauso wenig los wie dich. Das ist alles.«

Zum ersten Mal sah sie einen Anflug von Furcht oder

Sorge in seinem Gesicht, der auch ihr Angst machte. Gleichzeitig musste sie wieder an diesen unangenehmen Gedanken denken, der die ganze Zeit in ihrem Hinterkopf lauerte – und sie hatte das Gefühl, dass beides sogar etwas miteinander zu tun haben könnte.

»Nein, das ist nicht alles«, sagte sie dennoch, ihre Stimme kaum mehr als ein Flüstern. »Sag es mir.«

»Was waren das für ›neue Hinweise‹, über die du mit dem Kommissar geredet hast?«, fragte er fast ebenso leise. »Worum ging es da?«

»Das sage ich dir nur, wenn du mir sagst, was mit dir los ist. Du wirkst so … so lebendig. Und gleichzeitig, als wolltest du vom Leben nichts mehr wissen. Als würdest du dich von allem abschotten. Oder nicht von allem, aber von einem gewissen Teil des Lebens, weil du … weil du dich vor irgendetwas fürchtest.«

»Was bist du, Psychologin?«

»Nein, ich arbeite bei einer Versicherung, wenn du es genau wissen willst, oder bei so etwas Ähnlichem. Aber ich bin nicht dumm und ich habe Augen im Kopf. Hat es etwas damit zu tun?«

Sie strich mit der Hand sanft von der untersten der kreisförmigen Narben zu der weiter oben, und obwohl er vor ihrer Berührung nicht zurückschreckte, merkte sie doch, wie sich alles in ihm zusammenzog.

»Gut, ich sage es dir«, willigte er ein, warf jedoch gleichzeitig einen Blick auf seine Uhr. »Aber lass uns von hier verschwinden. Es ist schon nach drei, und der Hausmeister hat zwar einen tiefen Schlaf, aber so tief nun auch wieder nicht. Lass uns …«

Er wollte aufstehen. Doch sie zog ihn wieder zu sich herab.

»Nein, hier«, sagte sie. »Wo dieses komische Laub fällt und der Wind leise rauscht und die großen Drei an der Wand entlang schleichen. In deinem Reich. Oder in deinem nächtlichen Reich, denn tagsüber bist du ja anscheinend tatsächlich die ganze Zeit da draußen in den Bergen. Sonst würdest du hier nicht jedes Blatt und jedes Birkhuhn mit Vornamen kennen.«

»Du hast ’ne ziemliche Meise, kann das sein?«

»Natürlich. Sonst wäre ich nicht von diesem bescheuerten Felsen gesprungen und die Waldbraut hätte ich dann auch nicht für dich gespielt.«

Wieder lächelten sie sich an. Das konnten sie trotz der kurzen Zeit, in der sie sich erst kannten, wirklich schon ganz gut. Diesmal war es jedoch Simone, die einen ernsteren Ton anschlug.

»Man hat auf dich geschossen, oder?«, fragte sie und berührte mit den Fingern vorsichtig die Narbe an seiner Brust. »Daher ist das doch.«

Er sah sie an, senkte kurz die Augen, als müsse er eine Entscheidung treffen, und hob sie dann wieder. Erneut wirkte sein Blick verwirrt und aufgewühlt.

»Ja«, sagte er und nickte erschöpft. »Ja, jemand hat auf mich geschossen und ich habe es auf ziemlich merkwürdige Weise überlebt. Seither habe ich das Gefühl, nicht mehr richtig im Kopf zu sein. Du hast ja gemerkt, dass ich mich diesem ›Naturkram‹ ziemlich verbunden fühle. Na ja, seit diesem Erlebnis ist diese Verbindung so stark geworden, dass es mir oft unheimlich ist. Ich habe das Gefühl, spüren zu können, was dort draußen im Wald vor sich geht. Als geschehe es gleichzeitig in mir selbst.«

Er blickte sie an, als müsse sie jeden Moment aufspringen und mit verstörter Miene davonrennen. Aber danach, wie sie ihn vorhin selbst wahrgenommen hatte, kamen ihr seine Worte gar nicht so verrückt vor.

»Okay«, sagte sie nur leise und deutete ein Nicken an. Dennoch war leicht zu erkennen, dass ihn die nächsten Worte noch mehr Überwindung kosteten.

»Ich habe gespürt, dass diese junge Frau nicht von einem Wolf getötet worden war«, sagte er. »Und jetzt sagt mir irgendetwas in meinem Innern, dass es auch nicht das Tier war, das erlegt wurde. Nenn es einfach Intuition, wenn du willst. Jedenfalls … jedenfalls ist dieses Gefühl ziemlich stark.«

Simone runzelte die Stirn und dachte kurz nach.

»Aber was sollte sie dann getötet haben?«, fragte sie. »Ich habe die Verletzung gesehen … Ich meine, wie viele gefährliche Tiere gibt es denn da draußen, die so etwas tun können?«

Sie musste beinah lachen. Doch er zuckte hilflos mit den Schultern.

»Ich weiß es nicht«, sagte er. »Ich habe keine Ahnung. Aber ich würde es gerne herausfinden. Um zu wissen, ob ich verrückt bin. Und was da draußen ist. Auch wenn ich ein bisschen Angst davor habe. Da hast du recht.«

Abermals seufzte er erschöpft und wies mit dem Kinn auf das Foto.

»Deswegen habe ich versucht, mehr über sie in Erfahrung zu bringen. Sie ist das einzig halbwegs Greifbare, was bei all dem noch bleibt. Aber wirklich greifbar ist auch sie nicht.«

Simone blickte ebenfalls zu dem Bild hinüber, um das herum jetzt der Frühling im Zeitraffer die Blätter ausschlagen ließ wie vorhin auf Veits Brust. Endlich rang sie sich dazu durch, ihre Frage zu stellen.

»Hast du deshalb mit mir geschlafen? Weil ich mit den Haaren ein bisschen aussehe wie sie? Hier, mit der Toten, im Wald? War das irgendein Ritual, mit dem du … mit dem du deinem Phantom näherkommen wolltest?«

Ihre Worte kamen viel ruhiger und sachlicher heraus, als Simone es für möglich gehalten hätte. Trotzdem wurde Veit verlegen.

»Oh Gott, so wie du es sagst, hört es sich wirklich nach einer ziemlich perversen Nummer an«, scherzte er, sah ihr dann aber in die Augen und wurde wieder ernst. »Ich weiß nicht genau, was das war«, sagte er. »Ich weiß es genauso wenig wie alles andere. Aber ich hatte es nicht geplant, das musst du mir wirklich glauben. Es ist mir einfach eingefallen und ich habe mitgespielt. Ich habe mich von meinem Bauch leiten lassen – wahrscheinlich zum ersten Mal seit zwei Jahren.« Er legte seine Hand auf ihre, die auf seinem Bauch lag, und schloss sanft die Finger darum. »Und es hat sich richtig angefühlt. Das tut es auch jetzt noch. Auch wenn ich dir in dem Fall genauso wenig sagen kann, warum.«

Er lächelte verschmitzt und nach einer Sekunde stieß Simone ein spöttisches Schnauben aus und schüttelte – zum letzten Mal heute, wie sie hoffte – den Kopf.

»Für mich fühlt es sich auch okay an«, gab sie zu. »Sonst würde ich nicht so mit dir hier liegen.« Sie drückte ganz leicht seine um ihre geschlossene Hand. »Aus irgendeinem Grund geht es mir jetzt besser. Trotzdem werde ich morgen nach Hause fahren, hoffen, dass mein Freund nichts merkt, und versuchen, das alles zu vergessen. So … so verrückt bin ich auch wieder nicht. Na ja, ein paar Dinge werden mir wahrscheinlich schon in Erinnerung bleiben.«

Kurz ließ sie die Augen über die stilisierten Bäume, ausgestopften Tiere und farbigen Lichter wandern, von denen sie umgeben waren. Auch über den ›Zauberbaum‹ und das Bett aus alle drei Minuten sterbenden und wieder zum Leben erwachenden Blättern, das er ihnen bereitet hatte. Sie lächelte, und in seine Augen trat ein warmer Ausdruck, der aufgrund ihrer ungewöhnlichen Farbe nur noch wärmer wirkte.

»Sag mir noch, was du dem Kommissar gesagt hast«, bat er sie leise. »Vielleicht bringt es mich ja irgendwie weiter.«

»Ach, das war eigentlich nicht viel«, erwiderte sie und schlug beschämt die Augen nieder. »Nur etwas, das mir eingefallen ist, als ich diese Puppe im Fernsehen gesehen habe. Als Mann … als Mann kann man es wahrscheinlich gar nicht richtig verstehen. Der Kommissar hat jedenfalls nicht den Eindruck gemacht. Und vielleicht habe ich es mir auch nur eingebildet. Weil ich die Tote da ebenso wenig ruhen lassen konnte wie du.«

Er runzelte verwirrt die Stirn und setzte zum Sprechen an. Dann schien er jedoch etwas im Gebäude zu hören und warf erneut einen Blick auf die Uhr.

»Erzähl es mir am besten auf der Fahrt zurück zum Hotel«, sagte er. »Sonst werden wir wirklich noch erwischt, und ich verlier meinen Job. Und den brauche ich.«

TEIL IV: DIE ANDERE SEITE

1

Brenner war lange nicht mehr in einem Outdoorladen gewesen. Einen Teil seiner Kleidung bekam er vom Nationalpark gestellt, seine alten Sachen trug er, bis sie auseinanderfielen, und wenn er etwas Neues brauchte, hatte er es in letzter Zeit meist einfach aus dem Jagdgeschäft mitgenommen, das ganz in der Nähe seiner Wohnung lag und in dem er sich regelmäßig mit Munition versorgte. Dass die Branche in den vergangenen Jahren einen Boom erlebt hatte, hatte er am Rande mitbekommen. Dass es in Berchtesgaden und Umgebung inzwischen derart viele Geschäfte gab, in denen man Wander- und Trekkingkleidung kaufen konnte, war ihm jedoch nie aufgefallen. Das Abklappern der Adressen, die er sich aus dem Internet besorgt hatte, gestaltete sich ähnlich aufwändig wie die Besuche bei Hotels und Pensionen, mit denen er zuvor versucht hatte, der Toten auf die Spur zu kommen.

Auch das Bild von der Schaufensterpuppe, der man die Kleider der Leiche angezogen hatte, hatte er sich von der Internetseite der bayerischen Polizei heruntergeladen und dann heimlich auf dem teuren Farbprinter der Nationalparkverwaltung ausgedruckt, auf dem normalerweise Grafiken zur Entwicklung der Wildtierbestände und Besucherzahlen ausgedruckt wurden. Er hätte auch noch einmal zu Kommissar Weirauch gehen können, und obwohl dieser von Simones Idee nicht viel zu halten schien, hätte er ihn vielleicht sogar überreden können, ein oder zwei Beamte abzustellen, damit sie ihm bei der Suche halfen.

Allerdings sagte ihm eine innere Stimme, dass er in diesem Fall Weirauch lieber nichts von dem sagen sollte, was er trieb. Und nachdem es ihn mit Simone zusammengeführt und damit auf diese neue Spur gebracht hatte (so dünn sie auch sein mochte), hatte Brenner zaghaft begonnen, auf das seltsame Gefühl in seinem Bauch zu hören.

Als der Kommissar Brenner damals das Gesichtsfoto gegeben hatte, hatte er ihm ja prinzipiell auch schon die Erlaubnis erteilt, sein Glück noch einmal außerhalb der offiziellen Ermittlungen zu versuchen. Der in Würden ergraute einheimische Polizist war ein kluger Mann, frei von dem eitlen Ehrgeiz, der den Besucher vom BKA beinahe auf so fatale Weise in die Irre geführt hätte, und hieß jede Hilfe bei der Klärung der Frage willkommen, egal, aus welcher Ecke sie kam. Trotzdem hoffte Brenner beim Verlassen jedes Ladens, dass die Verkäufer sich mit seiner Behauptung, der Nationalpark unterstütze die Polizei bei ihrer Suche, zufriedengaben und keiner von ihnen zum Hörer griff, um sich seine Geschichte von anderer Stelle noch einmal bestätigen zu lassen.

Viel war es wirklich nicht, was Simone ihm geliefert hatte. Und wie sie vorausgesagt hatte, hatte auch er zunächst Schwierigkeiten gehabt, einen nützlichen neuen Anhaltspunkt darin zu erkennen. Wirklich überzeugt davon, dass es einer sein könnte, war er immer noch nicht. Aber offenbar verzweifelt genug, um nach jedem Strohhalm zu greifen, der sich ihm bei seiner Suche nach der Wahrheit bot.

Wie Simone ihm auf der Fahrt zurück zum Hotel erzählt hatte, hatte sie nach ihrer eigenartigen ›Rettung‹ alles zu dem Fall gesammelt, was sie in den Zeitungen finden konnte. Akkurate Büroangestellte, die sie war, hatte sie sogar einen Ordner zu dem Thema angelegt – worauf ihr Freund (den sie bei dieser Gelegenheit zum einzigen Mal erneut erwähnt hatte) anscheinend mit verständnislosem Kopfschütteln reagierte. Auch die Sendung, bei der trotz der relativen Kürze der seit dem Unfall vergangenen Zeit die Aufnahmen von Gesicht und Kleidung der Toten in sämtliche deutsche Haushalte ausgestrahlt wurden, hatte sie sich natürlich angeschaut.

Obwohl kein Tag vergangen war, an dem sie nicht daran gedacht hatte, hatte es Simone geschockt, das Gesicht ihrer Retterin wiederzusehen – so sehr, dass sie fast ausgeschaltet hätte. Doch ihr bereits auf der Taste der Fernbedienung ruhender Daumen hatte den Gehorsam verweigert, auch als gleich darauf die Schaufensterpuppe eingeblendet wurde, der man das rote Top, die grüne Shorts und die klobigen Trekkingschuhe der Toten angezogen hatte. Der Anblick hatte Simone auf eine Idee gebracht, von der sie selbst nur halb überzeugt war – auch bei ihr vielleicht nur aus dem verzweifelten Bedürfnis geboren, jemanden zu finden, bei dem sie sich für ihre Rettung bedanken konnte. Trotzdem hatte sie Brenner diese Idee, die eigentlich kaum mehr als ein Eindruck war, in seinem laufenden Wagen vor dem Eingang des Hotels, in dem sie gleich darauf verschwinden sollte, noch mitgeteilt.

Wie sie in dem Interview gesagt hatte, hatte die Tote im ersten Moment wie ein Geist oder Engel auf sie gewirkt, ein fleischgewordener Schutzengel aus dem Jenseits, der ihr auf wunderbare, wenn auch ziemlich gruselige Weise zu Hilfe kam. Als die anderen die Leiche dann an Land zogen, hatte sie Simone aber auch damals schon sofort an eine Schaufensterpuppe erinnert. Wie die Erinnerung an Brenners Gesicht war der Eindruck unter all den anderen verstörenden Eindrücken jenes Tages verschüttet gewesen. Beim Anblick der Puppe im Fernsehen hatte jedoch auch er Simone plötzlich wieder glasklar vor Augen gestanden.

Im ersten Moment hatte sie die Assoziation auf die bleichen starren Glieder der Leiche zurückgeführt und auch die Figur der schlanken jungen Frau hatte jener der Puppe in der Sendung geglichen. Als sie dann aber ihre Erinnerung noch einmal prüfte und gleichzeitig den Fernsehschirm betrachtete, auf dem gerade jedes Kleidungsstück, das die Puppe trug, im Einzelnen beschrieben wurde, glaubte sie jedoch, es könnte auch an etwas anderem gelegen haben.

»Die Kleider wirkten vollkommen neu«, hatte sie zu Brenner gesagt. »Und zwar nicht nur einfach neu, wie sie im Fernsehen gesagt haben, sondern praktisch nicht benutzt. Als hätte die Frau sie am Tag des Unfalls zum ersten Mal angezogen.«

»Aber sie waren doch schmutzig und nass«, hatte Brenner eingewendet (auch Reste des Blutes der Frau waren daran gefunden worden, was er in dem Moment jedoch nicht erwähnt hatte). »Ich habe nicht darauf geachtet. Aber haben sie wirklich so neu gewirkt?«

»Ja, auf mich schon, selbst in dem Zustand. Vielleicht lag es auch mehr am Sitz oder der Passform, ich weiß es nicht. Deswegen habe ich gesagt, man müsse wahrscheinlich eine Frau sein, um es zu verstehen. Die Sachen wirkten nicht getragen. Auf keinen Fall haben sie ausgesehen, als hätte die Frau damit schon die Alpen überquert.«

»Und was hat Weirauch dazu gesagt?«

»Wir konnten uns die Sachen nicht noch einmal anschauen, weil sie bei den Beamten der Kripo in Traunstein liegen. Er meinte, die würden wahrscheinlich sowieso versuchen, über die Kleidung an die Identität der Frau heranzukommen. Aber da die Sachen von weitverbreiteten Marken seien und es sehr viele Geschäfte gebe, wo man so etwas kaufen könne, sei das sehr aufwändig. Schließlich könne die Frau sie überall in Deutschland gekauft haben, wenn sie überhaupt aus Deutschland sei, und dann gebe es auch noch das Internet. Deshalb ging er davon aus, dass man erst einmal abwarten würde, ob nicht doch noch eine Vermisstenmeldung einging, die auf die Wanderin passt. Er sagte, ich müsste Geduld haben.«

»Und du glaubst nicht, du hattest diesen Eindruck vielleicht nur, weil du die Sachen in dem Moment an der Schaufensterpuppe gesehen hast?«

»Ja, das habe ich auch schon gedacht. Und ehrlich gesagt bin ich mir nicht sicher.«

»Tja, ein großartiger neuer Hinweis ist das wirklich nicht gerade.«

»Ich habe dich ja gewarnt.«

Trotzdem hatte er noch am selben Samstag angefangen, statt Pensionen und Hotels nun Outdoor- und Sportgeschäfte abzuklappern – auf die winzige Chance hin, dass die Frau die Kleidung oder wenigstens einen Teil davon hier in der Gegend gekauft hatte und seither tatsächlich so wenig Zeit vergangen war, dass sich jemand an sie erinnerte. Selbst wenn er einen Treffer landen sollte, müsste die Frau entweder mit Karte bezahlt oder etwas über ihre Unterkunft oder Herkunft gesagt haben, damit er ihrer Identität näherkäme. Auch müsste sich gerade zufällig derjenige Verkäufer in dem Geschäft aufhalten, der sie damals bedient hatte. Und was es ihm dann bringen würde, wenn er wüsste, um wen es sich bei der Frau handelte, war ihm immer noch nicht klar.

Trotzdem trieb ihn ein innerer Drang dazu, auch am Montag mit seinen Nachforschungen weiterzumachen, und am Dienstagnachmittag war er soweit, dass er auch im nördlich vom Berchtesgadener Talkessel liegenden Bad Reichenhall und Piding sämtliche infrage kommenden Adressen aufgesucht hatte. Viele der Läden hatten die Sachen zwar im Sortiment, aber an eine blonde junge Frau, die sie gekauft haben könnte, konnte man sich nirgendwo erinnern. Auch wenn Brenner das Foto vom Gesicht der Toten auf den Kassentresen gelegt hatte, hatte er nur befremdetes Kopfschütteln geerntet. Ein paar Verkäufer hatten sich von ihm sagen lassen, wo die Fotos von Gesicht und Kleidung im Internet zu finden waren, um sie auch jenen Kollegen zeigen zu können, die gerade nicht da waren, und hatten seine Nummer notiert. Auf einen ernstzunehmenden Hinweis war er jedoch nirgendwo gestoßen.

Als er wieder in sein Auto stieg, war er kurz davor, einfach zurück nach Berchtesgaden zu fahren, ins Schützenstüberl diesmal statt ins Edelweiss, um sich endlich diesen ganzen Quatsch aus dem System zu spülen. Doch letztendlich dazu durchringen konnte er sich nicht, und so führte ihn seine Suche schließlich nach Österreich hinüber, dem großen Nachbarn des kleinen Berchtesgaden, von dem es beinah ringsum umgeben war und zu dem mit dem gerade mal eine halbe Stunde entfernt liegenden Salzburg auch die mit Abstand größte Stadt in der Umgebung gehörte. Die Grenze zwischen den zwei Ländern verlief genau über den Untersberg und teilte diesen auf seinem lang gezogenen Grat in jene von lichten Felswänden überthronte Südseite, auf der die Jagd stattgefunden hatte, und eine dunklere, dichter mit Wald bedeckte und von noch unruhigeren Erdfalten zerfurchte Nordseite.

Auf seiner Liste stand zunächst ein Outlet unmittelbar hinter der Grenze in Großgmain, in dem aber, wie er schnell erkannte, nur Sportwäsche verkauft wurde. Dann fuhr er weiter Richtung Norden, von den westlichen Ausläufern des Untersbergs weg auf Salzburg zu, wo sich in einem Gewerbegebiet am Rande der Westautobahn ein großer Intersport befand. Wie in den anderen Filialen der Kette fand Brenner auch hier die Artikel schnell in dem Bereich für Wanderkleidung, was ihm jedoch keine große Hoffnung machte, weil die Sachen – wie Weirauch gesagt hatte – von sehr weit verbreiteten Marken stammten. Mit seinem mittlerweile schon ziemlich zerknitterten und abgegriffenen Ausdruck in der Hand ging er zum Verkaufstresen. Dahinter stand ein sportlich aussehender Mittvierziger mit Bartstoppeln und einer zierlichen Nickelbrille im Gesicht, der ihn mit professioneller Freundlichkeit anlächelte, als er näherkam.

»Wie kann ich Ihnen helfen?«, fragte der Verkäufer mit leicht österreichischem Akzent.

»Ich suche nach einer jungen Frau, die diese Sachen bei Ihnen gekauft haben könnte«, sagte er und legte den Ausdruck mit der Schaufensterpuppe auf den Tisch. »Ein Stück oder mehrere davon. Es müsste mindestens zwei Wochen her sein. Vielleicht war es aber auch vor noch längerer Zeit.«

Brenner hatte gelernt, nicht sofort das Foto der Leiche zu präsentieren, weil manche Leute darauf ziemlich abwehrend reagierten. Doch auch beim Anblick des Ausdrucks runzelte der Verkäufer die Stirn.

»Sind Sie von der Polizei?«, fragte er und blickte sofort wieder von dem Bild auf, um ihn eingehender zu mustern. »Worum geht es denn?«

»Sie haben doch vielleicht von dieser jungen Frau gehört, die beim Wandern auf dem Untersberg verunglückt ist«, erklärte Brenner. »Drüben auf der deutschen Seite. Sie wurde von einem Tier angefallen.«

Der Mann hob erstaunt die Brauen und schüttelte den Kopf. »Von einem Tier angefallen? Nein, tut mir leid, davon habe ich nichts gehört. Ich bin kein großer Zeitungsleser. Von was für einem Tier denn?«

»Von so etwas wie einem kleinen Bären, den es hier eigentlich gar nicht gibt«, fuhr Brenner in seinen Erklärungen fort, die er schon öfter hatte vorbringen müssen, als er es für möglich gehalten hätte. »Jemand hat ihn ausgesetzt. Ich bin vom Nationalpark Berchtesgaden. Die Identität der Frau konnte bisher nicht geklärt werden, und ich helfe der Polizei bei der Suche nach Hinweisen.«

Strenggenommen war das nicht einmal gelogen. Der Mann sah ihn noch einen Moment länger verdutzt an, schien dann aber alles einigermaßen verarbeitet zu haben und beugte sich beflissen über das Bild.

»Die Sachen haben wir hier«, murmelte er. »Die Schuhe sind vom letzten Jahr, heruntergesetzt. Die anderen Sachen sind aus der Sommerkollektion. Die lassen wir aber auch das ganze Jahr hängen, weil die Leute sich oft für irgendwelche Reisen einkleiden. Wie sah diese junge Frau denn aus?«

»Blond, schlank, fast zierlich«, erklärte Brenner. »Etwas über 1,70 Meter groß. Blaue Augen, hübsches Gesicht – soweit sich das jetzt noch sagen lässt. Ich habe auch ein Foto vom Gesicht der Leiche dabei. Wenn es Ihnen nichts ausmacht …«

Der Mann sah nicht besonders begeistert aus, nickte aber. Brenner legte das Bild neben den Ausdruck. Doch auch jetzt schüttelte der Verkäufer ratlos den Kopf.

»Nein, ich glaube nicht«, sagte er, während er das Bild betrachtete. »Es kommen aber auch viele Leute rein und ich bin nicht der Einzige, der hier steht. Außerdem bin ich nicht gut in so was. Obwohl man es in meinem Beruf ja eigentlich sein sollte.«

»In den anderen Geschäften haben die Verkäufer manchmal in den Computer oder in ihre Rechnungen geguckt, um ihrem Gedächtnis auf die Sprünge zu helfen.«

Der Verkäufer sah ihn etwas genervt an, und Brenner hatte den Eindruck, er war kurz davor, ihn zu fragen, warum die Polizei sich nicht selbst um die Sache kümmere. Dann ging er jedoch zu dem Computer, der am Ende des Tresens stand.

»Ja klar«, murmelte er. »Kann ich gerne versuchen. Da stehen dann aber sämtliche Verkäufe der letzten Monate drin, und das sind eine ganze Menge. Vielleicht am besten über die Schuhe. Welche Größe hatten die?«

»38«, sagte Brenner.

Er hatte schon überlegt, ob es nicht einen Weg gebe, über die Daten der Geschäfte an die Frau heranzukommen. Aber es gehörte ja auch immer noch der richtige Verkäufer dazu, und der musste ein einigermaßen gutes Gedächtnis haben. Und das alles für jeden einzelnen Artikel ermitteln? Höchstens, wenn wenigstens zwei der Kleidungsstücke zusammen gekauft worden waren. Bei Kartenzahlung könnte man dann den Käufer überprüfen, wenn da nicht irgendwelche Datenschutzregeln im Weg ständen, oder wüsste vielleicht wenigstens, wo die Frau ursprünglich her war. Wenn sie aber gar nicht aus Deutschland stammte? Dann wäre der Aufwand noch viel größer, und würde ihn sich die Polizei bei einem Fall, bei dem es sich noch nicht einmal um ein Gewaltverbrechen handelte, überhaupt machen?

Vielleicht war man bei der Polizei in Traunstein oder bei der nächsthöheren Stelle in Rosenheim aber auch längst auf die Idee mit den Verkaufsdaten gekommen und bereits dabei, sie umzusetzen. Warum spielte er hier auch den einsamen Wolf und ging nicht einfach zu Weirauch und fragte ihn noch mal nach dem Stand der Dinge? Am Ende hatte man all diese Fragen schon auf viel effizienterem Wege geklärt, und er gondelte seit drei Tagen vollkommen umsonst in der Weltgeschichte herum.

»Ja, alle fünf Sachen«, sagte plötzlich der Verkäufer, der die ganze Zeit auf den Bildschirm gesehen und zwischendurch immer wieder etwas eingetippt hatte. »Die Schuhe, ein Paar Wandersocken, die Shorts, das Top und noch eine Jacke, die nicht mit auf dem Bild ist. Zum Gesamtpreis von genau 194 Euro und 39 Cent.«

Er wendete Brenner das Gesicht zu und sah ihn verblüfft an.

»Und klar, jetzt erinnere ich mich auch wieder. Die Frau hatte genau 200 Euro in zwei Hunderten dabei, und als sie nicht gereicht haben, hat sie die Hose und das Shirt einfach gegen die billigeren Sommersachen ausgetauscht. Ich habe sie selbst bedient – ich hab völlig auf dem Schlauch gestanden.«

»Wann war das?«, fragte Brenner, der plötzlich das Gefühl hatte, in ihm begännen sich Dinge zusammenzufügen, die schon lange darauf warteten, an ihren Platz zu fallen.

»Am ersten Oktober«, sagte der Verkäufer mit einem weiteren Blick in den Computer, nun selbst ziemlich aufgeregt. »Ich weiß noch, es war der letzte dieser ungewöhnlich warmen Tage. Bevor pünktlich zum langen Wochenende dann der Regen einsetzte. Ich stand hier selbst noch in Shorts rum. Deshalb habe ich zu ihr gesagt, da der Sommer mittlerweile bis zum November gehe, sei sie mit den kurzen Sachen wahrscheinlich sogar besser dran.«

»War es diese Frau?«

Der Verkäufer kam wieder zu ihm an den Tresen und betrachtete ein zweites Mal das Bild, das dort lag.

»Könnte sein«, sagte er nachdenklich. »Aber ganz sicher bin ich mir nicht. Der Tod … der Tod verändert die Menschen doch ziemlich. Blond war sie meiner Meinung nach. Kann es sein, dass sie einen Akzent hatte? Irgendwas Osteuropäisches vielleicht?«

»Ich weiß es nicht«, antwortete Brenner. »Lebend habe ich sie nie gesehen.«

Der Verkäufer blickte kurz überrascht zu ihm auf. Dann sah er wieder mit gerunzelter Stirn auf das Foto hinab.

»Ja, sehr viel gesagt hat sie eigentlich auch nicht«, murmelte er unsicher, dann hellte sich jedoch plötzlich wieder seine Miene auf. »Warten Sie eine Sekunde. Ich frage mal die Kollegin aus der Skiabteilung. Die war an dem Tag auch da.«

Er ging zügigen Schrittes davon. Brenner drehte das Foto zu sich und betrachtete es nun selbst noch einmal. Eine Osteuropäerin?, dachte er, während er die vom Wasser verwischten Züge der Toten studierte. Ja, warum nicht.

Der Verkäufer kam mit einer molligen jungen Frau mit Pagenschnitt zurück, die sich offensichtlich nicht gerne bei der Arbeit stören ließ. Mit patziger Miene, einen Kaugummi von einer Backe zur anderen schiebend, musterte sie Brenner skeptisch.

»Der soll bei der Polizei sein?«

»Nein, er ist vom Nationalpark, drüben in Berchtesgaden«, erklärte ihr Kollege und nahm das Foto vom Tresen. »Das hier ist die Kundin. Ist sie nicht fast noch in dich reingelaufen, als sie auf dem Weg nach draußen war?«

»Das ist die, die von diesem komischen Vieh gefressen wurde, das sie im Fernsehen gezeigt haben?«

»Ja, aber man weiß nicht, wer sie ist. Du kamst doch damals gerade von deiner Pause zurück. Seid ihr draußen nicht fast zusammengestoßen. Sie hatte eine große Tüte dabei.«

Die Verkäuferin nahm ihrem Kollegen das Bild aus der Hand und musterte es mit beinahe ebenso abfälligem Blick wie eben Brenner. Dann wurde ihr Ton jedoch ruhiger und sanfter.

»Ja, gut möglich. Das war sie wahrscheinlich«, sagte sie. »Wenn sie sie in unseren Klamotten gefunden haben. Noch besser kann ich mich aber an ihren Macker erinnern.«

»Es war jemand bei ihr?«, fragte Brenner.

»Er hat im Auto auf sie gewartet. So einem großen schwarzen Geländewagen. Sah nach Geld aus – die

Karre, der Typ nicht unbedingt. Als sie zum Auto gelaufen ist, hat er sich umgedreht. Ein bulliger Typ mit kurz geschorenen schwarzen Haaren und so einem Tattoo mit diesen Linien am Hals.«

Sie spreizte die Finger und fuhr sich damit bis unters Ohr hinauf.

»Ein Tribal«, erklärte der Verkäufer.

»War es ein Ausländer?«, fragte Brenner.

»Ein Italiener vielleicht?«, überlegte die Verkäuferin. »Nein, dafür wirkte er eigentlich zu groß und zu kräftig. Könnte auch ein Serbe, ein Ungar oder sonst was gewesen sein. Auch jemand von hier. Ich hab ihn ja nur ganz kurz gesehen.«

»Wie alt war er?«

»So um die 30, würde ich schätzen. Vielleicht auch ein bisschen älter.«

»Und wie war er gekleidet?«

»Jetzt hören Sie sich aber doch langsam wie ein Polizist an. Ich denke, sie wurde von diesem Vieh getötet.«

»Ja, es geht nur darum herauszufinden, wer sie war. Damit die Angehörigen informiert werden können.«

»Denen scheint sie ja mächtig zu fehlen, wenn sie sich bis jetzt noch nicht gemeldet haben«, sagte die Frau, redete dann aber sofort weiter. »Die Kleidung von dem Typen war auch schwarz, glaube ich, wie das Auto. Auf jeden Fall dunkel. Und die Tussi wirkte auch ziemlich prollig. Ich hab sie ja eigentlich nur von hinten gesehen, aber …«

»Prollig, ja?«

Brenner sah den Verkäufer an, doch der zuckte mit den Schultern. Die Verkäuferin jedoch nickte.

»Ja«, bekräftigte sie und schob ihren Kaugummi entschieden von einer Seite zur anderen. »Irgendwie schon.«

Brenner zog leicht die Brauen zusammen. ›Prollig‹ war eigentlich das letzte Adjektiv, das er mit der Toten in Verbindung gebracht hätte. Das ganze Milieu, auf das die Beschreibung hindeutete, kam ihm merkwürdig vor. Aber wie sagte man: Kleider machen Leute. Eine junge Frau, die alleine durch die Berge gewandert war, um die Natur zu genießen. So hatte er sie wohl trotz all der verwirrenden Signale, die sein Bauch aussendete, bisher gesehen. Oder sogar als Engel oder den Fluten der Klamm entstiegenen Geisterboten.

»Haben Sie auch die Marke des Wagens erkannt?«, fragte er die Verkäuferin.

»Mit so was kenne ich mich nicht aus«, antwortete sie. »Kein Mercedes oder so. Aber auch keiner dieser ganz billigen, die jetzt alle fahren, weil sie unbedingt dazugehören wollen. Und aus Salzburg, glaube ich. Ich bin ja nicht von hier und ich meine, als ich die Karre und die Tussi mit der großen Tüte gesehen habe, hätte ich noch gedacht: Na, das passt doch mal wieder.«

»Vielen Dank, Sie haben mir sehr geholfen«, sagte Brenner, nahm den Ausdruck vom Tisch und ließ sich das Foto wiedergeben. Er drehte sich schon zum Gehen, da fiel ihm noch eine Frage ein.

»Haben Sie gesehen, ob …?«

»Habe ich *was* gesehen?«, fragte ungeduldig die auch bereits wieder halb abgewandte Verkäuferin, als hätte er jetzt wirklich schon genug von ihrer Zeit gestohlen und als würden in der Skiabteilung jede Menge Kunden auf sie warten.

»Ach nichts, schon gut«, murmelte Brenner, schüttelte leicht den Kopf, bedankte sich ein zweites Mal und verabschiedete sich.

Er hatte noch fragen wollen, ob der Mann und die Frau, die die Verkäuferin gesehen hatte, etwas ganz Bestimmtes bei sich hatten – ließ es dann aber doch lieber bleiben. Die Frage hätte die Wahrscheinlichkeit noch weiter erhöht, dass die zwei Verkäufer bei der Polizei anriefen, um zu fragen, was aus ihren Hinweisen geworden war, und das wollte Brenner nicht. Nein, wie er in jener Sekunde gemerkt hatte, wollte er das überhaupt nicht.

Die Frau, der Mann, der Wagen, das Kennzeichen: Eigentlich war nun erst recht der Augenblick gekommen, um sich an Weirauch zu wenden und die Polizei alles Übrige erledigen zu lassen.

Doch Brenners Bauchgefühl sagte ihm, dass er auch den Rest der Nachforschungen alleine anstellen sollte, und erneut entschied er sich, auf dieses Bauchgefühl zu hören.

2

Brenner fuhr zurück auf die Autobahn, am Flughafen und dem großen Einkaufspark vorbei, dann über den Fluss hinweg und von Norden her nach Salzburg hinein. Während er mit den zwei Verkäufern geredet hatte, war der Abend angebrochen, und hinter den aufflammenden Lichtern der Stadt und den kleineren Bergen, um die sie errichtet war, ragte wie ein mächtiger dunkler Riegel der Untersberg in den Himmel auf. Er war auch in Wirklichkeit nicht weit weg, keine zehn Kilometer konnten es sein, doch aus dieser Perspektive kam es Brenner so vor, als würde seine gewaltige Silhouette unmittelbar hinter den Häusern ansetzen. Es verlieh ihm das passende und gleichzeitig etwas beklemmende Gefühl, dass sich auch dieser Teil der Suche wieder in seinem Schatten und damit gleichsam wie unter seiner Aufsicht abspielen würde.

Brenner fuhr nicht zur schmucken Altstadt durch, sondern stellte das Auto in der Nähe des Bahnhofs ab, um dessen in einer großen Kurve verlaufende Gleise sich die bei Weitem nicht so eleganten nördlichen Viertel Salzburgs gruppierten. Trotz dem, was die Verkäuferin über den Wagen des Mannes erzählt hatte, sagte Brenner sein Instinkt, dass hier seine Chancen besser standen, auf jemanden zu treffen, der ihn vielleicht wiedererkennen könnte.

Brenner zog die braune Jacke mit der Aufschrift des Nationalparks aus und holte eine alte dunkelblaue Windjacke aus dem Kofferraum. Dann begann er sich durch Imbisse, Cafés, Teestuben, Eckkneipen, Spielhallen und Wettbüros zu fragen. Wie er gehofft hatte, hielten ihn die meisten Befragten automatisch für einen Beamten in Zivil, wenn er das Foto der Toten vorlegte, doch auch wenn sie fragten, ob er von der Polizei sei, nickte er oder bejahte es sogar ausdrücklich. Seine Scheu, was das anging, war auf merkwürdige Weise verflogen, und einen Ausweis wollte in den seltensten Fällen jemand sehen.

Er betonte stets, die Frau sei verunglückt, damit niemand Angst bekam, sich Unannehmlichkeiten einzuhandeln, wenn er danach die Beschreibung ihres möglichen Begleiters vortrug. Vom östlich des Bahnhofs gelegenen Stadtteil Schallmoos arbeitete er sich nach Itzling hinauf, überquerte oberhalb der neuen Staustufe erneut die Salzach und wanderte dann kreuz und quer durch das sich auf der linken Uferseite erstreckende Lehen. Die Cafés schlossen nach und nach, dafür nahmen immer mehr Bars, Schenken und Esslokale den Betrieb auf, von denen sich Brenner ohnehin mehr versprach. Auch die ersten Rotlichtbars begannen ihre Türen zu öffnen, doch in den zweien, in denen sich Brenner erkundigte, versicherte man ihm glaubhaft, den bulligen Mann mit der auffälligen Tätowierung nicht zu kennen.

Erst nachdem er auf der Lehener Brücke den Fluss ein weiteres Mal überquert hatte und wie nach der Vollendung eines großen Kreises erneut im Bahnhofsviertel angelangt war, hatte er in einem unscheinbaren Raucherlokal abseits der Elisabethstraße mehr Glück. Der Wirt, ein solariumgebräunter Österreicher mit Ohrstecker und beinahe bis zum Bauchnabel geöffnetem Hemd, war noch mit den Vorbereitungen für seine ersten Gäste beschäftigt und verzog genervt die Miene, als Brenner das Foto auf den Tresen legte. Als Brenner dann jedoch den Mann beschrieb, der möglicherweise zu der Frau gehörte, blitzte in den Augen seines Gegenübers ein schelmisches Funkeln auf.

Mit leicht spöttischer Miene musterte er Brenner von Kopf bis Fuß und wies dann mit dem Kopf in den schummrigen hinteren Teil des mit abgenutzten Furniertischen zugestellten Raums. Hier, vor einem blinkenden Spielautomaten, dessen elektronisches Gebimmel Brenner jetzt erst bewusst wurde, saß ein Mann auf einem Barhocker.

»Versuch dein Glück doch mal da drüben«, sagte der Wirt.

Brenner sah sofort, dass es sich nicht um den Gesuchten handelte. Der Mann war von normaler Statur, und über den Rücken seiner abgewetzten Lederjacke hing ein dünner brauner Pferdeschwanz. Als er sich zur Seite beugte, um ein neues Geldstück von dem zweiten Barhocker zu nehmen, auf dem er seine Münzen und seinen Aschenbecher abgestellt hatte, erkannte Brenner jedoch feine schwarze Linien an seinem Hals.

Ob allein das für das Kribbeln in seinem Bauch verantwortlich war oder etwas anderes, wusste Brenner nicht. Doch obwohl klar war, dass der Wirt sich nur einen Scherz mit ihm erlauben wollte, beschloss er, seinem Rat zu folgen. Als er eben über den Fluss gegangen war, dessen Wasser von der anderen Seite des Untersbergs gespeist wurden, war es bereits viel zu dunkel gewesen, um die große schwarze Wand weiterhin im Hintergrund zu erkennen. Doch hatte er geglaubt, sie dennoch spüren zu können – wie eine riesige steinerne Flutwelle, die sich im Dunkeln über die nichtsahnende Stadt wölbte.

Der Mann war so in sein Spiel vertieft, dass er überrascht zusammenzuckte, als Brenner ihn ansprach.

»Grüß Gott«, sagte Brenner freundlich. »Kann ich Ihnen eine Frage stellen?«

»Was schleichst di denn so an?«, gab der Mann im gedehnten Dialekt zurück, der noch stärker wienerisch klang als bei dem Wirt. »Siagst ned, dass i beschäftigt bin?«

Brenner erkannte, dass die Linien am Hals zu einem Spinnennetz gehörten, und auch die obere linke Wange des zerfurchten Trinkergesichts zierten zwei verwaschene schwarze Tränen. Brenner hielt dem Mann das Bild unter die Nase.

»Diese Frau ist hier in der Nähe in den Bergen verunglückt«, erklärte er. »Aber niemand weiß, wer sie ist. Deshalb versuche ich, einen Freund oder Bekannten von ihr zu finden.«

»Na, i bin leider kaner«, sagte der Mann. »Obwohl i's gern g'wesen wär. Die sieht ja selbst tot no appetitlich aus.«

»Es wurde jemand mit ihr gesehen. Ein wahrscheinlich ziemlich großer und kräftiger Mann mit dunklen Haaren, der auch eine Tätowierung am Hals hat. Er fährt vermutlich einen schwarzen Geländewagen.«

Brenner erkannte sofort, dass die Beschreibung dem Mann etwas sagte. Auch fragte er nicht, wie die Tätowierung genau aussah. Stattdessen musterte er Brenner auf dieselbe abfällige Art wie der Wirt zuvor.

»Du bist do ka Bulle«, sagte er. »Die Bullen hier kenn i. Und wennst ka Bulle bist, dann verpiss di g'fölligst.«

Der Mann sah ihm feindselig in die Augen. Er wirkte ähnlich sehnig wie Brenner selbst, war jedoch bestimmt zehn Jahre älter. Auch die wie eine gespannte Feder in ihm lauernde Aggressivität kam Brenner vertraut vor.

»Ich muss das wissen«, sagte er, während er mit unbewegter Miene den Blick seines Gegenübers erwiderte. »Wenn Sie den Mann kennen, müssen Sie es mir sagen.«

Die Wange, die die Tränen schmückten, zuckte unmerklich, und ebenso unmerklich zog der Mann die Brauen zusammen, während er sich wieder dem Automaten zuwendete.

»Einen Scheiß muss i. Schleich di. Sonst mach i dir Beine.«

»Hören Sie …«

Kaum hatte er den Mann an der Schulter gepackt, hatte der auch schon die blitzende Klinge eines Springmessers in der Hand und funkelte ihn drohend an.

»Verschwind«, zischte er wütend. »I sag's ned no amal.«

Brenner kümmerte sich nicht um das Messer, packte auch mit der anderen Hand zu, zerrte den Mann von dem Hocker und warf ihn gegen die Tische. Das Messer flog ihm aus der Hand, doch er griff sich einen der schweren Glasaschenbecher, die auf den Tischen standen, und schwang damit nach Brenner. Dieser packte ihn erneut und schleuderte ihn mit solcher Wucht gegen den Automaten, dass es ihm die Beine wegriss und er hart auf dem Rücken landete.

»Scheiße«, stöhnte er, während er sich mit schmerzverzerrter Miene zwischen den über die Kacheln verteilten Münzen und Kippen auf dem Boden wand. »I hab mir mei Scheißkreuz ’brochen.«

Brenner setzte ihm seinen schweren Bergschuh auf den Hals und drückte langsam zu.

»Sag’s mir«, befahl er dem Mann. »Sag mir, wer dieser Kerl ist.«

»I bin doch ned narrisch«, brachte der Mann mühsam hervor. »I bin do ned lebensmüde. Scheiße …«

Brenner spürte den harten Knorpel in der Kehle des Mannes, den gleichen, von dem bei der Toten nur noch schartige Fetzen übrig gewesen waren. Das Bedürfnis, ihn unter seiner Sohle brechen zu spüren, war beinah übermächtig.

»Sag es mir«, wiederholte er leise. »Sag es mir, sonst …«

»Aufhören! Weg da! Mach, dass du hier raus kommst!«

Der Wirt hatte einen der Barhocker gepackt und hielt ihn in der Mitte des Raums mit zur Fratze verzerrtem Gesicht in die Höhe. Seine Augen traten hervor, als würde er zu wenig Luft bekommen, und als Brenner den Fuß nicht wegnahm, machte er einen Schritt nach vorne und holte drohend mit seiner Waffe aus.

Brenner wusste, dass der Wirt nicht zuschlagen würde, ebenso wenig wie der Mann am Boden ernsthaft sein Messer hatte einsetzen wollen. Doch plötzlich war es, als würde sich in seinem eigenen Innern ein bis zum Anschlag überspanntes Bauteil zurück an seinen Platz legen. Er spürte, wie schnell trotz seiner äußeren Ruhe sein Herz schlug, und nahm mit einem Mal den schäbigen Raum wieder wahr – die umgestürzten Hocker, den sauber in zwei Teile zerbrochenen Aschenbecher am Boden, das bunte Blinken des Automaten, der ungeduldig darauf zu warten schien, dass das Spiel endlich weiterging.

Brenner nahm den Fuß von der Kehle des Mannes, der sich röchelnd und nun mit echten Tränen auf den Wangen von ihm wegdrehte. Dann hob er zerstreut sein Bild auf und eilte aus dem Lokal.

3

Als vor ein paar Jahren das Hotel Edelweiss mitten im Berchtesgadener Ortskern errichtet wurde, war der Bau bei Weitem nicht so umstritten gewesen wie der des Interconti auf dem Obersalzberg – jenes an ein UFO erinnerndes Fünfsternehotel auf dem ›Göringhügel‹ im früheren Führersperrgebiet, mit dem nach dem Abzug der Amerikaner weiter US-Touristen an den geschichtsträchtigen Ort gelockt werden sollten. Auch über den vierstöckigen ›Klotz‹ mit seiner modernen winkelförmigen Fassade und dem verglasten Schwimmbad auf dem Dach hatten sich anfangs die Gemüter erhitzt. Inzwischen hatte sich jedoch die von den Investoren versprochene Belebung des Tourismus tatsächlich eingestellt, Gastwirte und Einzelhändler profitierten, und der zwischen Altstadt und Kurpark aufragende Neubau wurde von den meisten Berchtesgadenern mit größerem Wohlwollen betrachtet.

Brenner war er weiterhin ein Dorn im Auge, doch das hatte nichts mit Lage, Größe oder Architektur des Hotels zu tun, die ihm allesamt vollkommen egal waren. Vielmehr handelte es sich bei einem der Hauptinvestoren um den windigen Geschäftsmann Hirlinger, dem er anlastete, seinen Eltern vor 15 Jahren durch einen unsauberen Bankdeal ihren Hof abgeschwindelt zu haben und damit indirekt für den Selbstmord seines Vaters und die geistige Zerrüttung seiner Mutter verantwortlich zu sein. Auch später hatte er Hirlinger verdächtigt, dem Nationalpark mehrmals auf betrügerische Weise Entschädigungszahlungen abgeknöpft zu haben, was sich im Lauf der Tragödie mit den Adlern vor zwei Jahren dann allerdings überraschend als Irrtum entpuppt hatte. Trotzdem hatte sich Brenners Hass auf den Mann seither kaum beruhigt, und schon als er vor ein paar Tagen nur in die Bar des Edelweiss gegangen war, um dort ein paar Bier zu trinken, hatte ihn das eine solche Überwindung gekostet, dass er an der automatischen Glastür des Hotels beinah wieder kehrtgemacht hätte. Wäre er in seinem verwirrten Zustand und nach Annas Offenbarung nicht so verzweifelt auf der Suche nach einer Ablenkung gewesen, hätte er sich wohl nie dazu hinreißen lassen.

Trotzdem durchschritt er auch am heutigen Mittwochmorgen – dem Morgen nach seinem Ausflug nach Salzburg – den lautlos auseinander gleitenden Eingang des Hotels und ging nicht nur zur Bar, sondern entschlossenen Schrittes durch das mit roten Perserteppichen ausgelegte Foyer zur Rezeption. Dort fragte er die leicht verwundert blickende Empfangsdame, ob sein Erzfeind im Haus war.

Verwirrt war Brenner auch jetzt, schließlich hatte er am Abend zuvor beinah einen Menschen getötet. Nachdem er, wie aus einem seltsamen Rausch erwacht, aus dem Lokal geflohen war, hatte er die Suche abgebrochen und war nach Hause gefahren, im Dunkeln erneut die Gegenwart des gewaltigen Berges spürend. Während er ihm auf der Autobahn langsam näherkam, waren aus seinem dichten Wald hier und da einzelne helle Stellen hervorgetreten – wie Irrlichter, die ihn auch jetzt noch zu sich locken wollten.

Er hatte nichts geträumt, weder von dem armen Teufel, dem er fast den Kehlkopf zermalmt hätte, noch von Adlern, Wölfen, Ungeheuern oder dem Hirsch mit dem lichtdurchfluteten Geweih und den neugierigen Augen. Doch als er vorhin erwacht war, war der Drang, dem Rätsel auf den Grund zu gehen, wieder da gewesen, stärker als zuvor, und als wäre sein Hirn die ganze Nacht nur mit der Beantwortung dieser Frage beschäftigt gewesen, hatte er plötzlich gewusst, wen er noch nach dem Mann mit der auffälligen Tätowierung fragen könnte. Auch der Lösung eines anderen Rätsels, das ihm seit dem Gespräch mit seiner Mutter beinahe ebenso beharrlich im Hinterkopf feststeckte und mit allen anderen Rätseln auf komplizierte Weise zusammenzuhängen schien, glaubte er, so vielleicht näherkommen zu können.

»Guten Morgen, Herr Hirlinger«, flötete die Rezeptionistin freundlich. »Ich hoffe, ich habe Sie nicht geweckt. Hier ist ein Herr, der Sie gerne sprechen möchte. Ein Herr Veit Brenner.«

Die Frau hörte kurz zu und legte dann die Hand auf die Sprechmuschel.

»Geht es um etwas, das mit dem Nationalpark zu tun hat?«, fragte sie.

Brenner überlegte kurz.

»Nein«, erwiderte er dann. »Sagen Sie ihm, ich sei privat hier.«

Die Rezeptionistin gab seine Antwort weiter. »In Ordnung«, sagte sie anschließend. »Dann schicke ich ihn rauf.«

Brenner fuhr mit dem Fahrstuhl in den dritten Stock, wo, wie er wusste, Hirlinger eine große Suite des Hotels bewohnte wie eine Privatwohnung. Der schwere Mann, dessen Kopf rund war wie eine Bowlingkugel und nur noch von einem dünnen Kranz blonder Haare geschmückt wurde, öffnete ihm die Tür in einem weißen Oberhemd mit rosa Längstreifen, dessen Schöße tief über seine dunkle Flanellhose hinab hingen. Seine dicken nackten Füße steckten in zierlich wirkenden Samtpantoffeln mit eingestickten Wappen auf der Oberseite, die Brenner unwillkürlich mit einem leicht verwunderten Blick bedachte.

»Brenner, was für eine schöne Überraschung«, sagte Hirlinger, sah ebenfalls kurz auf seine Füße hinab und dann Brenner halb verlegen, halb belustigt aus seinen schmalen schlauen Augen an. »Komm rein und mach die Tür hinter dir zu. Ich frühstücke gerade, aber für einen guten alten Freund wie dich habe ich natürlich immer Zeit. Du hast gesagt, es sei privat, also hoffe ich, es macht dir nichts aus, wenn ich weiter esse. Du hast ja schon gefrühstückt, nehme ich an?«

Brenner hatte keine Ahnung, wie die anderen Suiten des Hotels aussahen, doch in Größe und Ausstattung würden sie wohl kaum an diese heranreichen. Hirlinger hatte sich eine breite Fensterfront auf der Südseite des Baus gesichert, die freien Ausblick auf den Jenner und die umliegenden Gipfel bot. Es gab eine Sitzgruppe, auf deren niedrigem Tisch das üppige Frühstück aufgebaut war, das Hirlinger sich hatte kommen lassen, aber auch einen langen Esstisch und weiter hinten einen antik aussehenden Schreibtisch, der mit Unterlagen bedeckt war. Der helle Teppichboden war so weich, dass man das Gefühl hatte, einzusinken, wenn man aus dem Gang in die Wohnung trat. Auf dem großen Flatscreen, der in der Nähe der bis zum Boden gehenden Fenster stand, lief irgendein ausländisches Eishockeyspiel, das Hirlinger jedoch sofort stumm stellte, als er wieder auf der Couch Platz nahm.

»Komm, setz dich zu mir«, sagte er und wies auf einen der zu den Fenstern ausgerichteten Sessel neben dem Sofa. »Was kann ich für dich tun?«

Brenner ließ sich auf dem Rand des Sitzpolsters nieder, stützte die Ellbogen auf die Knie und faltete die Hände ineinander. Er fand es merkwürdig, mit Hirlinger in so privater Atmosphäre zusammenzusitzen. Dieser schien sich jedoch nicht daran zu stören, sondern auf merkwürdige Weise sogar seine Freude daran zu haben.

»Steht dir gut mit dem Bart und den langen Haaren«, plapperte er fröhlich weiter, als wären sie wirklich alte Freunde. »Ist ja jetzt auch in, habe ich mir sagen lassen.«

Wieder funkelten seine Augen belustigt, doch nicht bösartig. Dann fuhr er fort, Rührei und Lachs von dem edlen Hotelgeschirr in sich hineinzuschaufeln.

»Ich bin hier, um Sie um einen Gefallen zu bitten«, sagte Brenner in steiferem Ton, als er beabsichtigt hatte. Sofort verzog sich Hirlingers Gesicht auch zu einer beleidigten Grimasse.

»Na komm, Brenner, als du mich früher beschimpft hast, hast du mich auch immer geduzt«, beklagte er sich. »Außerdem komme ich mir dann sofort wieder vor wie ein Zugezogener. Ihr duzt euch doch alle hier.«

»Ich brauche eine Auskunft bezüglich eines Mannes, der wahrscheinlich in Salzburg lebt«, erklärte Brenner. »Und ich hatte gehofft, dass … dass du mir diese Information vielleicht verschaffen könntest.«

Hirlingers Augen leuchteten neugierig auf. Dennoch zog er leicht die Brauen zusammen, während er sich erneut seinem Teller zuwendete.

»Seit wann interessiert du dich für irgendwelche Menschen aus Salzburg?«, fragte er. »Seit wann interessierst du dich überhaupt für Menschen? Ich dachte, du lebst nur für deine Adler.«

»Der Mann wurde mit der Frau zusammen gesehen, die hier vor zwei Wochen verunglückt ist …«

»Die gebissen wurde? Von dem … dem …«

»Dem Vielfraß, genau. Man weiß noch immer nicht, wer sie war. Und ich möchte es gerne herausfinden.«

Hirlinger legte die Stirn in noch tiefere Falten und schob den Teller weg. Er lehnte sich in die Kissen der Couch zurück und faltete die Hände über dem Bauch.

»Und warum willst du unbedingt wissen, wer diese junge Frau war?«, fragte er. »Hast du sie mal flachgelegt und kannst dich nicht mehr an ihren Namen erinnern? Möchtest du ihr Blumen aufs Grab legen?«

»Ich möchte es einfach gerne wissen«, antwortete Brenner. »Und ich weiß, dass du dich nicht nur hier auskennst …«, er machte eine vage Geste in den Raum hinein, »… in den gehobenen Kreisen, sondern auch anderswo.«

Hirlingers Augen funkelten erbost auf.

»Na, wenn du jetzt wieder anfängst, mich zu beleidigen, kommen wir nicht weit, mein Junge«, sagte er. »Wer etwas von jemandem will, muss nett sein. Ich bin ja auch nett zu dir. Bin es eigentlich immer gewesen.«

»Schon gut, vergessen wir's«, sagte Brenner und stand auf. »Ich bring es auch anders in Erfahrung.«

»Himmel, Brenner, jetzt lauf doch nicht gleich wieder weg«, rief Hirlinger ihm hinterher. »Ich wollte sowieso mal mit dir reden. Damit wir endlich das Kriegsbeil begraben. Das Ganze ist doch nun wirklich schon Ewigkeiten her.«

Brenners Hand lag schon auf der Türklinke, doch jetzt drehte er sich noch einmal um. Eigentlich hatte er die ganze Zeit nicht recht geglaubt, dass er Hirlinger wirklich darauf ansprechen könnte. Nun jedoch platzten die Worte einfach aus ihm heraus.

»Damals, als mein Vater dir den Hof überlassen musste …«, fing er an.

Hirlinger wirkte etwas überrascht, dass er so schnell zur Sache kam. Doch er nickte nur kurz und setzte eine ernste Miene auf.

»Ja, was willst du wissen?«, fragte er. »Ich habe dieses Geschäft damals gemacht, weil es genauso ein Geschäft war, wie ich sie eben damals gemacht habe. Und es war nichts Illegales daran. Du dürftest inzwischen vielleicht gemerkt haben, dass nicht alles, was sich sage, nur Lug und Trug ist.«

Einen Augenblick schien es so, als wolle er wieder auf Konfrontationskurs gehen. Dann aber runzelte er die Stirn, blickte flüchtig zur Seite und redete in sanfterem Ton weiter.

»Trotzdem … trotzdem – und das wollte ich dir längst sagen – … trotzdem würde ich dieses Geschäft heute nicht noch einmal machen. Nicht nach dem, was danach passiert ist. Unter gar keinen Umständen.«

Hirlinger sah ihn über seine immer noch auf dem Bauch ruhenden Hände hinweg offen an – er schien es tatsächlich ernst zu meinen. Brenner blickte selbst kurz zur Seite, um ein Bild aus seinem Kopf zu verscheuchen, das ihn bis ans Ende seiner Tage verfolgen würde. Das Bild und die Gefühle, die damit verbunden waren.

»Als mein Vater sich erhängt hat«, sagte er mit fester Stimme zu Hirlinger. »Was haben die Leute da geredet?«

Nur für einen winzigen Moment weiteten sich verblüfft Hirlingers Augen. Ohne es zu wollen, hatte Brenner ihn überrumpelt, und die Wahrheit blitzte genauso deutlich in seinen Augen auf wie bei dem Mann in Salzburg gestern. Automatisch schlossen sich Brenners Finger fester um die Klinke.

»Was meinst du damit, was die Leute geredet haben?«, erkundigte sich Hirlinger in unschuldigem Ton. Doch auch ihm war klar, dass Brenner ihn ertappt hatte.

»Ich habe mit meiner Mutter gesprochen.«

»Und sie hat dir etwas erzählt?«, fragte der schwere Mann auf der Couch, nun vollends erstaunt. »Sie hat dir erzählt, was …?«

»Nein, nicht bewusst, dazu ist sie nicht mehr fähig«, erklärte Brenner mit bitterem Unterton. »Aber ihr ist etwas herausgerutscht.« Er dachte wieder an ihr Gespräch auf dem Balkon und daran, was in ihrem verwirrten Hirn die schmerzvolle Gedankenverbindung wahrscheinlich ausgelöst hatte. »Und ich war vielleicht zum ersten Mal in der richtigen Stimmung, um sie zu verstehen.«

»Deine Mutter hat dir also gar nichts gesagt, und jetzt erwartest du, dass ich das tue?« Hirlinger blickte hilflos um sich. »Meine Güte, ihr verrückten, einsamen Menschen hier unten. Ich wollte mich doch nur bei dir entschuldigen.«

»Hör mal, Hirlinger, eigentlich bin ich wegen etwas ganz anderem hier …«

»Nein, jetzt sei nicht gleich wieder eingeschnappt. Komm hier rüber, setzt dich. Habe ich dich eigentlich schon gefragt, ob du was essen willst?«

»Ja … nein, vielen Dank. Ich habe schon gefrühstückt.«

»Klar, natürlich, der Frühaufsteher und Naturbursche. Hätte ich mir denken können.«

Brenner ging zurück zu dem Sessel und setzte sich in der gleichen Position auf den Rand des Polsters wie zuvor. Hirlinger griff nervös nach der Fernbedienung, schaltete den Fernseher aus und nahm dann ebenfalls dieselbe, mit den Händen über dem Bauch gefaltete Haltung ein wie eben.

»Wie alt bist du jetzt, Brenner?«, fragte er. »Du müsstest jetzt schon fast 30 sein, richtig?«

»Ich bin 30«, antwortete Brenner. »In diesem Jahr geworden.«

»Ja und ich werde im nächsten Jahr 50. Ich weiß nicht, wie es bei dir ist, aber bei mir war das damals ein bisschen eine Umbruchphase. Vielleicht bin ich sogar deshalb zu euch nach Berchtesgaden gekommen.« Erneut blickte er ein wenig verloren um sich. »Wenn man älter wird, dann sieht man manche Dinge anders. Und andere Dinge werden wichtig und dann …«

Er atmete tief durch und sah ihm wieder geradewegs in die Augen.

»Ich war damals neu hier, deswegen musste ich mir vieles zusammenreimen. Aber nachdem das passiert war, habe ich natürlich genauer hingehört. Ich war auch damals schon kein vollkommener Unmensch.«

»Hat er sich erhängt, weil er den Hof verloren hat?«

»Ja, auch … Sicher hat das eine Rolle gespielt, das möchte ich gar nicht leugnen. Hier bei euch geht es manchmal noch recht traditionell zu, und was die Väter dir vererbt … – gibt es da nicht irgendeinen Spruch? Ich hatte es selbst nicht leicht als Kind. Das ist mir in letzter Zeit aufgefallen, sonst würde ich dir das alles jetzt nicht erzählen. Aber wenn sonst niemand den Mut aufbringt.«

»Was ist passiert?«

Erneut atmete Hirlinger tief durch.

»Es ging auch vorher schon um den Hof«, sagte er dann. »Lange vorher, bevor du geboren wurdest, und um einen Nachfolger. Und bei deinem Vater funktionierte das nicht, das ist nun mal leider manchmal so.

Aber er hat es sich anscheinend genauso gewünscht wie deine Mutter. Oder … oder vielleicht hat er sich das zumindest eingebildet.«

Brenner nickte aufmerksam. Hirlinger sah ihn plötzlich so schüchtern an wie ein Schuljunge, der durch einen harmlosen Streich dafür gesorgt hatte, dass die ganze Schule abbrennt. Vielleicht um sich Mut zu machen, ließ er wieder seine derbe Seite durchscheinen.

»Wer hätte das gedacht, dass ihr hier unten auf Partnertausch steht? Nein, vergiss das, entschuldige, das war nur ein dummer Spruch. Und denk immer daran, dass ich nur wiedergebe, was die Leute geredet haben – genau, wie du mich gebeten hast. Und du weißt, was sie manchmal alles reden.«

»Ja, schon gut. Sprich weiter.«

»Jedenfalls … jedenfalls hatten der Förster und seine Frau offenbar das gleiche Problem, nur umgekehrt. Oder nicht ganz das gleiche – Gruhns Frau wollte nicht, wegen dieser grässlichen Nazigeschichte. Und dann … und dann …«

Er warf einen hilflosen Blick auf den Fernsehschirm, den er jedoch selbst erst vor einer Minute in Dunkelheit getaucht hatte.

»Dein Vater war mit Gruhn befreundet«, sagte er etwas leiser. »Und ab und zu haben sich die Paare wohl sogar gegenseitig besucht, obwohl Gruhns Frau eigentlich niemanden an sich heranließ. Über sie kursierten ja sowieso schon die wildesten Gerüchte. Ein bisschen Obstler, ein bisschen Enzian vielleicht, die Erkenntnis, dass es für ein schwieriges Problem eigentlich eine einfache Lösung gäbe – wenn man nur sicher wäre, dass alle damit leben könnten. Die Leute haben sich das alles wahrscheinlich nur ausgedacht, weil es früher noch nicht all diese dämlichen Fernsehserien gab. Nur …«

»Nur was?«

Hirlinger seufzte, schlug kurz die Augen nieder und schüttelte den Kopf.

»Wenn man Gruhn gesehen hat und dich gesehen hat, dann lag es eigentlich auf der Hand«, sagte er. »Nicht nur wegen der Augen und dem Gesicht. Sondern auch wegen etwas anderem, was ihr an euch habt.«

Brenner blickte Hirlinger an, und als er sie jetzt beide vor sich sah, wie ein Fremder sie sehen würde – Hirlinger mit seinem feinen Hemd und dem Frühstück vor sich auf dem Tisch und er mit seinem wuchernden Bart und der ernsten Miene –, musste er sogar ein wenig lächeln.

»Ja, wir sind beide verrückt«, sagte er.

»Das mag sein, aber das will nicht viel heißen«, erwiderte Hirlinger abwehrend. »Mir hat es eigentlich immer imponiert, wie du mir Kontra gegeben hast und wie du mich gehasst hast – nicht nur nicht gemocht, sondern gehasst, und zwar aus vollem Herzen. Und wenn ich einen Sohn hätte, den auch ich leider nicht habe, dann …«

Brenner warf Hirlinger einen warnenden Blick zu, und der ältere Mann begriff und beugte sich nach vorne und zog seinen Teller zu sich, um sich wieder über das kalt gewordene Ei herzumachen.

»Aber bevor wir uns jetzt gleich heulend in den

Armen liegen, erzähl mir lieber, warum du eigentlich hier bist«, murmelte er mit vollem Mund. »Ich kann mich nur noch an irgendeinen Mann erinnern, der aus Salzburg kommt und irgendetwas mit dem armen Maderl zu tun haben soll, das in der Klamm gefunden wurde. Was hat es damit auf sich? Und was hast du damit zu tun? Und warum interessiert dich das so sehr?«

Brenner setzte ein geheimnisvolles Lächeln auf – was ihm jetzt, da wenigstens dieser eine Punkt schon mal geklärt war, überraschend leicht fiel.

»So genau kann ich dir das nicht sagen, weil ich es selbst nicht genau weiß«, erklärte er. »Es hat damit zu tun, worüber wir eben geredet haben – dass ich wahrscheinlich verrückt bin, genauso verrückt, wie Gruhn es war.«

Hirlinger hob schmatzend die Augen, schüttelte verständnislos den Kopf und konzentrierte sich dann wieder auf den Teller.

»Oh ja, hier sind alle ein bisschen plemplem, mich eingeschlossen, aber ihr beide seid zweifellos noch mal ein ganz besonderer Fall. Gruhn hat das ja schon eindrucksvoll unter Beweis gestellt, und so überspannt, wie du gerade wirkst, bist du wahrscheinlich der nächste Kandidat. Ich möchte nicht schon wieder die Verantwortung für irgendein Unglück auf mich laden.«

»Es geht um ein Gefühl oder eine Ahnung, der ich auf den Grund gehen muss«, sagte Brenner. »Es ist nicht leicht zu erklären und du würdest es wahrscheinlich auch gar nicht verstehen. Aber auf den Grund gehen muss ich der Sache. Und wenn du mir nicht helfen willst, dann finde ich einen anderen Weg. Mehr kann ich dir nicht sagen.«

Hirlinger blickte ihm noch ein, zwei Sekunden forschend ins Gesicht und nickte dann nachdenklich. Erneut schob er den Teller weg, griff nach der gefalteten Stoffserviette, die auf einem der silbernen Tabletts lag, und wischte sich den Mund ab.

»Na gut, du willst es mir nicht sagen, und ich bin wahrlich niemand, der immer alles wissen muss«, sagte er. »Nur eines: Dass ich dir das eben gesagt habe, war sozusagen eine alte Schuld. Ich will nicht behaupten, dass sie damit beglichen ist, aber ich habe aus freien Stücken so offen mit dir geredet, auch weil es mir selbst ein Bedürfnis war. Wenn ich dir jetzt allerdings mit deiner mysteriösen Frage weiterhelfen kann und dir einen Gefallen tue, dann heißt das, dass du mir einen Gefallen schuldig bist – so läuft das nun mal.«

»Was für einen Gefallen?«, fragte Brenner misstrauisch.

»Oh, keine Angst, nicht das, was du denkst.« Hirlinger warf seine Serviette auf den Tisch und nahm wieder seine eigenartige Position mit den über dem Bauch gefalteten Händen ein, die ihm in Fleisch und Blut übergegangen zu sein schien. »Ich will nicht, dass du eine eurer geheiligten Nationalparkregeln für mich brichst oder mir einen eurer seltenen Auerhähne schießt, damit ich ihn hier meinen Gästen servieren kann. Nein, es geht um etwas viel Einfacheres. Und wenn du jetzt lachst, dann musst du wirklich jemand anderen suchen, der dir hilft.«

Er lächelte zwar, aber seine Miene wirkte scheu, fast ängstlich – wie vorhin, als er ihm das mit seinen Eltern erzählt hatte. Mit einer Hand wies er flüchtig auf den riesigen Fernseher.

»Wenn ich dich etwa frage, ob du nicht mal vorbeikommen willst, um dir ein Eishockeyspiel mit mir anzusehen oder ein Fußballspiel oder einen Boxkampf, dann …«

»Ein Eishockeyspiel?«, fragte Brenner verdutzt, der seinen Ohren kaum traute.

»Ja, ich weiß, du interessierst dich für solche Sachen nicht, aber das war auch nur ein Beispiel«, fuhr Hirlinger hastig fort. »Oder wenn ich dir sage: ›Brenner, ich will was für mein Herz tun, steig mit mir diesen oder jenen Berg rauf, zeig mir die Landschaft und trink oben eine Maß mit mir.‹ Dann will ich, dass du wenigstens darüber nachdenkst. Bild dir nichts ein, du musst es nicht verstehen – genauso wenig, wie ich verstehen muss, was du mit dieser Information willst. Vielleicht wird es auch nie passieren, es war nur so ein Gedanke. Wir haben uns jetzt ein wenig ausgesprochen und kennen uns schon eine Weile. Aber dass wir deshalb dicke Freunde werden, bedeutet das nicht, das weiß ich genauso gut wie du. Falls mir aber doch einmal die Idee kommen sollte, dass ich dich bei irgendeiner harmlosen Beschäftigung gerne dabeihätte, dann möchte ich, dass du es wenigstens in Erwägung ziehst. Das ist alles. Und hör auf, mich anzusehen, als hätte ich den Verstand verloren oder sei frühzeitig senil geworden. Du hast mir sowieso schon den Morgen verdorben.«

»Okay«, sagte Brenner langsam. »Das ist ein seltsamer Vorschlag. Aber ich verspreche, dass ich in einem solchen Fall nicht gleich kategorisch Nein sagen werde.«

»Gut«, stellte Hirlinger fest, räusperte sich und sprach mit aufgeräumter Stimme weiter. »Dann kommen wir jetzt zu deinem Anliegen. Sag mir, was du über diesen Mann weißt, und ich will sehen, was ich für dich tun kann.«

Brenner kam seiner Aufforderung nach und erzählte Hirlinger auch von dem unfreundlichen Knastbruder, auf den er am Vorabend in der kleinen Spelunke abseits der Elisabethstraße gestoßen war. Ohne näher darauf einzugehen, wie sehr er in ihn gedrungen war, beschrieb er, wie abgeneigt der Mann wirkte, ihm etwas über seinen Bekannten zu sagen.

»Hm, ich persönlich kenne diesen Burschen mit der Tätowierung nicht«, sagte Hirlinger, als er fertig war. »Aber es kann sich schon gut um so jemanden handeln, wie du dir wahrscheinlich vorstellst.« Er runzelte die Stirn und blickte ihn nachdenklich an. »Klingt aber auch, als solltest du einfach zur Polizei damit gehen. Du hast doch einen guten Draht zu Weirauch, soweit ich weiß.«

»Zu Weirauch gehe ich später«, erklärte Brenner. »Wenn ich überprüft habe, ob diese Ahnung stimmt, die ich habe.«

Hirlinger blickte ihm einmal mehr forschend ins Gesicht, zögerte noch kurz, nickte dann aber.

»Also schön. Hört sich alles ziemlich mysteriös an. Aber schauen wir erst mal, was ich überhaupt herausfinden kann. Dann können wir uns immer noch unterhalten.«

Er beugte sich vor und griff nach dem großen iPhone, das nicht weit von seinem Teller auf dem Tisch lag. Kurz scrollte er mit dem Zeigefinger durch die Telefonliste. Dann warf er einen Blick auf die klobige Uhr an seinem Handgelenk, wählte, kickte mit einer geübt wirkenden Bewegung seine Pantoffeln von den Füßen und stand von der Couch auf. Während des Gesprächs ging er gemächlich wie bei einem Sonntagspaziergang barfuß auf dem weichen Teppich auf und ab.

»Grüß dich, Kilian, ja genau … Mir geht's prächtig, hoffe selbst genauso und der lieben Frau Gemahlin auch … Hör mal, Kilian, sei mir nicht bös, dass ich dich so früh stör, aber ich hätt da mal eine Auskunft von dir nötig … Nein, keine Angst, um so etwas geht es nicht. Damit bin ich fertig, die können sich alleine um ihr Geld bringen … Es ist … es ist ein bisschen eine blöde Geschichte, aber hier sitzt ein jüngerer Bekannter von mir, und der ist da letztens mit einem Kerl bei euch drüben aneinandergeraten und … Nein, nicht bei dir, du hast deinen Laden im Griff, das weiß ich doch. War auch erst draußen vor der Tür, aber schon ein bisschen heftig. Und jetzt weiß er nicht, ob sich's lohnt, die Sache zu verfolgen, oder ob er lieber die Finger davon lassen soll, du verstehst schon … Ja, das weiß er auch nicht genau. Könnte auch ein Ungar oder ein Jugoslawe gewesen sein, aber vielleicht auch jemand von hier oder von euch drüben. Er hat das in dem ganzen Durcheinander gar nicht so mitgekriegt … Ich … Ich beschreib dir den Kameraden am besten mal. Und dann sagst du mir, ob's bei dir klingelt, und wir sehen weiter.«

Hirlinger blieb in der Mitte des Raumes stehen und gab seinem Bekannten die Beschreibung des Mannes mit der Tätowierung durch. Dann senkte er den Kopf und blickte auf seine fleischigen Zehen hinab. Während er zuhörte und gleichzeitig die wichtigsten Punkte für Brenner laut aussprach, grub er sie immer wieder wie zur Probe in den flauschigen Teppich hinein.

»Aha, so, ein Moldawier, sagst du? … Er und sein Bruder, draußen in der Nähe des alten Marmorwerks … Die Polizei ist froh, dass sie aus der Stadt sind, und bis zur nächsten Wahl drückt jeder ein Auge zu …«

Er lauschte noch einen Moment länger den Worten seines Gesprächspartners. Dann runzelte er die Stirn und sah mit angeekelter Miene zu Brenner herüber, der den Arm auf die Lehne des Sessels gelegt hatte und ihn aufmerksam beobachtete.

»Alles klar, ich geb's weiter«, sagte er. »Dank dir, dann wird er sich's anders überlegen. Da hast du ihm wahrscheinlich eine böse Überraschung erspart.«

TEIL V: WOLFSBISS

1

Als er aus dem Hotel kam, rief Brenner als Erstes beim Nationalpark an, um sich den Tag freizunehmen, und fuhr dann noch mal schnell bei seiner Mutter vorbei. Auch diesmal versuchte er nicht, sie zu umarmen oder zu küssen. Aber als er neben ihr saß und sie mit halbwegs gelöster Miene in die Berge hinausblickte, legte er vorsichtig die Hand auf ihre, und sie schaute zuerst auf seine Hand und dann zu ihm herüber und lächelte zaghaft, wie sie es manchmal tat, und das genügte ihm.

Er stellte den Wagen am alten Passturm in Marktschellenberg ab und begann mit dem Aufstieg. Der Morgen war kühl und bedeckt, die Sonne hatte sich nun seit mehr als zwei Wochen nicht mehr blicken lassen, und Ende Oktober waren sowieso kaum noch Touristen unterwegs, so hatte er den Weg praktisch für sich allein. Er stieg zuerst den alten Hohlweg hinauf, der durch lichten Buchenwald führte, ging dann auf tiefer gelegenem Niveau am Bachgraben entlang und folgte schließlich dem Forstweg in einer steilen Schleife zum Lochgraben empor. Die Gumpen und kleinen Wasserfälle unterhalb des Wegs ähnelten jenen der Almbachklamm, und als er nach etwa einer Stunde auf einen schmalen Pfad wechseln musste, erinnerte er sich auch wieder, wie er kurz zuvor an jenem Tag durch den steilen Bergwald zu den Gämsen aufgestiegen war.

Damals hatte er kurz angehalten, um einen Specht zu beobachten, der mit weit durch den Wald hallendem Gehämmer einen toten Fichtenstamm bearbeitete. Er hatte den hungrigen Fleiß des Vogels gespürt, auch die erschrockene Starre der mit Holzmehl vollgefressenen Käfermaden in ihren Gängen. Doch er hatte sich rasch wieder abgewendet, sowohl von dem Stamm als auch von seinen Gefühlen, weil sich Gamskitze nicht gut schießen ließen, wenn man ihren ausgelassenen Übermut nicht nur im Zielfernrohr seines Gewehrs vor sich sah, sondern wie die eigene unbändige Freude am Leben tief in seinem Innern spürte.

Heute war es im Wald still, nur von der Bundesstraße hallte ab und zu mal ein etwas lauteres Motorengeräusch herauf. Während Brenner in zügigem, aber nicht eiligem Tempo den gewundenen Pfad hinaufstieg, kam ihm die Stille fast feierlich vor, und hätte er es nicht besser gewusst, er hätte geglaubt, die Geschöpfe des Waldes hielten bei seinem Vorbeigehen andächtig den Atem an.

Bald hatte er die Baumgrenze erreicht und schlängelte sich zwischen Latschen und Felsen an der auf 1.500 Metern gelegenen Toni-Lenz-Hütte vorbei, auf deren mit feuchtem Herbstdunst benetzten Terrasse nur noch zwei Gäste saßen und die nun ebenfalls bald wieder ganz in die Hand der Berggeister übergehen würde. Auch hier liefen wie riesige weiße Adern überall die mit hellem Geröll gefüllten Rinnen und Bachläufe die Hänge hinab, die sich an jenem anderen Tag der Jagd mit Blut gefüllt hatten, und Brenner erinnerte sich erneut, wie er vor dem dunklen Schlund gestanden hatte – dem plötzlich aufgerissenen Maul des Berges selbst gleich – und er sich einfach nicht über jenes seltsame Gefühl in seinem Bauch klar werden konnte, das dort mit 1000 Glocken Alarm zu schlagen schien.

Jetzt, da er sich darauf eingelassen und einigermaßen daran gewöhnt hatte, glich dieses Gefühl mehr einem inneren Ziehen, und Brenner wusste, dass es ihn damals gar nicht vor jener armen verirrten Kreatur hatte warnen wollen, die in der Höhle lauerte. Nein, es hatte ihn wie in diesem Moment immer weiter die steilen Hänge hinauf und über den Berg hinweg zu führen versucht, auf die andere Seite des Untersbergs, die dunkler, zerklüfteter und besser von dichtem Wald verborgen war. Was ihn da führte, fühlte sich ein bisschen an wie eines dieser merkwürdigen Zeitphänomene, für die man den Untersberg in esoterischen Kreisen rühmte, als ob der Weg, den er eigentlich erst finden musste, ihm längst bekannt war, und Lutz Schiller, ihr hiesiger Alpenschamane, hätte wahrscheinlich seine helle Freude daran gehabt. Als Brenner das Gipfelkreuz des Kleinen Heubergkopfs vor sich erblickte, an dem er auf seinem Pfad vorbeimusste, erwartete er fast, den großen Hirsch aus seinen Träumen dort stehen zu sehen – auch er auf magische Weise von den Toten auferstanden, nachdem ihn das vermeintliche Ungeheuer vom Untersberg so grässlich zugerichtet hatte, und zu einem letzten zufriedenen Gruß wieder auf seine Anhöhe gestiegen, bevor Brenner sich aus dieser Seite seines Reichs verabschiedete.

Dann war er an dem steilen Felsmassiv angelangt, das sich auf dieser Seite praktisch über die ganze Breites des

Berges zog, und machte über den Thomas-Eder-Steig seinen Weg nach oben. Auf ausgetretenen Holzstufen und schmalen, vom Fels überhangenen Pfaden führte der Steig die graue Karstwand hinauf, später auch durch in den Stein gesprengte Tunnel und Röhren, durch den Bauch des Berges hindurch und an den tiefen Höhlen vorbei, in denen laut dem alten Dionysius der Teufel wohnte. Nun, wenn die seltsame ›Ahnung‹ in Brenners eigenem Bauch auch nur halbwegs zutraf, dann wohnte er woanders.

Schließlich hatte er den Rücken des Bergs erreicht, der an dieser Stelle durchhing wie der Rücken eines alten Mulis. Hier, in der mit Felsen, weitläufigen Latschenfeldern und auch schon ein wenig Schnee bedeckten Mittagsscharte, hatte der Sage nach einst der Riese Abfalter seine Schlafstätte gehabt und so die enorme Felskuhle in den Bergrücken gedrückt, die sich bis auf die andere Seite zog. Packte den Riesen der Zorn, hatte er von hier aus gewaltige Felsbrocken ins Tal geworfen, die heute noch als mit gelben Lärchen und roten Buchen getüpfelte Hügel dort zu erkennen waren. Doch der Riese hatte auch eine gute Seite gehabt und eine fremde Jungfrau wie ein riesenhafter Kavalier über den Fluss getragen, nachdem sie die Steine verloren hatte, die ihr bei der Überquerung der Salzach helfen sollten.

Brenner dachte an Gruhn, den hünenhaften alten Förster, der vielleicht sein Vater war, und wie verrückt er am Ende gewesen war und wie unwiderruflich er sich durch seinen Wahn aus der Gemeinschaft der Menschen ausgeschlossen hatte. Noch konnte er zurück, dachte er, während er auf den ihm so vertrauten Berchtesgadener Talkessel niederblickte, in dem er aufgewachsen war und sein ganzes bisheriges Leben verbracht hatte, und das Gefühl in seinem Bauch ihn gleichzeitig in die andere Richtung zog. Noch konnte er die eigenartige Erbschaft, die der im Wald vereinsamte alte Mann ihm in gewisser Weise hinterlassen zu haben schien, zurückweisen. Ob die mysteriöse Naturkraft, von der Gruhn überzeugt gewesen war, ihn zum Guten führen oder wie den alten Förster zum Unmenschen machen würde, wusste er schließlich nicht. Doch eins war sicher: Mit jedem Schritt, den er weiter über diesen Berg tat, entfernte auch er sich mehr davon, ein normaler Mensch zu sein und das Leben eines normalen Menschen zu führen – Anna hatte er mit seinen verrückten Träumen und dem latenten Irrsinn, den sie anscheinend auch in ihm schlummern spürte, ja schon verscheucht.

Dann blickte er zur Almbachklamm hinüber, jenem hinter den westlichen Hängen des Berges nur durch einen langen Waldstreifen gekennzeichneten Gebirgsbach, der in die Salzach mündete und an dessen sandigem Ufer er selbst auf eine fremde ›Jungfrau‹ gestoßen war, für die jede Hilfe zu spät kam. Er dachte auch an Simone, die von der Toten gerettet worden war und deren im Haus der Berge in frühlingshaftem Grün erblühender Leib ihm vielleicht nicht geholfen hatte, wieder ein normaler Mensch zu werden, aber möglicherweise doch ein Stück weit zurück unter die Lebenden zu finden. Wie er jetzt merkte, hatte er trotz – oder wegen – seiner eigenen wunderbaren Rettung im Wald vor zwei

Jahren bis dahin nicht mehr wirklich das Gefühl gehabt, ihnen anzugehören.

Immer noch entdeckte er keinen Hirsch mit leuchtendem Geweih auf den Hügeln unter ihm. Auch erschien ihm keine Marien- oder Christusgestalt im Nebel, wie es auf dem Untersberg aufgrund des Schattens, den der Körper des Wanderers selbst in den Dunst warf, bei gewissen Lichtverhältnissen vorkommen sollte.

Ein letztes Mal schüttelte er den Kopf und lächelte geheimnisvoll, wie er es bereits vorhin bei Hirlinger getan hatte – verwundert über die gewundenen äußeren und inneren Pfade, die ihn, ein wenig dem eben erklommenen Steig gleich, bis hierher geführt hatten. Dann drehte er sich um und setzte seinen Weg fort.

2

Auch am Ausgang der Almbachklamm gab es eine kleine Kugelmühle, in der Brocken des Untersberger Kalksteins früher mit Hilfe von Wasserrädern zu Kanonenkugeln und Kindermurmeln geschliffen wurden. Um des alten Handwerks und der Nostalgie willen war diese alte Mühle sogar immer noch in Betrieb, und bei ihrem gemeinsamen Besuch der Klamm vor ein paar Monaten hatten Brenner und Anna sich den Mahlprozess zusammen mit einer Gruppe entzückter Rentner wie zwei echte Touristen angesehen.

Auf der österreichischen Seite des Berges wurde dieser Kalkstein, den man aufgrund seiner Festigkeit Untersberger Marmor nannte, jedoch seit jeher im großen Stil abgebaut, und wie Hirlingers Spezi gesagt hatte, lag das alte Jagdhaus auf Höhe der dortigen Marmorbrüche im Wald. Es lag nicht in der Nähe des großen Bruchs bei Fürstenbrunn, der nach wie vor betrieben wurde, sondern verborgen zwischen zwei der kleineren, seit Langem stillgelegten Abbaustellen mehr zur Mitte des Bergs hin. Brenner hatte sich beim Abstieg von seinem Gefühl leiten lassen, um das Haus zu finden. Doch wie er beim Anblick des kleinen Baches dachte, der daran vorbeiführte, wäre er wahrscheinlich auch so darauf gestoßen.

Das Jagdhaus war einst groß und herrschaftlich gewesen und hatte vielleicht sogar einem der Besitzer der Fürstenbrunner Marmorwerke gehört, die in früheren Zeiten mit dem harten rosafarbenen ›Fleisch‹ des Berges viel Geld verdient hatten. Ein moderner Anbau zeugte davon, dass es nicht zum ersten Mal seinem ursprünglichen Zweck entfremdet wurde. Seither musste jedoch viel Zeit vergangen sein, und inzwischen war das ehemals stolze, über dem weißgetünchten Erdgeschoss mit dunklem Holz gedeckte Gebäude in einem kläglichen Zustand. Viele der verwitterten grünen Läden hingen schief oder waren überhaupt nicht mehr vorhanden, auch in der Holzverkleidung fehlten Bretter, und auf dem Dach war eine einfache Plastikplane befestigt worden, um es gegen Regenwasser abzudichten. Auf dem großen, mit Kies bedeckten Vorplatz, zu dem ein schmaler Weg hinaufführte, stand eine ausgeschlachtete Karosserie, doch auch mehrere Wagen mit Salzburger Kennzeichen hatten dort bereits geparkt, zwischen denen ein schwarzer Geländewagen aufragte. Unter dem schattigen Giebel der Eingangsseite fiel Brenner einmal mehr der blanke Schädel eines Hirschs auf, der jedoch nur noch eine seiner mächtigen Geweihstangen auf dem Kopf trug.

Sich zwischen den hohen Tannen und Lärchen verbergend, von denen es umgeben war, beobachtete Brenner das Haus zuerst eine Weile und suchte dann wie damals, als er zur Gamsjagd aufgestiegen war, die Umgebung nach Losung ab. Bei Beginn der Dämmerung – der Stunde zwischen Hund und Wolf, wie sie manchmal genannt wurde – ging er zur Tür und klingelte.

Ihm wurde von dem Mann geöffnet, den die Verkäuferin auf dem Parkplatz gesehen hatte, der genauso bullig und groß war, wie sie ihn beschrieben hatte. Er hatte ein grob geschnittenes, aufgedunsenes Gesicht, das durch die dunklen Augenringe noch ungesünder wirkte, eine Boxernase und eine senkrecht zur Oberlippe verlaufende Narbe, die sich hell auf seiner durch Sonnenstudio oder Gene gebräunten Haut abzeichnete. Wie die Frau gesagt hatte, zog sich das rankenartige Muster auf seinem Hals bis zum Ansatz seiner kurz geschnittenen schwarzen Haare hinauf.

Der Mann hatte die Tür geöffnet, als würde er Gäste erwarten, doch als er Brenner sah, der statt seiner Nationalparkjacke wieder die alte Windjacke trug, stutzte er. Kurz fürchtete Brenner, der Wirt oder der andere Mann aus Salzburg könnte den Tätowierten gewarnt haben. Doch dann reckte dieser den Kopf vor und sah sich auf dem Parkplatz um.

»Kein Auto?«, fragte er mit hartem osteuropäischen Akzent und sah Brenner mit gerunzelter Stirn an. »Du bist nicht mit dem Auto da?«

»Doch, aber ich habe es woanders abgestellt«, erwiderte Brenner, worauf der Mann wissend das Kinn hob und die Tür weiter öffnete.

Er führte Brenner in einen großen Raum, der wohl einmal der Speisesaal des Jagdhauses gewesen war, in dem die illustren Jagdgesellschaften an einer langen Tafel gesessen hatten, um das zur Strecke gebrachte Wild zu essen. Jetzt bedeckte eine vergilbte Tapete mit einem braun-orangefarbenen Muster aus den 60er- oder 70er-

Jahren die Wände, und auf dem Boden wellte sich alter Filz, der wahrscheinlich ebenfalls noch von den vorigen Bewohnern stammte. Trotz der Abgeschiedenheit waren die Fenster mit dunklen Samttüchern verhängt, und im Raum herrschte ein schummriges rotes Licht, das nach dem natürlichen Licht der Dämmerung draußen noch künstlicher wirkte. Der alte Kachelofen in der Mitte der Wand, dem genauso viele Kacheln fehlten wie dem Dach Schindeln, verströmte eine Hitze wie in einem Gewächshaus, und in der Luft hing ein süßliches Geruchsgemisch aus Parfum, Schweiß und Alkohol, das einem fast den Atem nahm.

»Du willst erst gucken?«, fragte der Tätowierte, ohne dass es wirklich nach einer Frage klang. »Komm hier rüber. Setz dich.«

Auch die am vorderen Ende des Raumes aufragende Bar ging mit Sicherheit auf das Bemühen der früheren Besitzer zurück, aus dem aufgegebenen Jagdhaus ein schickes Winterchalet zu machen. An der Wand hing sogar ein großes gläsernes Regal, in dem allerdings nur wenige Flaschen standen. Nachdem er ihn gefragt hatte, was er trinken wolle, ging der Tätowierte zu einem der zwei kleinen Kühlschränke in der Ecke und stellte ihm dann eine Flasche Bier auf den Tresen. Mit an der Bar saß ein etwa 50-jähriger Mann mit biederem Gesicht und zu weitem Anzug, der Brenner schüchtern zuprostete, als er von seinem Bier trank.

»Sag mir, welche du haben willst, oder geh einfach hin, wenn du es weißt«, wies ihn der Tätowierte an, wandte sich dabei aber bereits wieder der Zeitschrift mit

Autoinseraten zu, die er vor sich aufgeschlagen hatte. »Manche sprechen ein bisschen Deutsch, andere nicht. Aber ist alles erstklassige Ware – und nicht teuer.«

Brenner drehte sich auf dem Barhocker um und ließ den Blick in dem großen, schlecht beleuchteten Raum umherwandern. Manche der Frauen saßen bereits mit Freiern auf einem der bunt zusammengewürfelten Sperrmüllsofas an den Wänden und hatten eine Flasche Sekt vor sich auf den kleinen Tischen stehen, um die hier und da separeeartige Sitzgruppen arrangiert waren. Viele jedoch lächelten ihm aufmunternd zu, als er in ihre Richtung sah. Sie trugen Bademäntel, billige Reizwäsche, einzelne auch gar nichts und viele konnten kaum älter als 18 oder 20 sein, obwohl sich das aufgrund der stark geschminkten Gesichter nicht immer sagen ließ.

Wie Hirlinger ihm erklärt hatte, kamen die meisten von ihnen aus Rumänien oder Bulgarien, den neuen Beitrittsländern, andere aber auch aus Tschechien, der Slowakei, Ungarn oder einem der entfernteren ehemaligen Ostblockstaaten, die sich wie ein großer Versorgungsring aus zum Verkauf herbeischaffbaren Frauen um das kleine Österreich legten. Einige der jungen Romafrauen, die tagsüber im reichen Salzburg in Lumpen gehüllt zum Betteln an der Ecke standen, seien dieselben, die abends ein paar Straßen weiter in kurzen Röcken auf Freier warteten, hatte Hirlinger gesagt, und um wenigstens den Straßenstrich in den Griff zu kriegen, sei die Stadt schließlich dazu übergegangen, statt den Nutten die Freier mit hohen Geldbußen zu bestrafen. So habe man es tatsächlich geschafft, die Billigprostitution in solche ungenehmigten ›geheimen‹ Bordelle wie dieses zu verlagern – aus der Stadt hinaus aufs Land und damit aus den Augen der braven Bürger. Und egal, welche Zustände dort herrschten, bis zur nächsten Bürgermeisterwahl sei niemandem daran gelegen, an dieser Situation etwas zu ändern.

Den Betreibern legaler Puffs seien solche Schuppen natürlich ein Dorn im Auge, hatte der umtriebige Investor zu berichten gewusst, und normalerweise machten sie Druck auf die Behörden, sie so schnell wie möglich wieder zu schließen. Doch zumindest in diesem Fall hätten die anderen Puffbetreiber offenbar herausgefunden, dass es gesünder war, die neue Konkurrenz lieber in Ruhe ihren Geschäften nachgehen zu lassen.

Brenner ließ sich auch jetzt wieder von seinem Instinkt leiten und suchte das einzige Mädchen im Raum aus, das fast genauso flachsblonde Haare hatte wie die Tote. Diese wirkten auch nicht gefärbt, soweit sich das auf die Distanz sagen ließ, und die Figur ähnelte ebenfalls jener der grässlich zugerichteten jungen Frau. Sie hatte hohe Wangenknochen, weit auseinander stehende Augen und ein offenes Lächeln. Als Brenner zurücklächelte, zog sie auch sofort den kurzen Seidenmantel etwas enger, den sie über ihrer Reizwäsche trug, und kam durch den Raum zu ihm herüber.

»Schöner Mann«, sagte sie mit noch härterer Aussprache als der Tätowierte, griff mit einer Hand in seinen Bart und legte ihm die andere auf den Oberschenkel. »Und so viele Haare. Ein rr-ichtiger *Mann*. Wie heißt du?«

»Veit – und du?«

»Mein Name ist Yulia. Aber mit einem Y, nicht mit einem J, wie bei euch.«

»Schön, dich kennenzulernen, Yulia.«

»Schön, *dich* kennenzulernen, W-eit«, sagte sie und ließ ihre Augen funkeln. »Gibst du mir einen Sekt aus?«

»Natürlich«, erwiderte Brenner und nickte dem schon bereitstehenden Mann hinter der Bar zu. »Woher kommst du?«

»Rr-ate«, befahl Yulia und fuhr sich kokett durch ihren blonden Schopf. »Was glaubst du?«

»Ich weiß nicht, ich bin in so was nicht gut«, antwortete Brenner, während er wie beim Bier eben automatisch dabei zusah, wie der Tätowierte die Flasche öffnete. »Aus Russland?«

»Aus der Ukraine«, erklärte die Frau mit betont präziser Aussprache. »Da ist ein großer Unterschied.«

»Und wieso bist du nicht zu Hause und protestierst mit den anderen, Yulia?«

Sie verdrehte die Augen. »Ach, protestieren«, sagte sie. »Sie protestieren und protestieren, und am Ende ist wieder alles wie vorher. Ich lebe lieber und habe meinen Spaß. Komm, stoß mit mir an. Tz-um Wohl.«

»Zum Wohl«, sagte Brenner und kippte einen Schluck des süßen Gesöffs herunter.

»Oder willst du dich gerne über Politik unterhalten?«, fragte Yulia und fuhr im mit der Hand sanft über den Schenkel. »Macht dich das an, die Politik?«

»Nein, eigentlich nicht. Und ich kenne mich auch nicht damit aus.«

»Dann sollten wir vielleicht etwas finden, womit wir

uns beide auskennen. Kommst du mit mir aufs Zimmer, W-eit? Da ist es ruhiger.«

»Gerne. Lass uns gehen.«

»Dann können wir weiter über Politik reden«, sagte Yulia mit einem zufriedenen Lächeln. »Oder über andere Dinge. Komm, trink aus.«

Die billigen Plastikkelche in der einen Hand, die Sektflasche in der anderen, führte sie ihn hinauf in den ersten Stock, wo die belegten Zimmer durch kleine Handtücher markiert waren, die über der Klinke hingen. Er folgte ihr bis ans Ende des Gangs, in ein kleines Zimmer, das wohl auch früher schon als Schlafzimmer gedient hatte. Die Tapete war genauso vergilbt und bunt wie unten, und an der Wand stand eine alte Schminkkommode aus geschwungenem grünen Kunststoff. An der Decke war ein großer Spiegel angebracht, der aussah, als warte er nur darauf, auf sie hinabzustürzen.

Sie setzten sich aufs Bett, und Yulia stellte die Gläser auf den Nachttisch und schenkte ihnen nach. Nachdem sie erneut mit Brenner angestoßen hatte, fuhr sie ihm mit der freien Hand unter sein T-Shirt.

»Oh, so schön fest. Was bist du, Handwerker?«

»Nein, so was wie ein Förster. Ich arbeite im Wald.«

»Ja, das passt. Aber du warst noch nie hier. Das wäre mir aufgefallen. Ab jetzt musst du öfter kommen.«

Sie funkelte ihn wieder verführerisch an. Doch ihr Blick wirkte plötzlich verschwommener als noch vor einer Minute. Ihr Atem roch eigentlich nicht danach, aber vielleicht war es nicht die erste Flasche, die sie heute trinken musste.

»Uch – ich hab genug«, sagte sie auch gleich darauf, nahm ihm das Glas aus der Hand und stellte beide auf dem Nachttisch ab. Dann rückte sie wieder näher und legte ihm die Hand auf den Oberschenkel.

»Sonst ist mein schöner Mann aus dem Wald enttäuscht und kommt nicht wieder. Und das wollen wir doch nicht.«

Ihr Gesicht war jetzt ganz nah an seinem, ihr Blick noch eine Spur unsteter. Brenner legte die Hand auf ihre, die zielstrebig höher gewandert war.

»Ich war schon mal hier, aber bei einem anderen Mädchen«, erklärte er. »Zu ihr wollte ich heute eigentlich auch.«

Yulia ließ sich aufs Bett fallen und zog eine Schnute. Sie murmelte einen ärgerlich klingenden Satz in ihrer Muttersprache, redete dann jedoch auf Deutsch weiter.

»Ach, so was sagt man nicht«, erklärte sie in fast kindlichem Ton. »Dummer Förster. Jetzt ist die ganze Stimmung kaputt.«

»Sie war fast genauso hübsch wie du«, sagte Brenner. »Sie war auch so schlank und hatte helle Haut. Und ganz blonde Haare, wie du, nur etwas länger.«

Yulia runzelte die Stirn und legte sich die Hände auf den Bauch.

»Nein, so eine arbeitet hier nicht«, sagte sie. »Ich bin die einzige echte Blondine. Aber das reicht dir ja anscheinend nicht.«

»Es war erst vor ein paar Wochen. Jetzt komme ich wieder und sie ist nicht mehr da. Vielleicht arbeitet sie sonst woanders.«

Yulia wunderte sich offensichtlich über seine Beharrlichkeit. Plötzlich blitzte jedoch ein Funken in ihren immer verschwommener wirkenden Augen auf. Sie runzelte die Stirn noch tiefer und musterte ihn erschrocken.

»Wer bist du? Bist du von der Polizei? Was willst du hier?«

»Nein, ich bin nicht von der Polizei«, versicherte Brenner und legte ihr beruhigend die Hand auf den Arm, der, wie er etwas verblüfft bemerkte, mit einer feinen Schicht kalten Schweißes bedeckt war. »Ich will nur wissen, wer sie ist und woher sie kam. Und ob sie hier gearbeitet hat?«

Yulia schüttelte abwehrend den Kopf – doch dann trat plötzlich ein anderer Ausdruck auf ihr Gesicht. Sie hielt sich den Bauch, setzte sich auf und beugte sich nach vorne.

»Uch, ist mir schlecht«, stöhnte sie, und auf einmal wanderten ihre Augen wie von selbst zu den halbleeren Sektgläsern auf dem Nachtisch. Nun merkte auch Brenner, dass ihm nicht wohl war. Ein Gefühl der Übelkeit stieg ihm in die Kehle, und das schäbige kleine Zimmer schien anzufangen, sich langsam im Kreis zu drehen.

»Was war da drin?«, fragte er, während er sich wie von einer übermächtigen Last niedergedrückt mit dem Arm abstützen musste. »Was haben sie da reingetan? Die Flasche war doch zu.«

»Ich weiß es nicht«, antwortete Yulia verwirrt, während sie sich weiter den Bauch hielt und stöhnend vor und zurück wippte. »Sie machen es mit einer Spritze. Damit die neuen Frauen nichts merken, wenn … Aber doch nicht bei mir. Uch – kúrva! Was ist das?«

Sie ließ sich mit schweißbedecktem Gesicht zurück

aufs Bett fallen. Brenner kam benommen auf die Beine und stolperte zur Tür.

Als er sie öffnete, stand dort jedoch schon der Tätowierte, hinter ihm ein jüngerer Mann. In der Hand des Tätowierten bemerkte Brenner einen glänzenden schwarzen Gegenstand. Erst nach einem sich wie Gummi dehnenden Gedankenschritt erkannte er, dass es sich um eine Pistole handelte.

Mit der einen Hand packte Brenner die Waffe und riss den Mann nach vorne, fasste ihn gleichzeitig am Nacken, drehte sich um die eigene Achse und schleuderte ihn gegen die Kommode. Der Tätowierte hatte ihn jedoch ebenfalls zu packen gekriegt. Brenner verlagerte kurz das Gewicht und versetzte ihm einen Kopfstoß. Doch der andere parierte ihn gekonnt mit der Stirn und stieß ihn nach hinten.

Nachdem kurz ein schwarzer Vorhang gefallen zu sein schien, fand sich Brenner auf dem Boden wieder, wo er nicht weit von der Tür mit dem Rücken an der Wand saß. Yulia war auf die andere Seite des Bettes zurückgewichen und sah ihn mit weit aufgerissenen, entsetzten Augen an. Er packte das kleine Waschbecken neben ihm und versuchte verzweifelt, auf die Beine zu kommen. Doch da spürte er einen Stich in der Schulter, und als er überrascht aufblickte, stand der jüngere Mann über ihm, in der Hand eine winzige Spritze.

Noch einmal versuchte Brenner, sich aufzurichten. Doch noch während er erschöpft zurück auf seinen Platz sank und der Tätowierte die Tür schloss, wurde es schwarz um ihn.

3

Als Brenner wieder zu sich kam, hing er in der früheren Wildkammer des Jagdhauses von der Decke. Ähnlich wie einem erlegten Reh oder Wildschwein hatte man ihm die Hände zusammengebunden, sie über einen der herabhängenden Haken gestreift und ihn dann mit dem alten Seilzug so weit in die Höhe gehievt, dass seine Füße nur noch gerade so den Boden berührten. An einer Wand hingen die verrosteten Werkzeuge, mit denen man die Tiere früher ausgenommen und zerlegt hatte – Messer, Sägen, Scheren. Neben seinen Füßen, in der Mitte der von einer nackten Glühbirne beschienenen Kacheln, war ein kleiner Abfluss in den Boden eingelassen. Weit oben an der anderen Wand lag ein kleines Fenster, das mit einer schmutzigen Decke verhängt war.

Es roch nach Staub und vielleicht auch ein bisschen nach all den Geschöpfen des Waldes, die vor langer Zeit auf die gleiche Weise in diesem Raum gehangen hatten, obwohl Brenner sich das wahrscheinlich nur einbildete. Durch die geschlossene Tür drang leise das beharrliche Bellen des Hundes, der vielleicht endlich seinen Feind gewittert hatte.

Komischerweise musste Brenner an seinen Vater denken – also an den Mann, den er sein ganzes Leben für seinen Vater gehalten hatte und der vielleicht nie besonders herzlich zu ihm gewesen war, aber doch stets verständnisvoll und freundlich. Noch heute konnte Brenner sich an das Gewicht seines von der Decke baumelnden Körpers erinnern. Ebenso an den Ausdruck der traurig ins Leere starrenden, unter halb geschlossenen Lidern hervorblickenden Augen.

Als die Tür aufging, wurde das wütende Bellen kurz ein bisschen lauter. Der Tätowierte wurde von einem kleineren, schmächtigeren Mann begleitet, der zwar ebenso dunkel gekleidet war wie er, aber trotzdem nicht leicht als sein Bruder – oder überhaupt als irgendjemand – zu erkennen war.

Der Mann baute sich vor Brenner auf und musterte ihn abschätzig von Kopf bis Fuß. Selbst der Wahnsinn, den Anna damals aus Gruhns Augen hatte weichen sehen, war wahrscheinlich nichts im Vergleich zu jenem, der sich in den tiefliegenden dunklen Augen dieses Mannes spiegelte.

»Wenn du mir sagst, was du weißt, und vor allem, ob noch jemand etwas weiß, dann mache ich es dir vielleicht leichter«, sagte er. »Wenn nicht, dann …«

Der Mann zuckte mit den Schultern, als sei nicht er dafür verantwortlich, was in diesem Fall passieren würde, sondern nur ausführende Instanz einer höheren Macht, über die er keine Kontrolle hatte. Dann wartete er mit ruhiger Miene auf Brenners Antwort.

»Ich will nur wissen, was dieser Frau passiert ist«, erklärte dieser und blickte dem Mann dabei weiter unverwandt in die Augen. »Ich will nur wissen, wie sie gestorben ist. Das ist alles.«

»Wie sie gestorben ist?«, fragte der Mann und warf seinem Bruder einen belustigten Blick zu. »Aber das weiß doch jeder«, sagte er und zuckte abermals mit den Schultern. »Der Wolf hat sie gefressen. Der Wolf hat sie geholt. Wie sagt man hier? Der böse Wolf.«

Die Männer lachten. Der Tätowierte murmelte jedoch etwas, und der kleinere Mann hob in einer ähnlichen Geste wie sein Bruder vorhin das Kinn.

»Ja, oder dieses andere komische Tier, das da oben rumgelaufen ist«, sagte er. »Eins so gut wie das andere. Ich war von der Idee eigentlich gar nicht so überzeugt. Aber wie es aussieht, hat sie doch wunderbar funktioniert. Die Frau ist tot, der Wolf ist tot – und wenn sie doch jemand vermisst, gibt es eine perfekte Erklärung, was passiert ist. Alle sind zufrieden. Das Geschäft kann weitergehen.« Er machte eine kurze Pause, runzelte dann die Stirn und legte den Kopf schief. »Nur dass du jetzt hier aufgetaucht bist, passt nicht in den Plan. Nein, das tut es überhaupt nicht.«

Er trat näher, packte Brenner an den Aufschlägen und zog sich zu ihm hoch. Sein Gesicht war von einem Unfall oder irgendeiner Krankheit so entstellt, dass man glauben konnte, er sei selbst als Kind von einem Wolf angefallen worden. Es war bestimmt nicht angenehm, mit so einem Gesicht durch die Welt laufen zu müssen. Und aus seiner Sicht hatte er wahrscheinlich das Beste daraus gemacht.

»Du bist doch kein Polizist«, flüsterte er. »Das kann ich riechen. Wer bist du? Irgendein Spinner, der seine Nase in Dinge steckt, die ihn nichts angehen?«

»Wer ich bin, ist egal«, erklärte Brenner dem Mann. »Nur weswegen ich hier bin, ist wichtig.«

Kurz leuchtete blinde Wut in den Augen seines Gegenübers auf. Dann ließ der Mann ihn los und ging ärgerlich im Raum auf und ab. In ihrer Muttersprache berieten die zwei Brüder, wie sie weiter vorgehen sollten. Der Tätowierte schien anderer Meinung zu sein als der Entstellte. Er zeigte auf den Boden, zur Decke, zum Fenster und brachte beunruhigt klingende Einwände vor. Am Ende antwortete der Ältere jedoch wieder mit einem gleichgültigen Schulterzucken.

Brenner hatte eigentlich erwartet, er würde sich des verrosteten Sortiments an der Wand bedienen, um ihn zum Sprechen zu bringen. Doch stattdessen zog er ein kleines Taschenmesser mit glänzendem, leicht geschwungenem Griff aus der Hosentasche und klappte es auf. An einer offenbar wohlüberlegten Stelle links unterhalb des Nabels stieß er Brenner die Klinge bis zum Ansatz in den Bauch, sodass er ein winziges Stück an seinem Seil nach hinten pendelte. Dann zog er sie ungefähr fünf Zentimeter nach oben.

»Mal sehen, ob du immer noch so ein harter Kerl bist, wenn wir später zurückkommen«, sagte er, wischte das Messer an Brenners Hose ab und ging mit seinem Bruder aus der Tür.

4

Als die Tür schließlich wieder aufging, hatte sich bereits eine Lache um Brenners Füße gebildet, die so groß war wie ein Badvorleger, und was er besonders beunruhigend fand: Er hatte keine Ahnung, wie viel von seinem lebensspendenden Körpersaft in dem kleinen Abfluss verschwunden war, aus dem ein stetiges, leises Tropfgeräusch zu ihm nach oben drang. Auch seine Jeans sahen auf einer Seite aus, als hätte jemand eine große Schüssel Tomatensoße darüber ausgeschüttet, und als er für solche Empfindungen noch aufnahmefähig war, hatte er gemerkt, dass auf derselben Seite auch sein Schuh sich bis zum Rand mit Blut gefüllt hatte.

Rucke die guh, Rucke die guh, Blut ist im Schuh, hatte er gedacht und auch sonst fiel es ihm schwer, noch einen halbwegs vernünftigen Gedanken zu fassen.

Er war immer wieder ohnmächtig geworden, ob von dem Blutverlust, der Erschöpfung oder den Nachwirkungen der Betäubung, das wusste er nicht, und in seinen Träumen waren ihm nach und nach alle erschienen, die in diesem seltsamen Drama eine Rolle gespielt hatten: Nationalparkchefin Stoll, der rotgesichtige Mann von der Kripo und sein weiß gekleideter Kollege. Der alte Donisl, der Teufel, die Almbauern und der Alpenschamane. Hubi und Vinz, der eitle Typ vom BKA, der schüchterne Knabe in Schwarz und der schwitzende

Bursche im Krampuskostüm. Alois mit seinen Hunden, der Tierschützer mit seiner Wolfsmaske und sogar die Reporterin mit ihrem Mikrofon. Gruhn, seine Mutter und sein Vater. Anna, die Tote und Simone. Die zwei Verkäufer in dem Outdoorladen, der Knastbruder in der Kneipe und schließlich Hirlinger mit seinem feinen Hemd und den nackten Füßen, der ihn mit ebenso besorgter, aber letztlich resignierter Miene angesehen hatte wie alle anderen. Auch sein alter Freund der Hirsch hatte natürlich wie immer seine Aufwartung gemacht. Aber dass er ihm tatsächlich auch diesmal wieder jemanden zur Rettung vorbeischicken würde, hatte Brenner eigentlich wirklich nicht erwartet.

Yulia riss erschrocken die Augen auf, als sie ihn sah, hielt sich die Hände vor den Mund und wich einen Schritt nach hinten. Doch dann kam sie tapfer in den Raum hinein und machte sich an dem alten Seilzug zu schaffen. Beschwörende Formeln in ihrer Muttersprache murmelnd fummelte sie daran herum, bis sie es schließlich geschafft hatte, Brenner zu Boden zu lassen.

Einen Moment lang hätte er nichts lieber getan, als sich einfach in seinem Blut zusammenzurollen wie der Vielfraß, den er nicht hatte beschützen können, und für alle Ewigkeit die Augen zu schließen. Doch es gelang ihm, sich mit seinen gefesselten Händen abzustützen und auf den Knien zu bleiben.

»Nimm ein Messer von der Wand«, forderte er Yulia mit schwacher Stimme auf. »Schneid den Strick durch.«

Yulia sah ihn kurz unschlüssig an, eilte dann zur Tür, durch die lauter und wütender als je zuvor das Bellen zu hören war, und schloss sie rasch. Dann nahm sie eines der großen Aufbrechmesser von den Nägeln in der Wand, ging vor Brenner auf die Knie und machte sich daran, den dicken Strick durchzuschneiden, der in mehreren Schlaufen um seine Handgelenke geschnürt war.

»Wie hieß sie?«, fragte Brenner leise.

»Was? Wer?«, fragte Yulia verwirrt zurück und blickte sich besorgt nach der Tür um. Auch sie schien sich immer noch nicht vollständig von ihrer Betäubung erholt zu haben.

»Die Frau, die getötet wurde«, sagte Brenner erschöpft. »Ich bin jetzt so lange hinter ihr her, dass ich … Ich möchte endlich wissen, wie ihr Name war.«

»Daria«, antwortete Yulia nach kurzem Zögern. »Sie kam aus der Ukraine, wie ich, aber vom Land. Ein einfaches, bescheidenes Mädchen. Sie hätte nie hierherkommen dürfen.«

»Was ist passiert?«

Wieder blickte sich Yulia ängstlich nach der Tür um. Das beständige Bellen des Hundes war auch durch sie hindurch weiter deutlich zu hören.

»Es war ein Unfall«, antwortete sie abwehrend. »Ein schrecklicher, dummer Unfall.«

Dann hielt sie jedoch inne und sah kurz an Brenner herab, der angestochen wie ein Schwein vor ihr in einer großen Lache seines eigenen Blutes kniete. Mit bitterer Miene schüttelte sie den Kopf.

»Oder, na ja, ein halber Unfall«, sagte sie, während sie wieder zu schneiden begann. »Radu und Sorin haben diesen Scheißhund – du kannst ihn ja hören. Sie haben ihn viel zu scharf gemacht, weil sie … weil er uns beschützen sollte. Daria wusste nicht, was sie erwartet. Sie dachte, es sei ein richtiger Job. Sie wollte nicht, da haben sie … die Sache mit den Drogen.«

Erneut schüttelte Yulia den Kopf, diesmal jedoch mit einem aufgewühlten Glanz in den Augen – aus Mitleid oder weil es ihr selbst kaum anders ergangen war. Das Messer war trotz der vielen Jahre, die seit seiner letzten Benutzung vergangen waren, noch einigermaßen scharf. Dennoch kamen sie nur langsam voran.

»Am nächsten Tag ist sie weggelaufen«, fuhr Yulia fort. »In den Wald, weil sie es nicht ertragen konnte. Radu hat den Hund auf sie gehetzt und war nicht schnell genug da, und so ist es dann passiert … Das mit der Verkleidung war Sorins Idee, das ist der Große. Jemand hatte ihm von dem Wolf erzählt, er interessiert sich für solche Sachen. Und als er sie dann im Wald liegen sah, kam er auf die dämliche Idee … Ich … ich musste mit ihm einkaufen gehen.«

Die Stricke waren durch, und Yulia legte das Messer beiseite und wischte sich die Tränen aus den Augen, die sich nun unkontrolliert über ihre Wangen ergossen. Brenner ließ noch zwei Sekunden erschöpft die Arme auf den Oberschenkeln ruhen. Dann zog er Jacke, Hemd und T-Shirt aus, presste das T-Shirt auf die Wunde und knotete sich das Hemd so fest er konnte um den Bauch.

»Als es dunkel war, hat Sorin sie auf die andere Seite gefahren«, erzählte Yulia schluchzend weiter. »Aber Radu hat sich wegen der … wegen der Spuren Sorgen gemacht und ihn angerufen, und dann hat er sie einfach in die Schlucht dort geworfen. Ich … ich weiß, dass es nicht richtig war. Und ich hab mir hundertmal überlegt, zur Polizei zu gehen. Aber ich habe mich nicht getraut.«

Brenner zog seine Jacke wieder an, hob mit der Linken das Messer vom Boden auf, stützte die Rechte auf Yulias Schulter und kam wankend auf die Beine.

»Komm, du musst mir helfen«, sagte er. »Wir müssen hier weg.«

»Aber ich … ich wollte doch nur …«

Die junge Frau sah sich hilflos um – plötzlich unsicher, ob sie trotz all der schrecklichen Dinge, die geschehen waren, ihre gewohnte Umgebung wirklich endgültig aufgeben sollte. Doch Brenner wies mit dem Kinn auf ihre nackten Beine, deren Knie und Schienbeine praktisch komplett mit seinem Blut bedeckt waren.

»Wenn sie dich so sehen, bringen sie dich genauso um wie mich«, sagte er. »Komm, stütz mich. Wir müssen hier so schnell wie möglich fort.«

5

Als sie auf den dunklen Gang hinaustraten, warf sich der Hund mit solcher Wucht gegen die Tür seines Gefängnisses, dass ein lauter, dumpfer Schlag von den Wänden zurückhallte. Sein wütendes Gebell bekam eine geradezu verzweifelte Note – als könnte er spüren, dass sie entkommen wollten, oder als würde der Geruch von Brenners Blut ihn zum Wahnsinn treiben.

Auf Yulia gestützt, die vor Aufregung oder Kälte unter ihrem Seidenmäntelchen heftig zitterte, erreichte Brenner die Kellertreppe, und als er sah, dass draußen bereits der Morgen anbrach, wunderte er sich, wie viel Zeit vergangen war. Sie kamen hinter dem Haus heraus, wo der kleine Bach vorbeifloss, und Yulia wollte ihm im Schutz der Tannen talwärts folgen. Brenner jedoch schüttelte den Kopf und steuerte sie in die entgegengesetzte Richtung.

»Warum nach oben?«, zischte die junge Frau leise. »Das ist doch für dich viel schwerer. Und wir kommen nirgendwo hin.«

»Glaub mir, wir müssen da hoch«, antwortete Brenner. »Vertrau mir einfach.«

Die Bewegung weckte eine wenig seine Lebensgeister. Trotzdem musste er sich auf dem mühsamen Weg den Hang hinauf weiter an Yulias Schulter festhalten. Auch auf dieser Seite des Berges zog zu dieser Stunde dichter

Morgennebel durch den Wald, der zwischen den hohen dunklen Tannen noch gespenstischer wirkte. Yulia, die barfuß und mit kaum mehr als dem dünnen Seidenstoff am Leib vor ihm herlief, zitterte bald so sehr, dass Brenner stehenblieb und seine Jacke auszog.

»Nein, das geht nicht«, protestierte sie, immer noch so leise, als würden sie sich in unmittelbarer Nähe des Hauses befinden. »Du bist verletzt.«

»Ich friere nicht so schnell«, antwortete Brenner und hängte ihr die Jacke über. »Außerdem haben wir es gleich geschafft. Dann kann ich kurz ausruhen.«

»Was haben wir geschafft?«, fragte Yulia und sah ihn an, als spreche er im Fieberwahn. »Wo wollen wir überhaupt hin? So werden sie uns kriegen.«

In dem Moment erscholl wieder das wütende Gebell, das sie über den gesamten Kellergang verfolgt hatte. Es hallte so laut den Berg hinauf, dass man meinen konnte, es müsse selbst auf der anderen Seite noch zu hören sein. Gleich darauf erklang eine ebenso wütend klingende Stimme.

»Yulia!«, schrie der ältere Bruder zornentbrannt und rief wüste Drohungen und Beschimpfungen in den Wald, die Brenner nicht verstehen musste.

»Komm«, drängte er seine merklich verunsicherte Begleiterin. »Wir müssen uns beeilen.«

Die hastigen Bewegungen machten den Schmerz in seinem Bauch beinah unerträglich. Kurz wurde ihm schwarz vor Augen, und mehrmals rutschte er fast auf dem mit glitzerndem Tau bedeckten Waldboden aus. Endlich sah er ein Stück weiter oben die alleinstehende

Buche, die sich mit weit aus dem Hang ragendem Wurzelwerk gegen das Gefälle und die umstehenden Nadelbäume behauptete. Noch bevor sie in ihrer Nähe war, konnte er jedoch die entfesselte Wut der zur Bestie abgerichteten Kreatur hinter ihnen im Wald spüren, die ihre Herren einmal mehr ihrer widerspenstigen ›Ware‹ auf den Hals gehetzt hatten.

»Renn!«, befahl Brenner seiner Gefährtin. »Renn so schnell du kannst den Berg rauf.«

Yulia drehte sich mit entsetzter Miene um und folgte dann in stolpernder Panik seiner Anweisung. Brenner hatte gerade noch Zeit, das Messer in die andere Hand zu wechseln. Da kam das kompakte Tier mit seinem muskelbepackten Körper auch schon den Hang heraufgejagt und stieß sich vom Boden ab.

Brenner riss den Arm hoch und landete so hart auf dem Rücken, dass der Schmerz wie ein Stromstoß vom Bauch in den ganzen Körper schoss. Die Zähne des Hundes waren sofort bis auf den Knochen durchgegangen und Brenner merkte, wie sie ihm mit stumpfem Schaben Sehnen und Muskelfleisch zerrissen, während das Tier an ihm zerrte. Schon hörte er auch einen Knall, und neben ihm stob die Erde auf. Kaum mehr als 100 Meter entfernt tauchte der erste ihrer Verfolger zwischen den Tannen auf.

Brenner versuchte, an das Messer zu kommen, das ein Stück weiter auf dem Waldboden lag. Doch der Hund zerrte in die andere Richtung, und erst als er gegen jeden Instinkt mit einem verzweifelten Ruck an seinem Arm zog, konnte er es erreichen.

Der erste Stoß prallte von den dicken Rippen des Tieres ab. Dessen Wut steigerte sich noch – die Augen nun zwei flammende Fixpunkte puren Hasses – und die nächste Kugel schlug bereits so knapp neben ihnen ein, dass Brenner Erde und Kiesel gegen die Haut spritzten. Dann zielte er jedoch tiefer und konnte dem Hund die lange, gebogene Klinge von unten in den Leib rammen.

Er lehnte sich mit seinem ganzen Gewicht auf den Griff, bis der Kiefer des unter ihm zuckenden Tiers sich endlich lockerte. Wie aus einem kaum nachgebenden Tellereisen zog Brenner seinen in blutige Fetzen gebissenen Arm hervor und fühlte sich nun endgültig wie der Wolf, der von der Meute gehetzt wurde.

Während ihm erneut eine Kugel um die Ohren pfiff, stolperte er mit vor Schmerz gelähmten Gliedern die letzten Meter zu der Buche hinauf und griff mit dem gesunden Arm hinter den Stamm. Der erste der Verfolger, der mit dem entstellten Gesicht, stand nur noch 20 Meter entfernt und nahm sich Zeit mit dem Zielen, damit der nächste Schuss saß. Doch Brenner schwang den Lauf des Gewehrs herum, das er auf dem Weg hinab an den Baum gelehnt hatte, und drückte noch in der Bewegung ab.

Der Mann landete reglos auf dem Rücken, schon splitterte neben Brenners Kopf erneut das Holz, und nur ein paar Meter weiter unten huschte der Bruder hinter einen Stamm. Brenner klemmte den Schaft in der Beuge seines verletzten Arms ein, lud durch und hob abermals den Lauf.

Sein erster Schuss sprengte auch nur ein paar Brocken Borke ab. Doch er verschaffte ihm genug Zeit, um erneut den Repetierhebel zu betätigen und zwei Schritte zur Seite zu gehen. Als der Tätowierte sich schließlich doch wieder aus der Deckung wagte, um das Feuer zu erwidern, traf Brenner ihn mitten in die Brust.

Nur zwei Stämme weiter sprang nun auch ein dritter Mann hinter dem grauen Holz hervor – der junge Kerl, der kaum älter als 20 sein mochte und Brenner die Spritze verabreicht hatte. Obwohl er auch jetzt mit nicht mehr als einem Stemmeisen bewaffnet war und mit vor Angst gelähmten Beinen den Hang hinabstolperte, lud Brenner mit einer raschen Bewegung wieder die Büchse durch und drückte ab.

Er traf ihn in den Oberschenkel. Als sei er gegen die feine Wolke roter Tröpfchen gerannt, die plötzlich in der kühlen Morgenluft hing, riss es dem Jungen die Beine in die Höhe und er landete auf dem Boden. Stöhnend warf Brenner die nutzlose Waffe beiseite, die er seit dem Erlegen des Gamskitzes damals nicht neu geladen hatte, und machte zwei Schritte nach vorn, um das Messer aus dem Bauch des Hundes zu ziehen, der mit gebrochenen Augen vor seinen Füßen in den Himmel starrte.

Plötzlich fühlte er sich wieder, als sei das ganze verlorene Blut mit einem Schlag in seinen Körper zurückgekehrt – ja, es toste in seinen Ohren wie das Wasser der Klamm, und auch sein Herz pochte mit solch unbändiger Kraft, dass er glaubte, es müsse seine Brust sprengen. Diese Kraft schien ihm von überall um ihn herum zuzuströmen – aus der Erde, den Wurzeln, den

Bäumen – und hätte ein aus den steinigen Höhen hinter ihm herabgerollter Fels auf seinem Weg gelegen, er hätte sich wohl in der Lage geglaubt, ihn wie jener Riese aus der alten Sage in die Höhe zu heben, um seine Gegner damit zu zermalmen. Selbst sein zerfleischter Arm fühlte sich mit einem Mal wieder so unversehrt an, als hätte ihn der tote Hund dort auf dem Waldboden nie zu fassen gekriegt, und als er den ängstlich vor ihm davonkriechenden Jungen erreichte, packte er ihn mit der eben noch tauben Hand am Schopf und setzte ihm mit der anderen das Messer an die Kehle.

Er konnte das Blut bereits hervorquellen sehen, konnte es riechen und schmecken, wie damals, als er vor dem vom Berg ausgespuckten Leichnam der jungen Frau gestanden hatte, die irgendwo hier im Wald auf so sinnlose und grausame Weise gestorben war. Wie ein abergläubischer Eingeborener war er plötzlich überzeugt, seine eigene Lebenskraft – und vielleicht auch seine Lebenslust – würde sich noch steigern, wenn er seinem am Boden liegenden Gegner jetzt die Klinge durch den Hals zog.

Ja, dachte er mit vor Zorn und Blutdurst vernebeltem Blick, *genauso ist es.*

Da hörte er jedoch einen entsetzten Schrei, und als er sich umdrehte, erblickte er Yulia zwischen den Tannen. Mit ihrem schreckensbleichen Gesicht sah sie der Toten noch ähnlicher als zuvor und bat ihn mit erhobenen Händen und flehender Miene, sein Opfer zu verschonen.

Im selben Augenblick drang ein Sonnenstrahl durch den Nebel – es musste der erste seit drei Wochen sein –

und tauchte die ganze unwirkliche Szene in gleißendes goldenes Licht. Wie vor zwei Tagen in Salzburg hatte Brenner auch jetzt das Gefühl, aus einem Rausch zu erwachen, ließ verwirrt von dem Jungen ab und warf das Messer beiseite. Dann wankte er – mit einem Mal erneut schwach wie ein Greis – zum nächsten Baum, setzte sich ächzend mit dem Rücken zum Stamm in die Sonne und hoffte, dass sie so bald nicht wieder weggehen würde.

ENDE

DANKSAGUNG

Auch diesmal gilt mein größter Dank wieder dem Berchtesgadener Bergfex und Alpenkenner Toni Wegscheider, der mit mir auf den sagenumwobenen Untersberg gestiegen ist. Auf dem Weg nach oben erzählte er mir von aus Zweigen geflochtenen Pentagrammen, die Alpenschamanen dort gerne an die Bäume hängen, von unglückseligen Jagdhunden, für die ein allzu schneller Spurt den Hang hinab tödlich enden kann, und lieferte mir auch sonst unzählige Details, die sich wunderbar für Brenners nebelverhangenes Herbstabenteuer verwenden ließen. Erneut kann ich nur empfehlen, mit dem umfassend gebildeten Biologen und Bergwanderführer selbst mal eine Tour zu machen. Unter www.wildtier-fuehrungen.de kann man sie buchen. Und wer auf Tonis Facebook-Seite vorbeischaut, der muss noch nicht einmal sein gemütliches Heim verlassen, um faszinierende Einblicke in die Berchtesgadener Bergwelt geboten zu bekommen.

Auch sonst bin ich in Berchtesgaden wie immer ausschließlich auf freundliche und auskunftsfreudige Menschen gestoßen, und mir wurden selbst dort sämtliche Türen geöffnet, wo man es nicht auf Anhieb erwarten würde. Alle Ungereimtheiten, die sich trotzdem in dem Buch finden und sich nicht mit dichterischer Freiheit entschuldigen lassen, gehen auf mein Konto.

Ganz herzlich bedanke ich mich wieder bei meiner Lektorin Claudia Senghaas: Mit niemandem sonst hätte sich Brenners zweiter Fall so kurzfristig und gutgelaunt umsetzen lassen. Und dir, meine liebste Marion, danke ich dafür, dass du die kurze Frist dann so geduldig ausgebadet hast.

Weitere Krimis finden Sie auf den folgenden Seiten und im Internet: www.gmeiner-verlag.de

Markus Bennemann
Adlerblut
978-3-8392-1511-1

»Eine spannende Mischung aus Alpenkrimi und Ökothriller!«

Im Nationalpark Berchtesgaden zerreißt ein Schuss die Stille. Die junge Studentin Anna will eigentlich nur ein Praktikum hier machen, doch dann gerät sie an den gewalttätigen Parkranger Veit Brenner. Er scheint den Naturschutz etwas zu ernst zu nehmen. Ist er wirklich so gefährlich, wie die Leute sagen? Sind es die Adler, die angeblich Menschen angreifen? Oder lauert eine andere, tödliche Gefahr in den schönen Tälern um den Königssee?

GMEINER

Wir machen's spannend

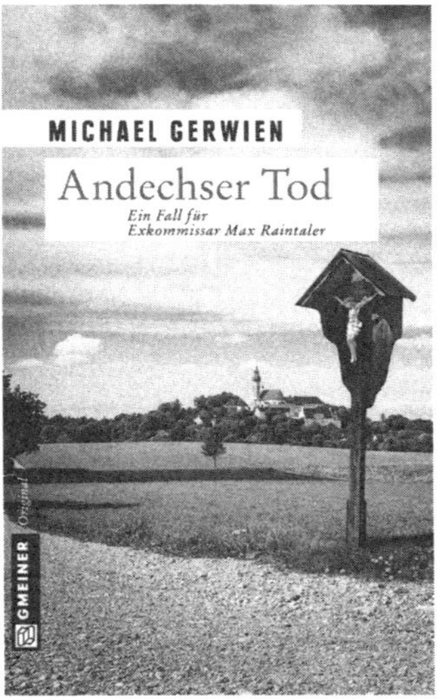

Michael Gerwien
Andechser Tod
978-3-8392-1595-1

»Waren es die Außerirdischen? Steht der Weltuntergang bevor? Oder gibt es doch eine irdische Erklärung?«

Walpurgisnacht. Exkommissar Max Raintaler ist mit Freunden zu Gast in Machtlfing, beim Tanz in den Mai. Franz Wurmdobler, Max' Exkollege bei der Münchner Kripo, macht die anderen zu vorgerückter Stunde auf ein vermeintliches Ufo am Sternenhimmel aufmerksam. Noch in derselben Nacht geschieht ein tödlicher Unfall. Oder ein brutaler Mord? Als Max mehr herausfinden will, stößt er auf eine weitere Leiche. Waren es die Außerirdischen? Eine spannende Verbrecherjagd in und um München herum beginnt …

GMEINER

Wir machen's spannend

Unser Lesermagazin

2 x jährlich das Neueste aus der Gmeiner-Bibliothek

24 x 35 cm, 40 S., farbig; inkl. Büchermagazin »nicht nur« für Frauen und HistoJournal

Das KrimiJournal erhalten Sie in Ihrer Buchhandlung oder unter www.gmeiner-verlag.de

GmeinerNewsletter

Neues aus der Welt der Gmeiner-Romane

Haben Sie schon unsere GmeinerNewsletter abonniert?

Monatlich erhalten Sie per E-Mail aktuelle Informationen aus der Welt der Krimis, der historischen Romane und der Frauenromane: Buchtipps, Berichte über Autoren und ihre Arbeit, Veranstaltungshinweise, neue Literaturseiten im Internet und interessante Neuigkeiten.

Die Anmeldung zu den GmeinerNewslettern ist ganz einfach. Direkt auf der Homepage des Gmeiner-Verlags (www.gmeiner-verlag.de) finden Sie das entsprechende Anmeldeformular.

Ihre Meinung ist gefragt!

Mitmachen und gewinnen

Wir möchten Ihnen mit unseren Romanen immer beste Unterhaltung bieten. Sie können uns dabei unterstützen, indem Sie uns Ihre Meinung zu den Gmeiner-Romanen sagen! Senden Sie eine E-Mail an gewinnspiel@gmeiner-verlag.de und teilen Sie uns mit, welches Buch Sie gelesen haben und wie es Ihnen gefallen hat. Alle Einsendungen nehmen automatisch am großen Jahresgewinnspiel mit attraktiven Buchpreisen teil.

GMEINER

Wir machen's spannend